GÜNTER NEUWIRTH
Die Frau im roten Mantel

DUNKLE GEHEIMNISSE Inspektor Hoffmann hat sich wegen einer Krebstherapie vom Dienst freistellen lassen. Eines Abends fällt ihm in der Straßenbahn eine Frau in einem roten Mantel auf, die offenbar von einem Jugendlichen verfolgt wird. Hoffmann befürchtet einen Überfall und folgt den beiden. Als die Frau plötzlich eine Waffe zieht, schreitet Hoffmann ein. Alice Berg hat Erinnerungslücken und weiß nicht, wie die Waffe in ihre Hand gekommen ist. Hoffmann nimmt die Waffe an sich. Tage später taucht Alice bei Hoffmann auf. So erfährt er, dass ihr Ehemann und ihre Kinder Corinne und Oscar verschwunden sind. Hoffmann begibt sich auf die Suche und wird dabei immer tiefer in die dunklen Geheimnisse der Familie Berg hineingezogen.

© Rudi Ferder, Graz

Günter Neuwirth wuchs in Wien auf. Nach einer Ausbildung zum Ingenieur und dem Studium der Philosophie und Germanistik zog es ihn für mehrere Jahre nach Graz. Der Autor verdient seine Brötchen als Informationsarchitekt an der TU Graz und wohnt am Waldrand der steirischen Koralpe. Günter Neuwirth ist Autodidakt am Piano und trat in jungen Jahren in Wiener Jazzclubs auf. Eine Schaffensphase führte ihn als Solokabarettist auf zahlreiche Kleinkunstbühnen. Seit 2008 publiziert er Romane, vornehmlich im Bereich Krimi.
www.guenterneuwirth.at

GÜNTER NEUWIRTH
Die Frau im roten Mantel

Kriminalroman

Die automatisierte Analyse des Werkes, um daraus
Informationen insbesondere über Muster, Trends und
Korrelationen gemäß § 44b UrhG (»Text und Data
Mining«) zu gewinnen, ist untersagt.

Bei Fragen zur Produktsicherheit gemäß der Verordnung
über die allgemeine Produktsicherheit (GPSR) wenden Sie
sich bitte an den Verlag.

Gefällt mir!

Facebook: @Gmeiner.Verlag
Instagram: @gmeinerverlag
Twitter: @GmeinerVerlag

Besuchen Sie uns im Internet:
www.gmeiner-verlag.de

© 2017 – Gmeiner-Verlag GmbH
Im Ehnried 5, 88605 Meßkirch
Telefon 07575/2095-0
info@gmeiner-verlag.de
Alle Rechte vorbehalten

Lektorat: Claudia Senghaas, Kirchardt
Herstellung: Mirjam Hecht
Umschlaggestaltung: U.O.R.G. Lutz Eberle, Stuttgart
unter Verwendung eines Fotos von: © unclepodger/fotolia.com
Druck: Libri Plureos GmbH, Friedensallee 273, 22763 Hamburg
Printed in Germany
ISBN 978-3-8392-2145-7

Personen und Handlung sind frei erfunden.
Ähnlichkeiten mit lebenden oder toten Personen
sind rein zufällig und nicht beabsichtigt.

MITTWOCH

1. SZENE

»Das werde ich dir heimzahlen! Bare Münze.«
Alice Berg stand in der Tür. Ihr Blick verlor sich in den dunklen Ecken des geräumigen Zimmers. Sie hasste diesen Geruch.
»Da kannst du Gift darauf nehmen.«
Alles konnte Alice ausblenden, Lärm, Geschwätz, nervtötende Musik in Kaufhäusern, grelles Licht, die Gesichter der vielen Menschen auf Bahnhöfen oder in Fußgängerzonen. Alles einfach wegschalten. Sie hatte diese Lektion in ihrem Leben gelernt, es sogar zu einer stillen Meisterschaft darin gebracht. Eine Stärke des Geistes, eine Tugend, eine Überlebensstrategie. Alles weg außer eines: Gerüche! Das hatte sie nie geschafft. Gerüche bohrten sich in ihren Kopf. Konnte das Gehirn überhaupt riechen? Man roch doch mit der Nase. Was hatte das Gehirn mit Gerüchen zu tun? Alice dachte angestrengt darüber nach. Es fielen ihr keine Antworten ein. Ihr Gehirn versagte jeden Dienst. Sie wusste warum. Wegen des Geruchs. Hildegards Geruch.
»Wo ist Jürgen?«
Alice Berg hörte die alte Frau nicht, sie hörte das endlose Gekeife, die fortwährenden Vorwürfe, die schlechten Launen einfach nicht. Viel schlimmer. Sie roch sie. Sie musste fort von hier. Auf dem schnellsten Weg.
»Alice, verdammt noch mal, hör mir endlich zu! Ich verlange eine Antwort!«
Bestimmt gab es auf der Welt einen Ort, an dem sie glücklich sein konnte. Es musste ein luftiger Ort sein. Ein hoch gelegenes Bergtal im Wallis. Eine Palmeninsel in einem pazifischen Atoll. Eine stille Finca auf den Kanaren inmitten eines weitläufigen Pinienwaldes.

»Wo ist Jürgen? Wo ist mein Sohn?«

Alice löste sich langsam aus ihren Gedanken und schaute zum breiten Bett, auf dem Hildegard seit drei Jahren lag und starb. Würde die alte Hexe endlich ans Ziel kommen! Die Möbel müssten natürlich verschwinden, der Raum neu gestrichen und die Vorhänge verbrannt werden.

»Wo sind die Kinder?«

Alice seufzte.

»Das habe ich dir doch erklärt. Unzählige Male schon.«

»Du hast mich angelogen!«

»Nein.«

»Du lügst, sobald du nur den Mund aufmachst.«

»Nein.«

»Du hast Jürgen ermordet!«

Alice sagte nichts. Wozu sollte sie auch? Seit Jahren ging das nun schon in dieser Tonart. Welche Sünden hatte sie sich in ihren früheren Leben zuschulden kommen lassen?

»Gute Nacht, Hildegard.«

Alice knipste das Deckenlicht aus und schloss die Tür hinter sich. Sie wusste nicht, ob die alte Frau ihr noch etwas hinterher rief, ob sie wieder schimpfte, wieder mit absurden Vorwürfen um sich warf. Langsam schritt sie die Treppe hinab. Der Teppich schluckte jeden Tritt. Sie hatte gelernt, sich in diesem großen alten Haus still zu bewegen. Ein Gespenst auf den Treppen. Nur gerade so viele Lichter waren eingeschaltet, um nicht zu stolpern. Stille und Dunkelheit. Fort. Fort von hier. Alice stand in der Küche und schaute in den finsteren Garten hinaus. Nur wenig Schnee lag auf der Wiese und den Ästen der Tannen.

Draußen war die Kälte. Draußen war das Leben. Wo war sie?

2. SZENE

Wolfgang Hoffmann klappte den Kragen seiner Jacke hoch und zog die Mütze in die Stirn. Er lugte durch das Glas der Tür ins Freie. Fiel Schnee? Pfiff nach wie vor der kalte Wind durch die Straßen? Er stemmte sich gegen die Tür und marschierte mit hochgezogenen Schultern los. Mit Erleichterung nahm er zur Kenntnis, dass der kalte Wind abgeflaut war. Auf den Scheiben und Dächern der parkenden Autos lag ein hauchdünner Flaum aus Pulverschnee. Nachmittags hatte der Wetterbericht im Radio ein baldiges Ende der Kälteperiode angesagt.

Hatte er in seiner Kindheit wirklich jemals weiße Weihnachten erlebt? Oder hatte er von tief verschneiten Weihnachten nur in den Erzählungen der Großeltern gehört oder einprägsame Bilder aus amerikanischen Filmen in Erinnerung? In Hollywood war alles möglich, weiße Weihnachten mit glücklichen Kindern, ewiger Sonnenbrand vor pausenlosen Sonnenuntergängen und fesche Polizisten, die völlig unbeschadet von Dächern sprangen oder mit Cabrios durch Feuersbrünste rasten.

Er trottete gemächlich in Richtung Straßenbahnhaltestelle. Eilig hatte er es nicht. Jetzt nicht, und früher, als er noch im Dienst gewesen war, hatte er es auch nicht eilig gehabt. Also zumindest an den guten Arbeitstagen. An die schlechten konnte er sich gar nicht mehr erinnern. Man musste sich nicht an alles erinnern, auch wenn man über ein recht gutes Gedächtnis verfügte.

Loslassen!

Das hatte die Psychologin während der Therapiestunden in der Klinik wiederholt gesagt. Herr Hoffmann, Sie müssen loslassen. Ich werde es versuchen, hatte er geantwortet und an den letzten Stuhlgang gedacht. Eine nette Frau, die Psychologin, sie hatte sich wirklich bemüht. Sie hatte ihm das auch mit den Strategien erklärt. Legen Sie sich eine Strategie vorab zurecht, auf die Sie dann im Ernstfall zurückgreifen können.

Loslassen – ein Besuch auf der Toilette.

Entspannen – ein kleiner Mokka im Kaffeehaus.

Fokussieren – ein Kinnhaken für Major Koller.

Hatte prima funktioniert. Was aus Koller wohl geworden war? Hatte sein ehemaliger Chef den Schreibtischstuhl im Innenministerium, den er jahrelang angestrebt hatte, endlich besetzen können? Hoffmann wünschte es ihm, denn hinter all seinen Allüren und Wutausbrüchen hatte doch ein feiner Kerl gesteckt. Auch wenn Koller im Dienst diesen Umstand mit aller Mühe zu verstecken versucht hatte. Ein feiner Mistkerl. Wie weit das alles zurücklag!

Hatte er das wirklich selbst erlebt oder waren das Erinnerungen an Szenen der Kriminalromane, die er in seiner Jugend verschlungen hatte? Schwer zu sagen. Vielleicht musste man durch die Hölle gehen, um als neuer Mensch geboren zu werden.

Hoffmann dachte an den Arzt und Sachbuchautor, dessen Vortrag und Buchpräsentation er eben besucht hatte. Die Städtischen Bibliotheken veranstalteten immer wieder interessante Abende, er war in den letzten zwei Monaten ein richtiger Fan geworden und jede Woche irgendwo zu einer Veranstaltung gepilgert. Meistens musste er gar keinen Eintritt bezahlen, er brauchte nur zur richtigen Zeit am richtigen Ort zu sein, dann konnte er sich in eine der hinteren Reihen setzen, die Arme verschränken und einfach zuhören. Wenn ein kleines Buffet angeboten wurde, gab er für eine Tasse Kaffee oder Tee und ein Stück Kuchen großzügig Trinkgeld, stand irgendwo eine Sammelbox für irgendein gemeinnütziges Projekt, warf er eine Münze ein, er nickte freundlich, wenn ihn jemand ansprach, sagte vielleicht sogar den einen oder anderen Satz, war unter Leuten, saß nicht alleine vor dem Fernseher, und wenn die Zeit gekommen war, ging er wieder, ohne dass sein Abgang von irgendjemandem bemerkt worden wäre.

Der Arzt hatte sich den neuesten therapeutischen Möglichkeiten bei Alzheimer gewidmet und ein Buch darüber geschrieben. Neurofeedback, BMI, das Brain Machine Interface, Hirnströme, Aktivierungspotenziale und sonst allerlei. Sehr interessant. Hoffmann konnte nicht behaupten, dass er in den anderthalb Stunden, in denen der Arzt das Thema umrissen und auf Fragen aus dem Publikum geantwortet hatte, dem Mann gegenüber auch nur irgendeine Form von Sympathie entwickelt hätte, aber als Arzt hatte der Mann etwas von seinem Fach verstanden. Zumindest so viel, um den älteren Damen aus den benachbarten Gemeindebauten gegenüber Kompetenz zu signalisieren. Wer wusste schon, vielleicht war eine der Zuhörerinnen bald seine nächste Patientin.

Krebs veränderte die Menschen. So viel stand für Hoffmann schon mal fest. Entweder man erlag der Erkrankung oder man war nach einer erfolgreichen Behandlung ein anderer Mensch. Er war ein anderer geworden. Als nach den Chemotherapien sein Haar nachgewachsen war, hatten sich Geheimratsecken gebildet, und die Schläfen waren grau geworden. Man sagte doch, viele Frauen würden sich für Männer mit grauen Schläfen interessieren. Und manche Männer mit grauen Schläfen besuchten Vorträge zu medizinischen Themen.

Eine Straßenbahn rollte an ihm vorbei. Er hätte laufen müssen, um sie zu erreichen. Nur keine Eile. Der eisige Wind war abgeflaut, er trug warme Unterwäsche, und es war knapp vor neun Uhr abends, da fuhren noch viele Züge die Hütteldorfer Straße auf und ab.

3. SZENE

Alice knöpfte die Strickweste zu und stieg in die Winterstiefel. War sie überhaupt hier zu Hause? Sie wusste es nicht so recht. War das jenes Haus, in dem sie das Heranwachsen ihrer Kinder erlebt hatte? War das jene Stadt, in der sie versucht hatte, sich heimisch zu fühlen? War das jener Körper, in dem sie seit ihrer Geburt steckte? Sie hob nicht den Blick zum Spiegel. Was hätte sie darin sehen können? Eine blonde Frau, der man die 36 Lebensjahre nicht ansah? Eine Frau, deren jugendliche Attraktivität zu weiblicher Schönheit gereift war? Viele Männer versuchten, ihr Komplimente zu machen. Das war immer schon so gewesen. Seit sie zur Frau herangewachsen war, hatten sich Männer um ihre Aufmerksamkeit bemüht. Meist hatte sie das gar nicht bemerkt. Auch heute kein Blick in den Spiegel. Sie legte ein Kopftuch um. Du siehst aus wie Grace Kelly in diesem berühmten Film aus den 50er-Jahren, hatte Jürgen einmal gesagt, als sie ein Kopftuch zum Schutz vor Wind und Wetter umgelegt hatte. Wer war Grace Kelly? Welcher Film? Alice konnte sich nicht erinnern, diesen Film jemals gesehen zu haben. Sie vergaß Filme sofort. Verließ sie den Kinosaal, war der eben gesehene Film verschwunden, knipste sie den Fernseher aus, versanken die Gesichter der Schauspieler in der Dunkelheit des Bildschirms.

Überall im Haus lauerten Albträume. Fort von hier.

Alice nahm die Daunenjacke vom Kleiderhaken. Sie rutschte ihr aus der Hand und fiel zu Boden. Unmöglich, sich zu bücken, völlig unmöglich. Also griff sie zum nächsten Kleidungsstück in der Garderobe. Jürgen hatte ihr den Wollmantel zu einem besonderen Anlass gekauft. Sie hatte vergessen, welcher Anlass es gewesen war. Eine Hochzeit? Ein Begräbnis?

Unklar heute. Alice setzte die Sonnenbrille auf und verließ das Haus. Mit schnellen Schritten durchmaß sie den Garten und trat auf die Straße. Sie dachte nicht darüber nach, wohin sie wollte, sie marschierte einfach los. Mit Verwunderung nahm sie wahr, dass es dunkel war. Nacht? Hatte sie nicht eben erst das Frühstück zu sich genommen? Alles war so verschwommen. Die Nacht war gar nicht kalt. Ihr Leben war kalt.

Sie ging zügig durch die finsteren Gassen. Da vorne war mehr Licht. Wie ein Nachtfalter von den Straßenlaternen angezogen. Wo waren die Falter in dieser Nacht? Ach ja, es war Winter, die Insekten versteckten sich zu Eis erstarrt in dunklen Höhlen.

Eine Straßenbahnhaltestelle. Alice wartete auf das Eintreffen der Zuggarnitur. Geräusche, Lichter, Gerüche fremder Menschen. Der Zug war fast leer. Sie nahm Platz und richtete den Blick aus dem Fenster. Sie sah nichts von der Stadt.

4. SZENE

Die Straßenbahn rollte heran. Ein paar Leute warteten an der Haltestelle, bis sich die Türen öffneten. Hoffmann stieg vorne beim Fahrer ein. Die neuen Zuggarnituren waren in einem Stück gebaut. Früher hatten die Wiener Straßenbahnen einen Waggon gezogen. Als Jugendlicher hatte er mit seinen Kumpels vorzugsweise den Waggon benutzt, und wenn möglich, war er ganz hinten gestanden. Weil da der Fahrer es nicht spitzgekriegt hatte, wenn sich die Jugendlichen danebenbenommen hatten. Hoffmann durchmaß den Zug. Im hinteren Bereich saßen nur wenige Fahrgäste.

Sein Blick fiel auf eine Frau an einem Fensterplatz. Sie trug ein Kopftuch. Und eine Sonnenbrille um neun Uhr an einem Winterabend. Eine muslimische Frau mit blondem Haar? Eine gerade Nase, ein schönes Kinn, volle Lippen. Wie flüchtige Geister zogen diese Beobachtungen an ihm vorbei. Ein roter Mantel und schwarze Handschuhe. So kleidete sich keine Muslimin. Hoffmann passierte den Sitzplatz der Frau und langte ganz hinten nach einem Haltegriff. Er war lange genug gesessen, ein bisschen Stehen schadete nicht, auch wenn viele Sitzplätze frei waren.

Die Tram beschleunigte. Die alten Straßenbahnzüge in seiner Kindheit hatten sich noch rumpelnd und quietschend durch die Straßen bewegt, davon war heute nichts zu bemerken. Fast lautlos sauste die Garnitur die Hütteldorfer Straße hinab. Die Lichter der Stadt zogen an ihm vorbei. Die Schaufenster waren mit Weihnachtsschmuck dekoriert.

Aus den Augenwinkeln beobachtete er die Frau mit dem Kopftuch. Der Mantel musste kostbar sein. Die Frau wirkte nicht wie jemand, der mit der Straßenbahn fuhr.

Johann, fahren Sie den Bentley vor, ich bin zur Teestunde bei Baronin von Mannsbrunn geladen.

Sehr wohl, gnädige Frau.

Hoffmann schmunzelte bei dem Gedanken.

Auch der junge Mann in der letzten Sitzreihe schaute zur Frau im roten Mantel. Und dann wieder zum Fenster hinaus. Und wieder zur Frau. Wieder zum Fenster hinaus. Hoffmann sah von hinten das Gesicht des Jugendlichen nicht. Er trug eine Schirmmütze und darüber die Kapuze seines Sweatshirts, gegen die Kälte schützte er sich mit einer ärmellosen Thermoweste. Solche Jungs kannte Hoffmann zur Genüge. Jahrelang hatte er als Drogenfahnder mit ihnen zu tun gehabt. Giftler, die sich mit schmutzigen kleinen Geschäften irgendwie über Wasser zu halten versuchten, meist aber dann doch absoffen. Gelegenheitseinbrüche, auf Partys Tabletten verhökern, Gras verticken, und die Erlöse in den Eigenbedarf investieren. Ein paar dieser Jungs hatte Hoffmann von der Straße geholt, entweder, um sie ins Gefängnis zu stecken, weil irgendeine Sache ausgeufert war, oder in die Therapie, wenn noch ein Funken Hoffnung vorhanden war.

Aber vielleicht war der Jugendliche gar kein Junkie. Hoffmann hatte ihm, als er an ihm vorbeigegangen war, nicht ins Gesicht geblickt. Die Kleidung und dass er unruhig auf dem Sitz hin und her rutschte, hatten den Gedanken an einen Junkie nahegelegt, aber vielleicht irrte er ja. Hoffmann drückte fast seine Nasenspitze an die Scheibe. Er schmunzelte. Wie oft hatte er in seinem Job falsch gelegen? Mindestens 1.000 Mal pro Tag. Ein beständiges Gefühl seiner Arbeit war gewesen, mit jeder Entscheidung wieder einen Fehler begangen zu haben. Und meist hatte sich dieses Gefühl als richtig erwiesen. Da hatten die Kollegen im Kommissariat noch so sehr behaupten können, er wäre ein Vollblutpolizist, er habe *Nase*, er sei zwar der langsamste Kieberer der Stadt, habe aber das höchste Aufklärungstempo. Hoffmann wusste es besser. Der Einäugige ist König unter den Blinden. Ein paar Kunden hatte er gehabt, die über Adleraugen verfügt hatten, und im Duell mit diesen Leuten war Hoffmann regelmäßig und ausnahmslos wie der letzte Trottel dagestanden. Ein Name fiel ihm immer wieder ein. Kurt Wernheim. Das Schwein war ihm durch die Finger geschlüpft. Eine kleine, aber niemals heilende Wunde.

Die Straßenbahn der Linie 49 rollte von Haltestelle zu Haltestelle. Viel war in der Stadt nicht mehr los. Morgen war ein normaler Arbeitstag, bestimmt liefen ein paar tolle Filme im Fernsehen, es war kalt und dunkel, niemand, der nicht irgendeinen Grund dafür hatte, verließ die Wohnung.

Urban-Loritz-Platz. Die Tram querte den Gürtel, diese Lebensader der Stadt. Mal fuhr die U-Bahn auf der Hochtrasse den Gürtel entlang, dann wieder grub sie eine Furche zwischen die Innen- und Außenbezirke. Wie oft war er selbst schon auf dem Gürtel unterwegs gewesen? Frühmorgens, mittags und spätnachts. Und ja, eine Zeitlang hatte er sogar am Gürtel gelebt. Und eine Zeitlang war das sogar eine gute Zeit gewesen. Seine Ehe. Diese Zeit schien so unendlich weit entfernt. Wenn es nicht in seinen Dokumenten festgehalten wäre, würde Hoffmann nicht von sich behaupten, er wäre 41 Jahre alt. 140 käme wohl besser hin. Vielleicht alterte man einfach irre schnell, wenn man ausgemergelte Drogentote aus völlig versauten Wohnungen barg und dann selbst irgendwann die Venen öffnete, um einen Giftcocktail in den Kreislauf sickern zu lassen.

Irgendjemand hatte ihm geraten, vor den Chemotherapien drei oder vier Tage lang zu fasten, die Nebenwirkungen würden dadurch erträglicher sein. Also hatte er gefastet. Richtig korpulent war er nie gewesen, großes Gewicht passte nicht zu seinem Typ, aber er war ein wohlgenährter Europäer gewesen. Die paar Monate in der Therapie hatten seinem Gewicht gehörig zugesetzt. Nur langsam baute er wieder Substanz auf.

Die Tram hielt an der Haltestelle Kaiserstraße. Hoffmann wandte sich der Tür zu. Weiter vorne stand die Frau im roten Mantel vor einer der Türen. Warum trug sie zu dieser Tageszeit eine Sonnenbrille? Hatte sie einen zur Gewalt neigenden Ehemann? Polizistendenken. Polizistenfragen. Die Türen glitten auf. Hoffmann trat ins Freie. Die Frau trug kniehohe Winterstiefel. Das waren keine Stiefel aus dem Winterschlussverkauf. Und die Handtasche am Arm der Frau war ganz gewiss nicht im Einkaufszentrum am Stadtrand gekauft worden. Sah nach Innenstadtboutique aus.

Die Türen der Straßenbahn schlossen sich. Der junge Mann schlüpfte im letzten Moment ins Freie. Er rammte seine Hände in die Taschen der Thermoweste. Schnelle Schritte. Die Frau im roten Mantel, der Jugendliche und zwei arglos plaudernde ältere Frauen standen bei der Haltestelle der Linie 5. Der 49er schlängelte sich durch die Gassen des 7. Bezirks. Hoffmann ging langsam zur Haltestelle. Die Frau im roten Mantel stand im Schatten eines Haustors. Der Jugendliche entfernte sich ein Stück und kehrte wieder, die beiden älteren Frauen bemerkten Hoffmann gar nicht. Lag da etwas in der Luft? Was spürte er da? Im Gegensatz zu seinen Überlegungen, Schlussfolgerungen und Analysen hatten ihn seine Instinkte selten getäuscht.

Der 5er rollte heran. Hoffmann stieg ein. Die anderen ebenso. Sah die Frau im roten Mantel durch ihre Sonnenbrille überhaupt irgendetwas? Offenbar genug, um einen Fensterplatz zu wählen und wieder hinauszustarren. Wieder nahm der Jugendliche ein paar Reihen hinter der Frau einen Platz ein. In der letzten Sitzreihe kauerte sich Hoffmann hin. Jetzt ließ er die Blicke und Gedanken nicht zum Fenster hinaus schweifen, er blieb aufmerksam. Und er war sich jetzt sicher, der Jugendliche beobachtete die Frau im roten Mantel. Warum?

Die Straßenbahn ließ den 7. Bezirk hinter sich, durchquerte den achten. Leute stiegen ein und stiegen aus. Der 9. Bezirk, das alte AKH, die Sensengasse und das Department für Gerichtsmedizin. Kein Ort, an dem sich Hoffmann gerne aufgehalten hatte, der ihm aber dann und wann nicht erspart geblieben war. Die Straßenbahn näherte sich dem Franz-Josefs-Bahnhof, schließlich der Friedensbrücke.

Hoffmann erhob sich und trat an die Tür. Die Frau stieg aus. Hoffmann kramte in seinen Taschen, zog sein Handy und tippte darauf herum, um beschäftigt zu wirken. Da war er schon. Der Jugendliche verließ wieder knapp vor dem Schließen der Türen die Tram. Er hielt Distanz, aber blieb an ihr dran. Also hängte sich Hoffmann an beide. Er war seit vielen Monaten außer Dienst, er war unbewaffnet. In Wien war es einfach nicht nötig, als Privatmann mit einer Pistole durch die Stadt zu laufen. Außer natürlich, man war ein ausgemachter Paranoiker. Von denen gab es zwar gar nicht wenige, meistens aber zogen sie ihre Waffen nicht. War der Jugendliche bewaffnet? Nach Pistole sah er nicht aus. Ein Messer? Ein Schlagring?

Die Frau im roten Mantel überquerte die Fahrbahn und verschwand in der Dunkelheit des Donaukanalufers. Hoffmann wartete und beobachtete aus der Ferne. Der Jugendliche folgte der Frau. Hoffmann fluchte. Warum rannte sie auch von der gut beleuchteten Straße fort in die Finsternis der Uferböschung?

Hinterher. Ein paar Autos zogen mit hohem Tempo die Roßauer Lände entlang. Er musste warten, dann eilte er los. In einiger Entfernung sah er die Frau im Lichtkegel einer Laterne an der Uferpromenade. Wo war der Jugendliche? Hatte er Hoffmann bemerkt und suchte sich nun ein anderes Opfer für den Handtaschenraub? Die Frau ging schnell. Hoffmann setzte sich auf eine Bank. Wo war der Bursche? Irgendwo in einem Gebüsch versteckt? Längst über alle Berge?

Wozu sich etwas vormachen? Hoffmann spürte den Kitzel. Vielleicht sollte er bald wieder seinen Dienst antreten. Er ließ den Blick kreisen. Ferne Straßenlichter, erleuchtete Fenster in den Häusern an der Lände, über die Friedensbrücke rollte eine Straßenbahngarnitur. Hoffmann schaute wieder in Richtung Promenade.

Wo war die Frau?

Hoffmann sprang auf und marschierte eilig los. Hatte der Junkie doch noch zugeschlagen, leise, irre schnell, Hoffmanns kurze Unaufmerksamkeit nutzend? Hoffmann kam zur Stelle, wo sie zuletzt durch den Lichtkegel einer Laterne marschiert war. Er schaute sich um.

Da unten am Ufer, da stand jemand in der Dunkelheit. Hoffmann verließ die Promenade und ging langsam näher. Was hatte das zu bedeuten? Warum stand sie da am schnell vorbeiziehenden Wasser? Suchte sie den Freitod in der strömenden Kälte des Donaukanals?

Aus den Augenwinkeln entdeckte Hoffmann eine Bewegung bei einem Gebüsch. Der Jugendliche. Er trat vor den Busch, ein paar Schritte auf die Frau zu, entdeckte Hoffmann und hielt inne. Hatte er zuschlagen und ihr die Handtasche entreißen wollen? Hoffmann glaubte es immer weniger. Der Bursche hatte andere Motive. Welche? Verdammt unklare Situation. Hoffmann war verwirrt.

»Hallo! Gnädige Frau! Brauchen Sie Hilfe?«

Langsam drehte sich die Frau um. Sie hatte die Sonnenbrille über das Kopftuch hoch geschoben, so viel konnte Hoffmann in der Dunkelheit erkennen, von ihrem Gesicht aber sah er wenig.

»Kommen Sie bitte von dort weg. Die Steine sind rutschig.«

Der Blick des Jugendlichen pendelte zwischen Hoffmann und der Frau.

»Kann ich Ihnen behilflich sein?«

Die Frau im roten Mantel hob ihre rechte Hand. Hoffmann erahnte in der Dunkelheit bloß die Waffe in der Hand der Frau. War sie geladen? Entsichert? War das ihr Plan gewesen? Ein Schuss in den Kopf und vornüber in den Donaukanal fallen, fort gespült in die ewige Dunkelheit? Sie richtete die Waffe gegen Hoffmann. Er hob unwillkürlich die Hände.

»Legen Sie bitte die Waffe zu Boden. Mein Name ist Hoffmann, ich bin Polizist.«

Dann entdeckte die Frau den Jugendlichen. Sie schwenkte die Waffe in seine Richtung. So schnell konnte Hoffmann gar nicht schauen, da war der Bursche auf und davon. Hoffmann atmete ein wenig durch. Ein flinker Kerl, schnell im Denken und schnelle Beine. Egal was er vorgehabt hatte, er würde nicht von der Kugel einer suizidalen Frau niedergestreckt werden.

»Ich bitte Sie, legen Sie die Waffe weg.«

Endlich ließ die Frau die Waffe sinken.

»Sie sind Polizist?«

»Ja.«

»Sie tragen keine Uniform.«

»Ich bin Kriminalpolizist.«

Die Sprache der Frau hatte eine Färbung, die Hoffmann schon nach nur ein paar Worten zuordnen konnte.

»Ich komme jetzt näher.«

Die Frau antwortete nicht.

»Wie heißen Sie? Wie ist Ihr Name?«

Keine Antwort. Hoffmann setzte langsam einen Schritt vor den anderen.

»Sind Sie Schweizerin?«

Keine Antwort. Hoffmann stand ihr nun direkt gegenüber. Er versuchte, in ihrem Gesicht zu lesen. Unklar, was sie fühlte oder dachte, nichts davon zeigte sich in ihrer Miene. Ebenmäßige Gesichtskonturen, eine sehr schöne Frau. Warum hatte sie ihrem Leben ein Ende setzen wollen? Hatte sie das überhaupt? Vielleicht hatte sie die Waffe loswerden wollen.

»Geben Sie mir bitte die Waffe.«

Hoffmann streckte seine Hand aus. Die Frau regte sich nicht.

»Bitte. Sie müssen mir jetzt die Waffe geben.«

Die Frau legte den Revolver in Hoffmanns Hand.

»Vielen Dank. Das haben Sie sehr gut gemacht.«

Hoffmann trat drei Schritte zurück und inspizierte die Waffe. Die Trommel war voll, die Munition scharf, die Waffe war entsichert. Sein Magen verklumpte sich. Verdammt knapp. Er leerte die Trommel, ließ die Patronen in der rechten Tasche seiner Jacke verschwinden, den Revolver in der linken Tasche.

»Nehmen Sie mich jetzt fest?«

»Nein. Jetzt begleite ich Sie erstmal vom Wasser fort. Die Steine sind rutschig, und das Wasser ist kalt. Kommen Sie, ich begleite sie hinauf zur Kreuzung. Haken Sie sich ein.«

Hoffmann bot ihr den rechten Arm, sie legte ihre Hand in seine Armbeuge. Langsam stiegen sie die Böschung zur Promenade hoch. Im Schein der Laterne hielt Hoffmann an, trat einen Schritt zurück und fasste die Frau im roten Mantel noch einmal genau ins Auge. Sie begegnete seinem Blick geradezu regungslos. Hatte sie Drogen genommen? Wenn ja, was? Hoffmann war beunruhigt. Eine verdammt undurchsichtige Situation.

»Sagen Sie mir bitte jetzt Ihren Namen.«

»Alice Berg.«

Hoffmann lächelte und reichte seine Hand zum Gruß.

»Wolfgang Hoffmann.«

Sie schüttelte seine Hand.

»Sie sind Schweizerin, nicht wahr? Ich höre es an Ihrem Akzent.«

»Ich lebe seit vielen Jahren in Wien.«

Sie trug Handschuhe, also konnte Hoffmann nicht sehen, ob sie einen Ehering trug oder nicht.

»Sind Sie verheiratet?«

Alice schaute hinüber zur Friedensbrücke.

»Ich habe Brücken immer geliebt.«

Hoffmann zog die Augenbrauen hoch.

»Aus einem speziellen Grund oder einfach, weil Brücken zwei voneinander getrennte Ufer verbinden?«

Ein Schmunzeln wischte über Alices Gesicht, kurz schaute sie Hoffmann an.

»Das haben Sie sehr schön gesagt. Getrennte Ufer verbinden. Ja, vielleicht liebe ich deswegen Brücken. Vielleicht auch wegen der verschiedenen Ebenen.«

»Was meinen Sie mit Ebenen?«

»Bei Brücken gibt es immer ein Unten und ein Oben. Hier diese Brücke. Unten fließt das Wasser, oben rollen die Autos und Straßenbahnen. Herr Hoffmann, wollen Sie mich noch ein Stück begleiten?«

»Gerne. Wohin wollen Sie?«

»Nirgendwohin. Ich will nur ein wenig spazieren gehen und die klare Luft dieser Nacht genießen.«

»Wo wohnen Sie, Frau Berg?«

»Ich weiß es nicht mehr.«

Hoffmann kaute auf seiner Unterlippe. Sollte er einen Streifenwagen rufen? Sinnvoll wäre es, immerhin war die Frau mit einer scharfen Waffe unterwegs gewesen. Und sie wirkte ziemlich verwirrt.

»Wollen Sie es mir nicht sagen oder haben Sie es wirklich vergessen?«

»Vergessen. Nein, jetzt fällt es mir wieder ein. Ich wohne in einem großen Haus. Es ist ein hässliches Haus. Seit Jahren kämpfe ich darum, es heller und freundlicher einzurichten. Vergeblich.«

»Wo steht dieses Haus?«

»Neben den Tannen.«

Hoffmann kramte in seinem Gedächtnis. Eine Gasse dieses Namens gab es in Wien seines Wissens nicht. Und es gab kaum eine Gasse in Wien, die Hoffmann nicht kannte.

»Ist das in Wien?«

»Darf ich mich wieder bei Ihnen einhaken? Das hat mir sehr gut getan. Ein Mann, der sich um mich kümmert, der mir seinen Arm bietet. Ein gutes Gefühl.«

Hoffmann nickte.

»Gerne, Frau Berg, aber zuerst müssen Sie mir sagen, warum Sie bewaffnet waren. Und warum Sie mit der Waffe auf mich gezielt haben.«

Alice zuckte ein wenig zurück.

»Ich wollte Sie nicht erschrecken. Wirklich nicht. Es tut mir leid.«

»Warum waren Sie bewaffnet?«

»Weil ich große Angst vor Überfällen habe.«

»Sind Sie schon einmal überfallen worden?«

Alice dachte angestrengt nach.

»Das weiß ich nicht. Ich vergesse so viel. Vielleicht leide ich schon an Demenz, obwohl ich erst 36 Jahre alt bin, vielleicht ist die Vergesslichkeit eine Folge der Medikamente.«

»Welche Medikamente nehmen Sie?«

»Sie stellen so viele Fragen, Herr Hoffmann. Das beunruhigt mich.«

Hoffmann bot ihr wieder den Arm an.

»Gut, dann lassen wir die Fragerei und gehen ein Stück.«

Alice lächelte Hoffmann an. Ein bezauberndes Lächeln.

»Ich möchte gerne über die Brücke gehen.«

Hoffmann nickte.

»Überqueren wir also die Brücke.«

5. SZENE

Lukas stemmte sich gegen das Haustor und trat in den Flur. Hier sah es immer gleich aus, egal zu welcher Tages- oder Nachtzeit man eintrat: Dreck, Gerümpel, beschmierte Wände, keine Lampe, vielmehr eine Funzel. Er öffnete die Tür zum Sozialraum des Autonomen Zentrums. Ein paar Kumpels waren da. Iris nickte ihm zu. Iris war immer hier, Iris hielt hier alles zusammen. Man konnte immer zu ihr, man konnte sie alles fragen, sie wusste immer Antwort. Na ja, fast immer. Iris war in Ordnung, so lange sie hier war, würde auch Lukas immer wieder kommen. Zuletzt hatte sie sich von Lukas das Haar schneiden lassen. Iris bevorzugte Kurzhaarschnitte. Haare radikal ab, das schaffte sogar er.

»Alles im Lot?«

»Geht so.«

»Bist du gelaufen?«

Seine Atmung beruhigte sich langsam.

»Von der U-Bahn hierher. Mir war danach.«

»Willst du ein Bierchen?«

Lukas wiegte den Kopf.

»Lieber grünen Tee. Kalt heute.«

Iris deutete mit einer Kopfbewegung in Richtung Küche.

»Ich glaube, der grüne Tee ist aus. Schwarzer Tee ist da. Bediene dich.«

»Ich finde schon etwas.«

»Na klar.«

Lukas suchte eine saubere Tasse, fand keine und spülte eine ab. Dann füllte er den Wasserkocher und kramte nach den Teebeuteln. Tatsächlich war die Packung mit dem grünen Tee leer. Er warf den Karton in den Papiermüll. Iris bestand auf ordentlicher Mülltrennung. Er hängte einen Beutel Ceylontee in die Tasse und wartete, bis das Wasser blubberte.

Alle im Autonomen Zentrum wussten, dass er lief, dass er der geborene Langstreckenläufer war. Ja, wenn er von einem Ende der Stadt zum anderen musste, dann nahm er schon die U-Bahn, aber für kurze und mittlere Strecken zahlte es sich für ihn gar nicht aus, sich dem Risiko auszusetzen, als Schwarzfahrer ertappt zu werden. Obwohl er schon oft in seinem Leben mit gültigen Fahrscheinen unterwegs gewesen war, damals, als er von seinen Pflegeeltern oder von den Betreuern der Jugend-WG Fahrscheine erhalten hatte. Jetzt aber konnte er sich Fahrscheine gar nicht leisten.

Corinne hatte ihm einmal einen Fahrschein gekauft. Sie waren mit dem Bus auf den Leopoldsberg gefahren. Corinne besaß eine Jahreskarte, er nicht. Deswegen waren sie immer zu Fuß unterwegs. Sie konnte mit ihm Schritt halten. Eine der wenigen.

Corinne!

Warum meldete sie sich nicht? Lukas starrte in die dampfende Tasse. Sie hatten sich schon vor einer Woche treffen wollen. In der Schule hatte er sie nicht angetroffen. Niemand in der Schule wusste, wo sie sich aufhielt. Eine ihrer Schulkolleginnen hatte gemeint, sie und ihr Bruder wären jetzt bei ihren Großeltern in der Schweiz. Davon hatte sie ihm nie etwas gesagt. Hätte sie ihm das verschwiegen? Garantiert nicht. Ihre verdammten Eltern, denen war jede kranke Scheiße zuzutrauen. Einmal hatte er Corinne geraten, von zu Hause abzuhauen. Rucksack packen und ab. Sollten die alten Hyänen ihren Mist alleine rausbringen. Miese Bande. Geldsäcke. Aber Corinne hatte sich nicht getraut. Ich bin 14, hatte sie gesagt. Und ich bin 17, wo ist das Problem, hatte Lukas gekontert. Er lebte seit fast einem Jahr auf der Straße, er kam klar, er hatte keine Probleme mehr. Die Leute vom Autonomen Zentrum hatten ihn ohne mit der Wimper zu zucken aufgenommen, hatten das Jugendamt abgewimmelt. Iris, Ottfried, Jean-Claude, Werner und Sarka, das waren echte Freunde, keine Heuchler, keine Lügner, keiner Pisser.

Warum meldete sich Corinne nicht? Was sollte er nur tun?

Lukas schnappte die Teetasse und setzte sich zu den anderen in die Runde. Da war gerade wieder eine heiße Debatte am Kochen. Werner war in seinem Element. Politik, das war sein Ding. Er hatte sein Studium der Politikwissenschaft knapp vor dem Abschluss geschmissen, obwohl er saugute Noten gehabt hatte. Werner hatte Lukas mal ein paar der Zeugnisse gezeigt. Lukas war die Spucke weggeblieben. Werner kannte sich in der Geschichte des 19. und 20. Jahrhunderts aus wie Lukas in den Gassen Ottakrings.

Jean-Claude prostete Lukas mit der Bierflasche zu, Lukas erwiderte mit der Teetasse den Gruß. Jean-Claude hatte Lukas im Herbst ein paar Schuhe besorgt. Leichte und doch robuste Wanderschuhe mit stabiler, aber nicht zu harter Sohle. Mit solchen Schuhen konnte man stundenlang auf Asphalt laufen. Jean-Claude hatte Lukas nicht verraten, woher er die Schuhe hatte. Sie waren neu gewesen. Und sie hatten sofort perfekt gepasst. Das waren Kumpels. Hatte Lukas vorher so nicht gekannt oder für möglich gehalten. Nur beim Saufen und Kiffen konnte Jean-Claude echt nicht nein sagen.

6. SZENE

»Wenn ich all die Auslagen sehe, muss ich immer an Weihnachtsgeschenke denken. Haben Sie Ihre Weihnachtsgeschenke schon besorgt?«

Hoffmann verzog den Mund.

»Nein. Damit bin ich meist säumig. Im letzten Moment kaufe ich dann noch schnell dies oder das. Ich bin da nicht sehr kreativ.«

»Das ist häufig so bei Männern.«

»Und Sie? Haben Sie die Geschenke schon beisammen?«

»Ich weiß es nicht. Ich versuche, mir mit Listen zu helfen. Schon im Herbst beginne ich, eine Liste anzulegen. Leider finde ich die aktuelle Liste nicht. Irgendwo habe ich sie verlegt.«

»Wer steht denn alles auf der Liste?«

»Tante Sabina.«

Sie gingen ein paar Schritte.

»Nur Tante Sabina? Was ist mit Ihren Eltern?«

»Ach ja, natürlich auch meine Eltern.«

»Wo wohnen denn Ihre Eltern?«

»In Schaffhausen.«

»Sind Sie in Schaffhausen aufgewachsen?«

»Ja. Ich kann mich gut an den Rhein erinnern. Kennen Sie den Rheinfall bei Schaffhausen?«

»Ich habe davon gehört, aber ich war noch nie dort.«

»Sollten Sie sich ansehen. Eindrucksvoll. Als Kind habe ich in der Nähe des Rheinfalls gespielt. Es waren schöne Spiele. Unbeschwerte Stunden. Tante Sabina ist tot.«

Schwer, aus all den Informationsbruchstücken ein Bild zu formen. Hoffmann hielt an. Sie löste ihre Hand von seiner Armbeuge und stand ihm gegenüber.

»Woran ist sie gestorben?«
Alice dachte angestrengt nach.
»Ein Unfall. Sie hat sich am Dachboden eingeschlossen. Irgendwie ist sie zu Tode gekommen. Ich vermute, sie ist gestürzt und hat sich in einer Schlinge verfangen. Der Hals, Sie wissen schon, Herr Hoffmann, der Hals ist die Schwachstelle des Menschen.«
Hoffmann zog die Augenbrauen hoch.
»Sie hat sich also erhängt.«
Alice schüttelte den Kopf.
»Nicht erhängt! Tante Sabina hätte sich niemals selbst getötet. Es war ein Unfall.«
»Ist das lange her?«
»Ich war noch ein Kind. Ich habe sie gefunden. Das war schrecklich.«
»Und dennoch steht Tante Sabina auf Ihrer Geschenkliste?«
Alice lachte.
»Meine Güte, Herr Hoffmann, Sie haben recht! Es ist verrückt, einer toten Tante ein Geschenk machen zu wollen. Weihnachten oder nicht, es ist verrückt.«
»Weihnachten als solches ist verrückt.«
»Halten Sie mich für verrückt?«
»Aber nein.«
»Jürgen hält mich für verrückt.«
»Ist das Ihr Mann?«
»Jeden Tag lässt er mich wissen, dass ich verrückt bin.«
»Frau Berg, ich werde jetzt einen Streifenwagen rufen.«
Sie fasste nach seinen Händen.
»Nicht die Polizei! Bitte! Ich flehe Sie an, nicht die Polizei!«
»Warum nicht? Die Polizei kann Ihnen helfen.«
Alice schnappte nach Luft.
»Die Polizei bringt mich bestimmt in eine psychiatrische Klinik.«
»Vielleicht wäre das eine gute Idee.«

»Eine furchtbare Idee! Tante Sabina kam aus der Klinik zurück und hatte dann diesen entsetzlichen Unfall.«

»Aber dort kann Ihnen geholfen werden.«

»Ich komme doch erst von der Klinik.«

»Ist das so?«

»Vor ein paar Tagen erst bin ich von dort fort. Ich war wegen meiner Depressionen am Steinhof.«

»Dann kennt man Sie. Die Ärzte können Ihnen bestimmt helfen.«

»Die Ärzte verschreiben mir höchstens Medikamente.«

»Wollten Sie Ihrem Leben ein Ende setzen?«

Alice zuckte zusammen.

»Aber nein! Ich wollte vielmehr das Wasser genießen. Ich liebe Flüsse.«

Hoffmann schaute die Straße auf und ab.

»Ich nehme ein Taxi«, sagte Alice.

Hoffmann schaute Alice in die Augen.

»Und wohin werden Sie fahren?«

»Nach Hause. Ich wohne in Hütteldorf. Im Haus meines Mannes und dadurch natürlich in meinem Haus. Ja, es ist mein Haus, auch wenn ich das Haus nicht mag.«

»Sagen Sie mir die Adresse.«

»Bujattigasse. Das ist eine Nebengasse der Hüttelbergstraße.«

»Die Hüttelbergstraße kenne ich.«

»Sind Sie ein echter Wiener, Herr Hoffmann?«

»Ja.«

»Ich liebe diese Stadt. Und ich hasse sie. Man kann Wien nur gleichzeitig lieben und hassen.«

»Sind Sie sich sicher, dass Sie dort wohnen? Sie scheinen Gedächtnislücken zu haben.«

»Ja, ich habe Gedächtnislücken, aber ich bin mir vollkommen sicher. Ich wohne dort seit 15 Jahren.«

»Haben Sie ein Handy bei sich?«

»Ja.«

»Dann rufen Sie Ihren Mann an. Er wird Sie bestimmt abholen und nach Hause bringen.«

»Mein Mann ist wie so häufig auf Geschäftsreise.«

»Geben Sie mir bitte Ihr Handy. Ich werde versuchen, ihn anzurufen.«

Alice schwieg und regte sich nicht. Hoffmann wartete.

»Darf ich Sie um etwas bitten, Herr Hoffmann?«

»Worum?«

»Begleiten Sie mich bitte nach Hause.«

Hoffmann wiegte den Kopf.

»Das kann ich nicht.«

Sie war enttäuscht.

»Was hindert Sie daran?«

»Frau Berg, ich muss Sie ärztlicher Aufsicht übergeben. Ich kann nicht anders, ich bin Polizist.«

»Aber warum?«

»Sie standen ein paar Zentimeter neben dem Wasser, hatten eine Waffe in der Hand. Ich mache Ihnen einen Vorschlag.«

»Und zwar?«

»Ich fahre Sie in die Klinik und bleibe bei Ihnen, bis Ihre Situation geklärt ist.«

»Würden Sie das wirklich für mich tun?«

»Aber ja.«

»Dann bin ich einverstanden.«

»Gehen wir zu meinem Wagen. Nur ein paar Blocks in diese Richtung.«

Hoffmann wandte sich zum Gehen. Alice klammerte sich wieder an seinen Arm. Schweigend marschierten sie in Richtung Augarten. Sie kamen in die Wasnergasse. Alice hielt kurz inne und schaute zur anderen Straßenseite.

»Was ist das für eine Mauer?«

»Die Augartenmauer. Sie läuft rund um den Augarten.«

»Ich kenne den Augarten nur vom Hörensagen. Wohnen Sie in dieser Gegend?«

»Ein Stückchen die Gasse runter. Das ist mein Auto.«

7. SZENE

Es gab nur eine benutzbare Toilette. Also eine, in der sowohl der Zufluss als auch der Abfluss funktionierten, in der eine Glühlampe Licht spendete und die über einen Klositz verfügte. Lukas hatte wie alle die Toilette schon mehrmals gründlich geputzt. Iris hatte ein System entworfen, an das sich die meisten so halbwegs hielten. Jeder, der länger als eine Woche im Autonomen Zentrum wohnte, musste die Toilette putzen, da war Iris knallhart. Wer sich weigerte, auch nur einen Finger zu rühren, der flog raus.

Einmal hatten sie einen Wichtigtuer da, der glaubte, Iris verarschen zu können, weil sie übergewichtig war, weil sie dicke Brillen trug und weil sie beim Kapieren manchmal ein wenig länger brauchte. Da hatte sich der Dreckskerl mit der Falschen angelegt, denn als er Iris so richtig auf der Schaufel gehabt hatte, waren plötzlich Jean-Claude, Werner und Ottfried Schulter an Schulter vor ihm gestanden. Okay, Jean-Claude war klein und schmächtig, kein echter Kämpfer, Werner war mittelgroß und vom Temperament her alles andere als ein Raufbold, eben ein Intellektueller, aber man musste lebensmüde sein, um sich mit Ottfried anzulegen. Ein Schrank, fast zwei Meter groß, Schultern wie eine Donaubrücke und Oberschenkel wie zwei steirische Eichen. Aus der Steiermark kam er auch, aus der Gegend, wo früher die Stahlwerke für Vollbeschäftigung gesorgt hatten, wo sich jetzt aber Industrieruine an Industrieruine reihte. Und Ottfried war meist ruhig, hielt sich im Hintergrund, ließ die anderen reden, allen voran Jean-Claude, aber wenn er wütend wurde, schlug er zu. Drei Monate hatte er wegen einer Schlägerei gesessen. Zwei Neonazis hatten geglaubt, sie könnten den klein gewachsenen Anarcho ein bisschen durch die Mangel drehen. Ihr Pech war, dass Jean-Claude an diesem Abend nicht alleine unterwegs gewesen war. Ottfried hatte einen der beiden gegen die Wand geschleudert. Schürfwunden im Gesicht und eine Gehirnerschütterung, das hatte der Arzt im Krankenhaus in den Befund geschrieben. Der zweite war auf und davon gerannt. Und auch der Scheißkerl, der Iris hatte verarschen wollen, war schnell aufgebrochen. Hast ihn nicht mehr gesehen. Niemand legte sich mit Ottfried an. Und niemand verarschte Iris, solange sie mit Ottfried zusammen war.

Lukas wartete.

Die Spülung rauschte. Für ein kleines Geschäft hätte er auch in den Innenhof gehen können, tat er aber nicht oft, nur wenn er dringend musste und vor der Toilette eine Schlange stand. Sarka öffnete die Tür. Sie lächelte Lukas an. Logo, dass er auch lächelte. Wenn Sarka lächelte, musste die ganze Welt lächeln. Na klar war er in Sarka verliebt. Alle Männer im Zentrum waren in Sarka verliebt. Sogar Jean-Claude, obwohl der ja schwul war. Sarka musste man einfach lieben, ihr tschechischer Akzent, ihr hübsches Gesicht, das dichte lange Haar und ihre total unkomplizierte Art waren einfach nur toll. Aber seit sie mit Werner zusammen war, hatten alle anderen keine Chance. Lukas schon gar nicht, er war ja das Küken im Zentrum. Noch nicht einmal 18. Außerdem hatte Lukas eine Freundin.

»Schon eilig?«

Lukas winkte lässig ab.

»Kein Stress.«

»Hab den Sitz vorgewärmt.«

Ja, daran hatte Lukas auch schon gedacht. War irgendwie prickelnd, gleich nach Sarka auf die Toilette zu gehen. Verrückt eigentlich.

»Dann setze ich mich extra hin. Obwohl ich nur pinkeln muss.«

Sarka lachte und ging an Lukas vorbei. Bevor er die Tür hinter sich zuziehen konnte, wandte sich Sarka um.

»Du, Lukas?«

»Ja?«

»Wie heißt deine Freundin noch einmal?«

»Corinne.«

»Ja genau, Corinne. Entschuldige. Ich werde versuchen, mir den Namen jetzt zu merken.«

»Schon okay.«

»Sie war ja noch nicht so oft bei uns.«

»Zweimal.«

Sarkas Miene war ernst.

»Sie ist sehr jung.«

»Ja.«

»Schon 16?«

Lukas schüttelte den Kopf.

»14.«

Sarka verzog den Mund. Sie flüsterte.

»Schau, dass sie nicht zu oft mit Jean-Claude zusammen ist. Du weißt, was ich meine.«

»Die Kifferei?«

Sarka nickte zustimmend.

»Sie ist zu jung dafür.«

»Vorgemerkt.«

Sarka zwinkerte Lukas lächelnd zu. Er schloss die Tür. Warum meldete sich Corinne nicht? Wie viele SMS hatte er ihr schon geschrieben? So ein Scheiß.

8. SZENE

Hoffmann stützte seine Ellbogen auf die Knie. Er wartete seit einer halben Stunde. Der Abend verstrich, ohne dass er es bemerkte. Die Zeit war einerlei. Wie oft hatte er schon auf dies und das gewartet?

Der Verkehr auf den Straßen war gering gewesen. Hoffmann hatte den Wagen bedächtig quer durch die Stadt gelenkt. Während der Fahrt hatten sie kaum miteinander gesprochen, die meiste Zeit hatte sein abendlicher Fahrgast zum Fenster hinaus gesehen. Dann hatten sie das Krankenhaus erreicht. Nach einem kurzen Gespräch mit dem Portier hatte er Alice in die Nachtambulanz begleitet. Zuerst hatten sie gemeinsam gewartet, dann war Alice aufgerufen worden. Sie hatte nicht gewollt, dass er ihr in das Arztzimmer folgte. Aus Scham. Also hatte er wieder Platz genommen.

Eine Tür öffnete sich. Alice, ein Arzt und eine Krankenpflegerin traten heraus. Der Arzt schaute kurz zu Hoffmann hinüber. Dieser erhob sich. Der Arzt rief den nächsten Patienten auf und verschwand wieder in seinem Arbeitsraum. Alice und die Pflegerin kamen auf Hoffmann zu.

»Entschuldigen Sie bitte, dass ich Sie so lange habe warten lassen«, sagte Alice zu Hoffmann.

»Nicht der Rede wert.«

»Danke, dass Sie sich um mich gekümmert haben. Ich werde das niemals vergessen.«

Ein verlorenes Lächeln, fand Hoffmann, aber es war ehrlich und kam aus der Tiefe.

»Wir werden Frau Berg stationär aufnehmen«, sagte die Krankenpflegerin. »Sehr freundlich von Ihnen, dass Sie sie hierher gebracht haben. Und sehr aufmerksam.«

»Brauchen Sie Kleidung? Hygieneartikel? Wenn Sie wollen, kann ich etwas besorgen.«

Alice schüttelte den Kopf.

»Das brauchen Sie nicht. Ich bleibe nur eine Nacht zur Beobachtung.«

»Wir haben alles Nötige hier«, sagte die Pflegerin. »Wir sind für unerwartete Aufenthalte eingerichtet.«

Hoffmann nickte der Frau wissend zu. Er hatte mehrmals Personen hierher gebracht. Das brachte der Beruf als Drogenfahnder mit sich. Alice streckte ihre Hand aus.

»Gute Nacht, Herr Hoffmann. Und vielen, vielen Dank.«

Er schüttelte die Hand.

»Gute Nacht, Frau Berg.«

Hoffmann fuhr zügig durch die Winternacht. Er grübelte. Revolver und Munition befanden sich nach wie vor in seinen Jackentaschen. Was sollte er damit tun? In den Donaukanal werfen?

FREITAG

9. SZENE

Sigrid Körner nahm wie immer die Treppe. Sie benutzte Fahrstühle grundsätzlich nur, wenn sie schwere Koffer oder Kartons schleppte, oder wenn sie in einem Hochhaus in den 40. Stock musste. Gerne sagte sie, um ihr Image als junge, grüne weibliche Revoluzzerin in einem stockkonservativen Männermilieu zu stärken, dass sie die Energieverschwendung durch das Aufzugfahren nicht duldete. Die meisten wussten aber ohnedies, dass sie kaum eine Stunde ruhig sitzen konnte und pausenlos auf den Beinen sein musste. Das war der Trick an optimaler körperlicher Fitness, der Alltag musste einfach von Bewegung erfüllt sein. Lächerlich, im Kommissariat mit dem Fahrstuhl auf und ab zu fahren, wenn sie sich dann im Fitnessstudio extra Zeit nehmen musste, um auf einem Sportgerät Treppensteigen zu simulieren. Und zwei, drei Stockwerke rauf und runter war sie allemal so schnell wie ein Fahrstuhl. Was sie keinem sagte, war, dass sie in Fahrstuhlkabinen ein bisschen an Platzangst litt. Musste niemand wissen. Schwungvoll wehte sie durch die offenstehende Tür.

»Guten Morgen. Der Lieferservice ist da!«

Körner hob die beiden Papiersäckchen. Sie wurde mit großem Hallo begrüßt. Walter Kaltenegger füllte die Tassen. Das Aroma frisch aufgebrühten Kaffees lag im Besprechungsraum. Körner und Kaltenegger verteilten die Kipferl, Topfengolatschen und Punschkrapfen auf Teller und stellten diese auf den Tisch. Körner musterte ihren älteren Kollegen von der Seite. Seit sie mit ihm zusammenarbeitete, war Kaltenegger beständig guter Laune. Seine beiden Enkeltöchter hatten Spaß in der Schule, sein Sohn und dessen Frau hatten ihre Eheprobleme in den Griff bekommen, und Kalteneggers Gastritis hielt sich sehr diszipliniert im Hintergrund. Und seine pfiffigen, gelegentlich bärbeißigen Witze hatte Körner immer gemocht. Ein 60-jähriger Kriminalist, der sich des Lebens erfreute, hatte ein paar Dinge im Leben auf die Reihe gebracht. Alle in der Fachgruppe wussten, dass Major Windisch und Chefinspektor Kaltenegger in praktisch allen Lebenslagen und Arbeitsbelangen gut harmonierten. Das färbte natürlich auf die anderen ab. Sogar Caroline Stranek gelang es bei den wöchentlichen Sitzungen immer wieder, trockene Witze zum Besten zu geben, obwohl sie vom Naturell her genau das Gegenteil von Kaltenegger war. Bei der Vergabe von Talenten hatte sie, als die Gemütlichkeit verteilt wurde, einfach nicht aufgezeigt. Stranek war elf Jahre älter als Körner, also 40, aber beim Dauerlauf, beim Radfahren und in der Kraftkammer stand sie Körner in keiner Weise nach. Eine harte Frau, mit allen Wassern gewaschen. Kaltenegger war auch mit allen Wassern gewaschen, aber er war mit der Zeit nicht hart geworden, sondern rundlich und gemütlich. Stranek ernährte sich strikt vegetarisch, Kaltenegger liebte Wiener Schnitzel und Schweinebraten. Das sorgte immer wieder für heiße Diskussionen. In einem waren sie aber absolut auf einer Linie: Ihre Hunde waren nicht nur einfach Haustiere, sondern echte Freunde. Jede freie Minute joggte Stranek mit ihrem Hund auf der Donauinsel, während Kaltenegger in der Freizeit in seinem Garten in Stammersdorf saß und sein Hund auf der Terrasse faulenzte.

»Ich nehme eine Topfengolatsche. Super, vielen Dank«, sagte Gerhard Assmann.

»Und mir bleibt natürlich nur ein staubtrockenes Kipferl. Typisch«, maulte Kaltenegger.

»Du musst eh ein bissl auf deine Figur achten«, stichelte Stranek.

»Du aber auch«, konterte Kaltenegger. »Nimm noch einen zweiten Punschkrapfen. Besser einen dritten.«

Die zwei Männer und zwei Frauen lachten. Neben Caroline Stranek saß Gerhard Assmann. Der Mann Mitte 30 war vor einiger Zeit von Major Windisch aus der Fachgruppe Drogenkriminalität abgeworben worden. Es hatte deswegen einigen Wirbel im Kommissariat gegeben, aber da der Wechsel von Assmann selbst auch gewollt und angestrebt worden war, waren die Gräben irgendwann wieder zugeschüttet worden. Und Assmann hatte sich stark gemacht, Sigrid Körner in die Gruppe aufzunehmen. Körner und Assmann waren gute Freunde, trafen sich auch privat immer wieder. Was nie zwischen ihnen gestanden hatte, war die Sexsache. Assmann hatte zu Hause eine bildhübsche Frau und einen strammen Sohnemann in den Windeln, als stolzer Jungvater dachte er nicht einmal andeutungsweise daran, sich auf irgendwelche Affären mit Kolleginnen einzulassen, und Körner mochte sowohl Gerhard als auch Sandra Assmann. Die beiden Frauen, Sandra Assmann und Sigrid Körner, lebten zwar in völlig verschiedenen Welten, da die brave Hausfrau und Mutter, dort die sportliche und ehrgeizige Polizistin im Singlehaushalt, aber sie kamen einfach gut miteinander aus. In Wahrheit traf Körner ihren Kollegen Assmann nur dann privat, wenn sie dessen Ehefrau zum Tratsch besuchte. Und Sandra Assmann hatte bald spitzgekriegt, dass Körner ihren Ehemann nicht anziehend fand. Nämlich gerade weil Gerhard Assmann gut aussehend und sportlich war, immer gepflegt auftrat und stets den vorbildlichen Polizisten mimte, fand Körner ihn langweilig. Als Kollege super, als Mann einfach nicht ihr Typ.

Gerald Windisch erschien im Türstock, ein Bündel Papiere unter die Achsel geklemmt.

»Aha, da wird schon eifrig gearbeitet. Kaffee und Kipferl, so geht das bei der Wiener Polizei. Das Kaffeehaus lässt grüßen. Fehlt nur noch Oberkellner Johann, ein Viertel Grüner Veltliner und ein Schachbrett für den langen Vormittag.«

Gelächter. Gerald Windisch setzte sich an das Kopfende des Tisches. Es war Windischs Vorschlag gewesen, die regelmäßigen Sitzungen in lockerer Atmosphäre mit einem gemeinsamen Frühstück abzuhalten. Sie wechselten einander beim Kauf der Backwaren ab. Und es gelang sogar halbwegs regelmäßig, dieses Ritual einzuhalten. Wenn ringsum die Granaten einschlugen und ihnen die Kugeln um die Ohren pfiffen, wenn das Team in brandheißen Fällen steckte, wenn die Kriminalisten am Rande der Erschöpfung durch die Gänge taumelten, dann liefen die Sitzungen weniger gesellig ab. Aber heute hielt sich der Wahnsinn in der Stadt vornehm zurück. Routinesachen. Windisch goss sich eine Tasse Kaffee ein und nahm einen Schluck. Wie immer war der Kaffee großartig. Einer der unleugbaren Vorteile, mit Walter Kaltenegger zusammenzuarbeiten, war, dass der Mann ausgesprochen grantig auf miesen Kaffee reagierte und Kolleginnen und Kollegen unmittelbar angewandte körperliche Gewalt androhte, wenn sie Dreckzeugs kauften.

»Also, meine Damen, meine Herren, wie schauen wir aus? Gerhard, was hast du in der Sache mit der abgängigen ungarischen Frau herausbekommen?«

Assmann blätterte den vor sich liegenden Aktenumschlag auf. Das Gespräch entwickelte sich, die aktuellen Fälle wurden besprochen, Windisch erhielt zwischenzeitlich zwei Anrufe, Kaltenegger ebenfalls, das Ermittlerteam saß eine Stunde beisammen. Gerald Windisch war zufrieden. Seine Leute erledigten ihre Jobs, derzeit gab es keine zwischenmenschlichen Komplikationen im Team, und keine spektakulären Fälle sorgten in den Medien sowie in der Chefetage für Nervosität. Es konnte ruhig häufiger Wochen wie diese geben. Die Besprechung neigte sich dem Ende zu. Windisch blickte schon auf seine Armbanduhr und ging im Kopf die nächsten Termine durch.

»Eines noch, Gerald.«

Windisch hob die Augenbrauen und schaute seinen älteren Freund und Kollegen Kaltenegger an. Dieser strich sich durch den dichten Schnauzbart. Ein klares Zeichen für eine gewisse Spannung. Kaltenegger hatte einst Windisch alles beigebracht, war fast so etwas wie ein älterer Bruder für ihn gewesen. Kaltenegger hatte schnell die Talente des jungen, cleveren und tatendurstigen Polizisten Gerald Windisch erkannt und nach Kräften dessen Aufstieg in der Karriereleiter unterstützt, auch war er der Erste gewesen, der Windisch gratuliert hatte, als dieser in der Hierarchie an seinem älteren Kollegen vorbeigezogen war. Jetzt war Kalteneggers ehemaliger Schüler sein Chef, und beide kamen mit dieser Situation gut zurecht. Windisch wusste, dass da immer einer war, der hinter ihm stand, und Kaltenegger wusste, dass ihn trotz seines Alters und seiner mangelnden körperlichen Fitness niemand aus dem Amt drängen würde. Er würde bis zur Pensionierung Kriminalist bleiben und dank seiner Erfahrung, Übersicht und Abgeklärtheit den jungen Sportskanonen den Rücken frei halten können.

»Walter, bitte.«

Kaltenegger zog ein Blatt aus seiner Mappe.

»Ich habe mir den Stand unserer Überstunden angesehen.«

Windisch biss sich auf die Lippen. Die Überstunden. Ein heikles Thema.

»Und was hast du entdeckt?«

»Wir kommen einfach nicht runter. Caroline hat Überstunden, die eigentlich für drei Planposten reichen. Wir wissen alle, dass du nicht zu den Erbsenzählern gehörst, Caroline, aber deine Überstunden sind eigentlich ein Wahnsinn. Der Gerhard hat zwar zuletzt ein paar Überstunden abgebaut, kein Thema, er hat ein Baby zu Hause. Ich weiß aus eigener Erfahrung, wie wichtig das für einen jungen Mann ist, wenn man für die eigenen Kinder da sein kann. Aber in dem Maß, in dem Gerhards Überstunden runter gegangen sind, sind Sigrids Überstunden raufgegangen. Obwohl sie ja erst seit drei Monaten im Team ist, ist da ganz schön was zusammen gekommen. Und dass ich auch ein paar Überstunden angesammelt habe, ist ja wohl kein Geheimnis.«

»Ja, ich weiß«, sagte Windisch mit verkniffener Miene.

»Und Gerald, deine Überstunden sind auch kein Honiglecken.«

»Es geht uns allen so.«

»Irgendwie müssen wir da eine Lösung finden.«

»Darüber zermartere ich mir auch immer wieder das Hirn.«

Ein Weilchen lag Stille im Raum. Kaltenegger wusste, dass er seinem Vorgesetzten die Frage nicht ersparen konnte. Freundschaft hin oder her.

»Wie lange willst du den Posten noch frei halten?«

Stranek, Assmann und Körner schwiegen, ja sie regten sich kaum. Die Meinungsverschiedenheit der beiden Männer war allen bekannt, sie war aber lange Zeit unter den Teppich gekehrt worden. Irgendwann musste die Sache ans Licht. Und Kaltenegger war ein Mann, der sich nicht scheute, unangenehme Fragen zu stellen. Vielleicht war er deswegen die Karriereleiter nie ganz hinaufgekommen, bestimmt aber genau aus diesem Grund zollten ihm die jüngeren Kollegen Respekt.

»So einfach ist das nicht, Walter.«

Kaltenegger stellte beide Hände auf den Kanten parallel vor sich auf den Tisch. Eine Geste, die alle kannten.

»Du hältst den Posten noch immer für Wolfgang frei. Wir alle wissen das. Keine Frage, Wolfgang ist bestimmt der gewiefteste Kieberer, der jemals in diesem Kommissariat Dienst geschoben hat. Ich kenne den Wolfgang so lange wie du, nämlich seit er als Grünschnabel hier angefangen hat. Wir wissen alle, dass du ihm nahe stehst, wir wissen alle, dass du ihn im Team haben willst, wir wären alle froh, wenn Wolfgang bei uns wäre. Aber …«

Windisch schaute nachdenklich zum Fenster hinaus.

»Aber wir wissen nicht, ob der Wolfgang jemals wieder zurückkommen wird.«

Kaltenegger gestikulierte.

»Also ich an seiner Stelle würde es nicht tun. Ich würde mir einen ruhigen Job suchen und mir keinen Stress mehr antun.

Halbtags im Innenministerium Büroklammern geradebiegen, Blumen gießen und ein bisschen die Datenbank füttern und am Nachmittag spazieren gehen und im Kaffeehaus Zeitung lesen. Das würde ich tun. Ich glaube nicht, dass er zurückkommt. Jemand anderer muss die offene Stelle besetzen.«

Windisch seufzte und schaute Kaltenegger in die Augen.

»Walter, ich habe mir ein Eigentor geschossen.«

Kaltenegger runzelte seine Stirn.

»Was heißt das?«

»Ja, ich habe eine Zeitlang den Posten offengehalten, ich habe auf Wolfgang warten wollen. Und was ist passiert? Ein paar Etagen über uns hat irgendein Schlaumeier spitzgekriegt, dass die Fachgruppe für Kapitalverbrechen in Ottakring eigentlich mit einem Mann weniger auch ganz gut läuft.«

Kaltenegger zog seine Lippen breit.

»Sie haben den Posten gestrichen?«

Windisch nickte zustimmend.

»Leider ja, Walter. Mein Fehler. Ein Eigentor.«

Kaltenegger ächzte.

»Das heißt, wir werden von unseren Überstunden nicht mehr runterkommen.«

Windisch zuckte mit den Achseln.

»Nicht in diesem Leben.«

10. SZENE

Nur mit Mühe riss Hoffmann seine Augen von den Zeilen. Er hatte eine Vorliebe für historische Wälzer entwickelt, im

Krankenhaus und zu Hause hatte er die Zeiten des Wartens mit Lesen verbracht. Er hielt seinen Geschmack für nicht besonders anspruchsvoll, wenn die Bücher sich leicht lesen ließen und spannend waren, dann war er schon zufrieden. Der dicke Roman auf seinem Schoß las sich vielleicht nicht ganz leicht, war dafür aber unheimlich spannend und gleichzeitig unheimlich düster. In der Buchhandlung hatte er einfach zugegriffen, ein historischer Roman, der es mit der historischen Realität nicht so genau nahm, oder eher sogar sehr frei damit umging, ein Roman, in dem der Autor die Geschichte des frühen 20. Jahrhunderts einfach umgedichtet hatte. Sehr spannend, aber sein Magen forderte seine Rechte. Also klappte Hoffmann das Buch zu und stapfte in die Küche.

Drei Dinge bestimmten derzeit sein Leben. Das Lesen dicker Bücher, Spazieren gehen und Kochen. Ja, ein paar Mal hatte er sich den Spaß gegönnt, Museen abzuklappern. Das Kunsthistorische Museum, das Technische Museum, die Hofburg. Reiner Zeitvertreib und besser als Fernsehen. Es war zwei Uhr Nachmittag, sein Magen knurrte. Hoffmann öffnete den Kühlschrank und inspizierte den Inhalt. Er überlegte sich ein Menü. Wenig später dampfte ein Topf mit Reis auf dem Herd, und in der Pfanne brutzelten Zwiebeln in Olivenöl. Mit dem Messer schob er vom Schneidebrett geschnittene Tomaten, Paprika und Zucchini in die Pfanne, drückte aus einer Tube Tomatenmark, goss etwas Wasser zu, würzte mit Salz, Paprikapulver, Majoran und Lorbeer. Der Duft war köstlich. Jahrelang hatte er sich von Hotdogs und Leberkäsesemmeln vom Würstelstand ernährt, dazu Unmengen Kaffee getrunken, jetzt aber, seit er Zeit und Muße zum Kochen hatte, war sein Speiseplan ungleich abwechslungsreicher und bekömmlicher. Hoffmann füllte den Krug mit Leitungswasser, stellte einen Teller bereit, kramte in der Besteckslade. Er nahm einen tiefen Schluck Wasser.

Seit er das Rauchen aufgegeben hatte, roch es in seiner Küche nicht nach überfüllten Aschenbechern, sondern nach

Essen. Hoffmann schöpfte Reis auf den Teller, verteilte ihn flach und löffelte das Letscho darüber. Er drehte die Pfeffermühle und nahm den ersten Bissen. Köstlich.

Mit einem Auge überflog er die Überschriften in der Zeitung. Der übliche Irrsinn. Blutige Revolutionen, kapitale Finanzkrisen, entsetzliche Verkehrsunfälle und verheerende Naturkatastrophen, mal in dieser Weltgegend, dann in einer anderen. Warum er überhaupt die Zeitung abonniert hatte? Hoffmann schob sich langsam einen Happen nach dem anderen in den Mund, kaute bedächtig und blätterte weiter zu den Sportseiten. Endlich wieder Erfolge! Auf die österreichischen Skifahrerinnen und Skifahrer war Verlass, die holten sich die Siege. Auch wenn sonst der ganzen Welt der Skisport schnurz war, in Österreich waren Helden stets mit langen Brettern an den Füßen talwärts unterwegs. Hoffmann las den Artikel über eine junge Frau aus einem Bergdorf, die sich wie derzeit keine andere die schneebedeckten Hänge hinunterstürzte. Siege in der Adventzeit, da liefen die Reporter zur Höchstform auf.

Er legte den Löffel ab und lehnte sich zurück. Wunderbar gesättigt. Und für den Abend war noch eine Portion übrig. Was sollte da schief gehen? Hoffmann grübelte. Ein Nickerchen oder ein Spaziergang? Andere Menschen in seinem Alter kehrten nach dem Mittagstisch an die Werkbank oder den Bürotisch zurück. Er schmunzelte. Ein Sozialschmarotzer, das war er, einer, der auf Kosten der anderen den Tag verbummelte. Zumindest würde das sein ehemaliger Chef in der Drogenfahndung Anton Koller so sagen. Sollte er wieder in den Polizeidienst zurückkehren? Mit Gerald Windisch als Chef würde sein Arbeitsalltag wesentlich problemloser verlaufen. Aber war nicht seine Arbeit das eigentliche Problem? Derzeit bezog er Reha-Geld, derzeit war er noch ambulanter Patient der onkologischen Klinik im Wilhelminenspital, aber so wie es aussah, würde man ihn dort früher oder später von der Patientenliste streichen. Ein seltener Fall von gelungener Therapie eines Patienten mit Lungenkrebs.

Sie hatten das Biest angeblich sauber herausschneiden können, sogar ohne die Lunge großräumig zu schädigen. Er musste den Ärzten vertrauen und konnte das auch. Nachdem im Krankenhaus klar geworden war, dass man mit Hoffmann einen Patienten aufgenommen hatte, dem man ausweichende Antworten erst gar nicht zu servieren brauchte und den man über alle Vorgänge und Eingriffe klar und sachlich informieren musste, war eine solide Vertrauensbasis geschaffen. Und Hoffmann hatte es geschafft! Die Ärzte hatten sein Krankenbett nicht in die Palliativstation geschoben, sondern ihm einen Packen Papiere für den Hausarzt in die Hand gedrückt und mit einem vom Herzen verabreichten Tritt vor die Tür gesetzt. Der beste Tritt, den er je im Leben erhalten hatte.

Hoffmann erhob sich, räumte das Geschirr vom Tisch. In der Küche stapelte sich benutztes Geschirr, also räumte er die Spülmaschine ein und startete das Waschprogramm.

Er entschloss sich zu einem Spaziergang. Auf dem Weg ins Vorzimmer kam er allerdings an der Couch vorbei. Sah verdammt bequem aus, der Polster, die Decke, unendliche Schläfrigkeit bemächtigte sich seiner. Hoffmann stolperte, fiel und landete zum Glück direkt auf der Couch. Er schmunzelte. Das musste ein Wink des Schicksals sein. Hoffmann zog sich die Decke über und schloss die Augen.

11. SZENE

War das die richtige Adresse? Wo? Wen suchte sie überhaupt?

Alice Berg hatte sich zum Schutz vor der Kälte dick vermummt, warme Unterwäsche, eine Strickweste und ein Pullover, darüber der Mantel, ein flauschiger Schal, eine tief in die Stirn gezogene Mütze. Und Handschuhe. Und die Winterstiefel. Bestimmt würde sie die Nacht auf einer Bank im angrenzenden Park ohne Erfrierungen verbringen können. Übernachteten im Augarten viele Obdachlose auf den Bänken? Noch war es nicht Nacht. Alice hatte keine Ahnung, ob es Vormittag oder Nachmittag war. Es war hell. So einigermaßen. Schnee lag in diesem Stadtteil nicht. Aber eine geschlossene Wolkendecke verdunkelte die ohnedies schwache Wintersonne.

Sie liebte den Winter. Schöne Erinnerungen geisterten durch ihren Kopf. Schneebedeckte Berggipfel funkelten strahlend weiß und fern, sie war ein Kind, sie stieg aus der Seilbahngondel, blickte blinzelnd um sich. Die Pracht der Zentralalpen, St. Moritz, Graubünden in fast 3.000 Meter Seehöhe, der Piz Nair und wunderschöne Skipisten. Sie konnte sich erinnern, eine gute Skifahrerin gewesen zu sein.

Hier war der Winter düster und grau. Trug sie wieder ihre Sonnenbrille? Nein. Dennoch kam ihr die Straße finster vor. War das ihre eigene Finsternis oder die der alten Stadt an der Donau?

Konnte es dieses Haus sein? Vielleicht. Das Auto hatte davor gestanden. Sie stemmte sich gegen das Haustor. Verschlossen. Erst jetzt entdeckte sie die Gegensprechanlage. Sie suchte nach dem Namen. Fand ihn nicht. Das nächste Haus? Würde sie alle Häuser der Gasse abklappern müssen?

Es musste doch hier sein!

Oder suchte sie in einem völlig falschen Stadtteil?

Sie konnte diese Augen nicht vergessen. Obwohl sie sonst so viel vergaß. Diese Augen nicht. Klare Bergseen. Im Sommer hatte sie bei den Bergwanderungen mit ihren Eltern allzu gerne ihre Füße in den kalten und klaren Bergseen gebadet. Zur Gänze hatte sie sich nie hinein getraut. Wer wusste schon, ob die Wassermänner in der endlosen Stille eine Störung durch planschende Mädchen duldeten? Und dass Wassermänner und Seenixen die Bergseen bewohnten, war ihr völlig klar gewesen. Was sonst? Deshalb hatte sie auch nie Steine in die Seen geworfen. Schrecke niemals die Tiefe auf. Niemals!

Alice packte ihren Trolley und zog ein Haus weiter. Auch hier eine Gegensprechanlage. Sie las die Namen auf den kleinen Schildern.

12. SZENE

Hoffmann schreckte hoch. Der Wecker? Nein, er lag ja auf der Couch. Er strampelte die Decke fort, erhob sich und taumelte noch schlaftrunken ins Vorzimmer. Neben der Wohnungstür befand sich die Konsole der Gegensprechanlage. Er hob den Hörer ab.

»Ja?«

»Guten Tag.«

Eine weibliche Stimme.

»Guten Tag.«

»Entschuldigen Sie die Störung.«

Hoffmann runzelte die Stirn. Die Stimme klang blechern, aber der Akzent war unverkennbar.

»Wer ist da?«

»Bin ich hier richtig bei Wolfgang Hoffmann? Dem Polizisten Wolfgang Hoffmann?«

Hoffmann war sich jetzt sicher.

»Guten Tag, Frau Berg. Ja, hier spricht Wolfgang Hoffmann.«

Er hörte ein Seufzen der Erleichterung.

»Was für ein großes Glück! Und Sie sind zu Hause.«

»Sie haben mich also gesucht.«

»Und gefunden.«

»Kommen Sie erst mal hoch, Frau Berg.«

»Sehr gerne.«

Hoffmann betätigte den Schalter und entriegelte das Haustor. Er trat auf den Flur. Schritte. Und ein rollendes Geräusch. Hoffmann blickte das Treppenhaus hinab. Alice zog einen Trolley hinter sich her. Er ging ihr entgegen.

»Sie haben ja Gepäck dabei.«

Er nahm den Rollkoffer an sich und trug ihn die Treppe hoch.

»Vielen Dank.«

»Da rechts. Die Tür steht offen.«

Sie verschwand in der Wohnung. Hoffmann schaute noch einmal im Treppenhaus in die Tiefe und lauschte. Nichts. Keine auffälligen Geräusche. Niemand war ihr gefolgt. Er stellte den Trolley im Vorzimmer ab und schloss die Tür. Alice stand vor der Garderobe und schaute sich verlegen um.

»Entschuldigen Sie bitte, dass ich Sie so überfalle. Das ist mir sehr unangenehm.«

»Sind Sie auf der Durchreise?«

»Ja. Oder nein. Wie soll ich sagen? Ich weiß nicht, wohin ich mich wenden soll.«

Hoffmann wartete einen Moment, aber sein unerwarteter Gast sagte nichts.

»Legen Sie erst einmal ab.«

Hoffmann ging ihr zur Hand und hängte den roten Mantel auf einen Kleiderhaken. Er nahm auch Schal und Mütze an sich. Sie schlüpfte aus ihren Stiefeln. Hoffmann kramte aus den Schuhkästchen ein paar Pantoffeln hervor.

»Danke.«

»Bitte treten Sie näher. Immer rein in die warme Stube.«

»Sie sind sehr freundlich.«

Hoffmann ging voran und griff nach der Decke auf der Couch.

»Haben Sie geschlafen?«

»Ein Nickerchen nach dem Essen.«

Alice wirkte beinahe erschüttert. Ein reichlich starker Impuls, wie Hoffmann fand.

»Habe ich Sie geweckt?«

Hoffmann legte die gefaltete Decke ab und wischte sich endgültig den Schlaf aus dem Gesicht.

»Zum Glück. Wenn ich nachmittags lange schlafe, komme ich nicht vor Mitternacht ins Bett. Bitte nehmen Sie Platz.«

»Sind Sie alleine zu Hause?«

»Aber ja. Das ist ein Singlehaushalt.«

»Sehr gemütlich haben Sie es.«

»Nun, was braucht ein Mann alleine schon? Schlicht und übersichtlich.«

Alice nahm auf der Couch Platz.

»Darf ich Ihnen eine Tasse Kaffee anbieten? Oder Tee? Orangensaft?«

»Ich will Ihnen wirklich keine Umstände machen.«

Hoffmann winkte ab.

»Also ich trinke um diese Zeit immer eine Tasse Kaffee. Eine zweite Tasse macht wirklich keine Umstände. Espresso oder Cappuccino? Oder auf wienerisch, ein Mokka oder eine Melange?«

Alice lächelte. Ein hinreißendes Lächeln. Schnelle Stimmungswechsel, stellte Hoffmann fest.

»Eine Melange.«

Er hantierte in der Küche und füllte an seiner neu angeschafften Kaffeemaschine zwei Tassen, eine Melange und einen Mokka. Er servierte die Tassen und setzte sich auf den Fauteuil seinem Gast gegenüber.

»Vielen Dank.«

Alice rührte eine Prise Zucker in den Kaffee.

»Also was führt Sie zu mir, Frau Berg?«

Alice seufzte.

»Bitte sagen Sie Alice zu mir. Frau Berg, Herr Hoffmann, das klingt so unpersönlich.«

Wollte er mit seinem Gast persönlich werden? Hoffmann war sich nicht sicher. Im Dienst hätte er unbeirrbar am Nachnamen festgehalten, aber der Dienst war weit weg. Wollte sie den Revolver wieder?

»Also gut, Alice, dann sag mir doch bitte, was dich zu mir führt?«

Wieder dieses strahlende Lächeln. Wenn sie lächelte, schien ihr blondes Haar zu leuchten. Hoffmann kniff die Augen zusammen. Nein, nicht das Haar, vielmehr die Augen leuchteten.

»Wie schön es klingt, wenn du meinen Namen sagst. Die Wiener sprechen den Namen Alice ganz anders aus als die Schweizer. In deinem Mund klingt mein Vorname wie ein Stück Schokoladentorte.«

Die beiden lachten.

»Nun, ich kann mich auch bemühen, den Schweizer Klang zu treffen.«

»Bitte nicht!«

Hoffmann nahm die kleine Tasse zur Hand und benetzte seine Lippen mit dem Kaffee. Er stellte die Tasse nicht wieder ab. Hoffmann wartete. Würde sie sagen, was sie umtrieb oder nicht? Alice nahm ebenfalls ihre Tasse zur Hand und nippte daran. Schweigen. Also kein einfacher Informationsfluss. Er musste sich herantasten.

»Wie verlief der Aufenthalt im Krankenhaus?«

»Sehr gut. Man ist dort immer sehr freundlich zu den Patienten. So weit es die Arbeitsbelastung zulässt.«

»Und wie lange warst du dort?«

»Nur diese eine Nacht. Am nächsten Tag hat man mich wieder entlassen. Und man hat mir Medikamente gegeben.«

Hoffmann biss sich auf die Lippen. Vielleicht hätte er in der Ambulanz sagen sollen, dass die Situation, in der er Alice begegnet war, verdächtig nach einem Suizidversuch ausgesehen hatte. Er hatte nur von ihrer Verwirrung berichtet. Er fühlte sich unwohl in seiner Haut. Warum hatte er nichts davon gesagt? Bei akuter Selbstgefährdung mussten die Ärzte die Patienten in der geschlossenen Abteilung unterbringen.

»Ich hoffe, du verträgst sie.«

»Ja. Es sind erprobte Medikamente. An mir erprobt.«

Wieder tat sich eine unangenehme Stille auf. Hoffmann mühte sich, den Redefluss in Gang zu halten.

»Was machst du beruflich?«

»Ich bin Hausfrau.«

»Und dein Mann?«

Alice riss endlich ihren Blick von der Tasse.

»Er ist Antiquitätenhändler.«

Hoffmann nickte interessiert.

»Ein schöner Beruf. Immer umgeben von alten schönen Dingen.«

»Ja. Bei einer Antiquitätenmesse in Zürich haben wir einander kennengelernt.«

»Und wo ist dein Mann derzeit?«

»Telefonisch nicht erreichbar.«

»In Übersee?«

»Nein. In Brüssel oder Antwerpen oder Paris. Ich weiß es nicht mehr genau. Wenn er auf Reisen ist, duldet er keine Anrufe von mir.«

»Na dann sollte ich es vielleicht versuchen.«

»Jürgen ist älter als ich.«

»Die Mehrheit der Ehemänner ist älter als ihre Frauen.«

»18 Jahre. Ein ganzer Zeitabschnitt.«

»Und wie alt sind deine Kinder?«

»Meine Tochter ist 14. Mein Sohn acht. Es sind sehr lebhafte Kinder.«

»Ihr habt bestimmt viel Freude mit ihnen.«
Ihre Miene hatte etwas Schwärmerisches.
»Ja. Corinne ist ein so hübsches Mädchen. Und Oscar quicklebendig.«
»Schön.«
»Bei meinen Eltern geht es ihnen sehr gut.«
»Habt ihr Probleme, Jürgen und du?«
Alice erhob sich und trat an das Bücherregal. Sie sprach über die Schulter, ohne die Augen von den Buchrücken zu lassen.
»Du liest dicke Bücher.«
»Ach, ich nehme es, wie es kommt.«
»Eine kluge Lebenseinstellung. Interessiert dich Geschichte?«
»Ja.«
»Es ist so aufschlussreich zu wissen, woher alles kommt. Ich habe ein paar Semester Kunstgeschichte studiert und viel Wissenswertes dabei erfahren. Die französische Malerei des 19. Jahrhunderts hat mich am meisten fasziniert. Camille Pissarro, Claude Monet, Édouard Manet, schon als Studentin war ich den Bildern dieser Meister verfallen. Es hat sich bis heute nichts daran geändert.«

Hoffmann ließ seinen Blick über ihr Gesäß und ihre Beine streifen. Hinab und wieder hinauf. Wann war zuletzt eine Frau in seiner Wohnung gewesen? Seit Sigrid und er in einem sehr erwachsenen, vielleicht auch etwas abgeklärten Gespräch vereinbart hatten, nicht mehr miteinander zu schlafen, hatte er keinen Frauenbesuch mehr gehabt. Die zwei, drei Treffen in Kaffeehäusern, die über die Internetplattform zustande gekommen waren, hatten zu keinen näheren Kontakten geführt. Welche alleinstehende Frau, die ein Profil in einer Kontaktbörse erstellte, ließ sich schon mit einem Krebspatienten ein?

Immer wieder dachte er darüber nach, wie früher in der Bäckerei ein paar ofenfrische Semmeln zu kaufen und frühmorgens bei Sigrid zu läuten. Sie wohnte ja nicht weit entfernt. Ein seltsames Spiel, das Leben.

Nun war diese undurchschaubare, in jedem Fall aber sehr attraktive Frau mit Schweizer Akzent in seiner Wohnung. Hoffmann fühlte einen unangenehmen Druck in der Magengegend. Natürlich lauerte er. Was wollte sie von ihm?

»Alice.«

Sie wandte sich wieder Hoffmann zu.

»Ja?«

»Weißt du die Telefonnummer deines Mannes auswendig?«

»Nein.«

»Gib mir bitte dein Mobiltelefon.«

»Was willst du tun?«

»Ich will die Nummer deines Mannes notieren.«

»Du willst ihn anrufen?«

»Allerdings.«

Alice ging in das Vorzimmer. Setzte sie überhaupt ihre Füße auf den Boden? Hoffmann musste sich vergewissern, so leise und schwebend schritt sie. Sie langte in ihren Mantel und hielt ein nagelneues Smartphone in der Hand.

»Soll ich die Nummer heraussuchen?«

»Ich werde sie schon finden.«

Sie reichte ihm das Telefon. Hoffmann tippte sich durch die Menüs, stieg in das Adressbuch. Er staunte, wie wenige Einträge darin waren. Sie schien keinen sehr großen Bekanntenkreis zu haben. Er fand den Eintrag von Jürgen Berg. Hoffmann nahm sein Telefon zur Hand und tippte die angezeigte Nummer ab. Er drückte sein Telefon an das Ohr. Sein Blick fiel auf Alice, die verspannt am Bücherregal stand und ihn mit gläsernen Augen anstarrte.

Keine Verbindung. Das Telefon von Jürgen Berg war ausgeschaltet. Hoffmanns Anruf wurde nicht einmal auf die Mobilbox geleitet.

»Ist das die richtige Nummer?«

»Selbstverständlich.«

Hoffmann tippte sich weiter durch Alices Adressbuch.

»Wer ist Hildegard Berg?«

»Jürgens Mutter. Meine Schwiegermutter.«

»Und Jutta Ruehli? Wer ist das?«

»Meine Mutter.«

Hoffmann sah sich die Anruflisten an. Nur Jutta Ruehli fand sich mehrmals darin. Alice telefonierte selten. Oder mit einem anderen Telefon.

»Dein Mädchenname ist Ruehli?«

»Bei der Heirat habe ich Jürgens Namen angenommen. Er hat darauf bestanden. Und es ist ein schöner Name. Berg. Ich mag diesen Namen. Die Berge verbinden die beiden Länder Österreich und Schweiz miteinander. Auch eine Art von Brücke.«

»Ich werde deine Mutter anrufen.«

Alices Schultern zitterten. Ihrem Gesicht fehlte jegliche Lebensfarbe, der dezent aufgetragene dunkelrote Lippenstift leuchtete förmlich.

»Bitte nicht …«

»Warum nicht?«

»Jürgen ist mit den Kindern fort.«

Hoffmann legte beide Telefone auf den Couchtisch, trat an Alice heran, legte seine rechte Handfläche auf ihren Rücken und führte sie zur Couch. Sie war angespannt wie ein Drahtseil. Er hatte den Punkt erreicht. Jetzt musste es heraus und jetzt würde es auch herauskommen. Hoffmann setzte sich wieder ihr gegenüber auf den Fauteuil, verschränkte die Finger ineinander und schaute Alice ruhig und gelassen an.

»Erzähl bitte.«

Ihre Augen waren wässrig, aber es flossen keine Tränen.

»Corinne und Oscar sind gar nicht bei meinen Eltern in der Schweiz. Das habe ich in der Schule bloß behauptet. Jürgen ist ein sehr bestimmender Mann. Er gibt die Regeln vor. Er hat mir meine Kinder entzogen, er ist mit ihnen vor ein paar Tagen fortgefahren.«

»Hat er sie entführt?«

»Nein! Jürgen entführt doch nicht unsere Kinder! Sie sind ganz bestimmt freiwillig mit ihm mitgegangen. Ich war gerade nicht zu Hause, da ist er mit den Kindern aufgebrochen. Als ich zurückkam, waren sie fort. Ohne Nachricht. Er will nicht, dass ich noch länger schlechten Einfluss auf die Kinder ausübe. Sagt er. Selbstverständlich habe ich keinen schlechten Einfluss auf die Kinder! Das ist eine Lüge. Ich liebe meine Kinder über alles. Jürgen behauptet von sich immer, so rational und verständig zu denken, völlig nachvollziehbar zu agieren, immer die richtigen Antworten auf alle Fragen zu haben, aber er hat keine Ahnung von mir und von den Kindern. Er will seinen Einfluss auf sie geltend machen, meinen zurückdrängen. Deshalb ist er mit den Kindern fortgefahren.«

»Wohin?«

»Das weiß ich nicht.«

»Zu Verwandten vielleicht? Zu seinen Eltern? Zu einem Bruder oder einer Schwester, zu einem Cousin? Vielleicht zu einem alten Freund? Wohin könnte er gefahren sein?«

»Ich weiß es nicht.«

»Du musst zur Polizei. Und wenn du nicht gehst, gehe ich.«

Alice legte ihre Hände auf den Mund. Sie starrte Hoffmann regungslos an. Stille. Hoffmann wartete ein Weilchen. Sie sprach nur stockend.

»Bitte keine Polizei. Es ist keine Entführung. Es ist ein Ehestreit. Ja, unsere Ehe ist längst zerrüttet, er behandelt mich schlecht, er kommandiert mich herum, er bespitzelt mich, ich nehme Antidepressiva. Es geht mir nicht gut. Nein, es geht mir sehr schlecht. Ich brauche Hilfe. Aber nicht von der Polizei.«

»Ich bin Polizist.«

»Ich will keine Anzeige erstatten! Das wäre mir unendlich peinlich. Und es wäre grundverkehrt. Ich würde mich zu Tode schämen und meinen Kindern nur schaden. Kannst du dich nicht auf diskrete Art und Weise nach ihrem Verbleib umhören?«

Hoffmann blinzelte. Jetzt lag es offen. Da war das Motiv. Nicht leicht, es hervorzukehren, nicht leicht für ihn und für sie erst recht nicht. Die Spannung fiel von Hoffmann ab, er lehnte sich zurück.

»Als du mir am Donaukanal gesagt hast, du wärst Kriminalpolizist, da habe ich gleich Vertrauen in dich gefasst. Ein Kriminalpolizist! Das konnte doch nur ein Wink des Schicksals sein. Bitte keine Anzeige. Eine Gerichtsverhandlung würde mich in Stücke reißen. Ich könnte diese Erniedrigung nicht ertragen. Aber wenn du, ein echter Kriminalpolizist, mir helfen könntest, dann würde es mich retten.«

Hoffmann dachte nach. Sollte er diese Frau am äußersten Rand ihrer Kräfte retten? Es zumindest versuchen? Sollte er sich auf die Suche nach den beiden Kindern machen? Kinder waren in Ehekriegen immer die Opfer. Ausnahmslos. Corinne und Oscar Berg, 14 und acht Jahre alt. Sollte er die beiden retten? Es zumindest versuchen? Hoffmann holte tief Luft. Die Narbe auf seiner Brust schmerzte gar nicht mehr.

»Es gibt ein Problem.«

13. SZENE

»Dieser Begriff von Freiheit ist der reinste Beschiss. Schau dich nur mal um, welche Freiheiten die Menschen in den früh industrialisierten Ländern haben. Die einzige Freiheit ist die Wahl, ob sie jetzt ihr Mobiltelefon in diesem Superstore oder in jenem kaufen. Oder ob sie ein blaues oder grünes Jackett kaufen. Genäht von rechtlosen Kinderarbeitern in Pakistan oder Bangladesh. Mehr Freiheiten gibt es nicht in der sogenannten freien Marktwirtschaft.«

Lukas trank grünen Tee. Iris hatte vormittags eine Großpackung China Gunpowder gekauft. Lukas trank die vierte Tasse. Jede halbe Stunde musste er raus. Sein Lieblingstee. Er hatte Iris ein Küsschen auf die Wange gedrückt. Sie hatte verschämt gelacht. Iris war Zucker. Lukas lauschte seit einer halben Stunde Werners politischen Analysen.

»Schau, die Sache ist die: Die Beschwörung der bürgerlichen und gesellschaftlichen Freiheiten durch Proponenten der neoliberalen Marktwirtschaft hat eine klare ideologische Funktion. Es wird eine Illusion erschaffen, nämlich die Illusion von Freiheit. Alle Menschen sollen glauben, dass sie frei und selbstbestimmt Entscheidungen treffen, alle sollen glauben, dass das Gebot der ökonomischen Konkurrenz diese Freiheit ermöglicht, und alle sollen glauben, dass alleine durch die freien Marktkräfte allgemeiner Wohlstand generiert wird. Was natürlich eine Lüge ist. Die sozioökonomischen Mechanismen der neoliberalen Marktwirtschaft sind wie alle tyrannischen Unterjochungsstrategien darauf aus, für die Elite Wohlstand zu generieren. Die breite Masse kann ein paar Krümel haben, na klar, wenn den Superreichen ein paar Speisereste vom Tisch fallen, dann dürfen ruhig ein paar Mindestpensionisten und alleinerziehende Mütter sich daran laben, die Superreichen wollen das Zeug, das einmal auf dem Boden gelegen hat, ohnedies nicht mehr essen. Aber im Prinzip soll die breite Masse das tun, was sie in jeder Tyrannei tun soll, nämlich die Goschen halten und die Hände falten. Heutzutage dürfen die Rechtlosen das immerhin vor dem Fernsehapparat in zentralbeheizten Wohnungen. Super, was für ein kultureller Fortschritt der Sklaverei!«

Lukas bewunderte Werner. Reden konnte er, das war ein Hammer. Lukas hatte das Wort vor Kurzem aufgeschnappt. *Charisma*. Das hatte Werner. Wenn er redete, dann wollte man ihm auch zuhören.

Seine Pflegeeltern hatten genau darauf geachtet, dass er im Kindergarten nicht negativ auffiel und bei den Spielen und Basteleien in der Gruppe mitmachte. Das hatte Lukas auch getan. Warum auch nicht? Er hatte gern gebastelt. Und Herumtollen hatte auch immer Spaß gemacht. Der Kindergarten war prima, eine gute Zeit. Lukas erinnerte sich nicht mehr so genau an die Einzelheiten und konkreten Erlebnisse, er wusste aber, dass er gerne in den Kindergarten gegangen war. In der Schule hatte es dann mit den Problemen angefangen. Sticheleien.

Haha, dem Lukas seine echte Mutter ist eine Drogensüchtige, eine Hure, ein Psycho.

Die Burschen hatten keine Ahnung gehabt, was Drogensucht überhaupt war, aber sie hatten Lukas damit verspottet. Anfangs war das übel, aber Lukas hätte das durchgestanden, weil, was kümmerte es ihn schon, wer oder was seine biologische Mutter war, er hatte sie nie kennengelernt, und seine Pflegemutter war toll. Solange zumindest, wie die Ehe von Papa Josef und Mama Martha gehalten hatte. Als es da zu Krisen kam, kam es auch bei Lukas zu Krisen. Die Balgereien in der Schule uferten zu echten Raufereien aus, die Leistungen fielen in den Keller, Lukas riss aus, um den Streitereien zu entkommen. Da war dann das Jugendamt bald zur Stelle. Ein paar Jahre ging das hin und her. Nicht so gute Jahre für einen Knirps.

Egal jetzt. Schnee von gestern. Er war halt früher erwachsen geworden als die anderen Burschen und Mädchen seines Jahrgangs. Hatte auch seine Vorteile.

Und was Lukas von Werner in den letzten Monaten gelernt hatte, war echt nicht ohne. So konnte Unterricht auch stattfinden, dazu brauchte es kein Gymnasium mit Ordnung, Drill und dem ganzen Scheiß. Werner hatte Lukas mit einem Haufen Bücher versorgt, und Lukas hatte alles gelesen. Wie ein Schwamm hatte er die Informationen aufgesaugt. Die Geschichte der Habsburger Monarchie vom Mittelalter bis zum Ersten Weltkrieg, die Französische Revolution, das Leben und Werk von Karl Marx, die Geschichte des Dritten Reiches, die Geschichte der Europäischen Union, die ökologischen Bewegungen im späten 20. Jahrhundert. Lukas hatte sich alles reingezogen. Und wenn er Fragen hatte, wenn er Begriffe nicht verstand, dann konnte er jederzeit Werner fragen.

Die Tür flog auf. Jean-Claude blickte sich um. Er entdeckte Lukas.

»Die Kieberer!«

Werner, Iris und Lukas sprangen hoch. Die anderen im Autonomen Zentrum kratzte das Kommen der Polizei weniger. Jean-Claude lief auf Lukas zu. An Werner und Iris gewandt.

»Ihr haltet die Kieberer auf.«

»Na klar.«

Werners Fähigkeit, Polizisten in endlose Diskussionen zu verwickeln, war legendär. Bis die Polizisten an Werner vorbei waren, hatte Lukas längst die Transsibirische genommen und war auf dem halben Weg nach Wladiwostok.

Jean-Claude brauchte Lukas nicht auf die Sprünge zu helfen, denn Lukas war längst unterwegs. Zum Kellerabgang, durch die Tür in den Keller des Nachbarhauses, durch den Innenhof, über die Mauer und raus auf die Gasse. Dort ein paar Blocks, und fort waren Lukas und Jean-Claude. Sie hatten höchstens ein paar Sekundenbruchteile gebraucht. Jean-Claude war nicht mehr der Jüngste, er war eigentlich schon verdammt alt, Jean-Claude war über 40, und er soff und rauchte, was das Zeug hielt, und trotzdem war er fit wie ein Turnschuh. Er konnte zumindest auf kurze und mittlere Distanzen problemlos mit Lukas mithalten.

Die beiden hielten bei einer Baumgruppe am Rande eines Parkplatzes. Spähende Blicke. Nichts. Kein Streifenwagen.

»Abgehängt.«

»Klaro.«

»Danke für die Warnung.«

»Kein Thema.«

»Was wollten die Kieberer?«

»Ach, immer dasselbe: Stress machen, Panik verbreiten, Terror ausüben.«

Jean-Claude griff in die Innentasche seiner Jacke und zog eine Packung Tabak hervor. In der Packung lag ein schlanker Joint.

»Diese Richtung. Nach der Aufregung brauch ich das.«

Die beiden gingen nun wesentlich langsamer eine stille Gasse entlang, dennoch blieben sie wachsam. Jean-Claude zog ein paar Mal am Joint und reichte ihn weiter. Lukas atmete den geharzten Tabakrauch ein. Wenn die Polizei ihn fasste, dann würde Lukas wieder in der betreuten WG landen. Noch zehn Monate bis zu seinem 18. Geburtstag. Auf zehn Monate Überwachungsstaat hatte er definitiv keinen Bock. Gerade noch entwischt.

14. SZENE

»Ein Problem?«

»Ich bin nicht im Dienst.«

»Du bist jetzt zu Hause, das sehe ich.«

»Ich bin seit einem Jahr nicht in Dienst.«

»Hat man dich suspendiert?«

Hoffmann schmunzelte kurz.

»Bin das eine oder andere Mal knapp daran vorbeigeschrammt. Nein, ich wurde nicht aus disziplinären Gründen vom Dienst freigestellt.«

»Warum sonst?«

»Ich habe keinen Zugang zu den Datenbanken, ich kann keine Suche veranlassen, ich kann nicht mehr tun als jeder beliebige Passant auf der Straße.«

Alice sackte in sich zusammen. Die Verzweiflung war ihrer Miene nur allzu deutlich anzusehen. Hoffmann leerte den winzigen Rest der Tasse. Er spürte die belebende Wirkung des Kaffees.

»Na ja, nicht ganz wie jeder beliebige Passant. Ich weiß schon, wie man Menschen in der Menge sucht. Als Polizist hat man so seine Methoden und kennt manche Tricks.«

Alice schaute ihn voll Hoffnung an.

»Wie ein Privatdetektiv?«

Hoffmann wiegte den Kopf.

»So nicht. Privatdetektive haben ihre eigenen Methoden und Informationskanäle.«

Er griff wieder nach ihrem Telefon.

»Ich kann ein paar Telefonate führen. Manchmal lichtet sich ein vorerst undurchdringlich wirkendes Dickicht durch ein paar gezielte Fragen an die richtigen Leute recht schnell. Soll ich das versuchen?«

Alice nickte erfreut.

»Ja! Bitte! Das würde mich unendlich erleichtern.«

Hoffmann fasste Alice ruhig und gelassen ins Auge.

»Bevor ich allerdings telefoniere, will ich alles über deinen Mann, seine Familie und über deine Kinder wissen.«

Alice saß nun aufrecht auf der Couch. Die Stimmungen kamen und gingen verdammt schnell. War sie auf Drogen? Hoffmann hatte nach vielen Jahren Drogenfahndung einen Blick dafür. Nein, keine Drogen, keine Medikamente, oder zumindest nur sehr schwache. Mäßig ausgebaute Impulskontrolle.

Die Psychologin in der Klinik hatte zu ihm gesagt, er verfüge über eine bewundernswert ausgebildete Impulskontrolle. Er hatte darauf erwidert, dass man das auf gut wienerisch *Wurschtigkeit* nannte. Die Psychologin hatte daraufhin herzlich gelacht. Ja, ein bisschen geschäkert hatten sie miteinander. Auch klinische Psychologinnen und stationär behandelte Krebspatienten waren nur Menschen, und Menschen waren dem Wechselspiel von Anziehung und Abstoßung ausgesetzt. Und zwar alternativlos. Hoffmann hörte in sich hinein. War ihm Alice egal? Diese wunderbar vollen Lippen zu küssen, das war eine Vorstellung, die ihm nicht egal war. Ihr dabei zusehen, wie sie ihre Hose abstreifte. Nicht egal. Sich über sie beugen und ihr die Strickweste, die Bluse und den Büstenhalter ausziehen. Nicht egal. Ihren Hals küssen. Alles nicht egal.

»Wo soll ich anfangen?«

»Am Anfang. Immer am Anfang.«

Alice holte tief Luft.

15. SZENE

Leichtfüßig überquerte sie den Parkplatz und setzte den Helm auf. Nur wenn Schnee lag, Glatteis die Straßen zu Eisbahnen machte oder schwere Regenfälle auf die Stadt niederbrachen, ließ Sigrid Körner ihr Fahrrad stehen und nahm die Straßenbahn oder das Auto. Kälte allein war kein Grund, auf den Drahtesel zu verzichten. Wahrscheinlich war sie die einzige Kriminalpolizistin der westlichen Hemisphäre, die mit dem Fahrrad zur Arbeit fuhr. Natürlich hörte sie regelmäßig mal lustige, mal schäbige Kommentare über ihre Fahrradleidenschaft. Kaltenegger riss immer wieder Witze der lustigen Art. Kaltenegger eben. Ein Mann mit Humor. Unvergessen, als er der versammelten Gruppe lang und breit erzählt hatte, wie er einen Fahrraddieb auf dem Skateboard seines Neffen quer durch Wien verfolgt hatte. Der dreiste Räuber hatte es gewagt, bei Tageslicht auf dem Parkplatz des Kommissariats das Dienstfahrrad der Frau Gruppeninspektor Körner zu klauen. Ein unfassbarer Affront gegen die Autorität der Staatsgewalt! Kaltenegger hatte gerade wegen seiner Leibesfülle und damit bergab unerreichten Beschleunigungswerten auf dem Skateboard den Dieb knapp vor der Ringstraße gestellt. Sie hatten Tränen gelacht. Selbst Stranek. Manchmal hatte Kaltenegger einfach zum Schreien komische Einfälle. Und er konnte seine mal erfundenen, mal wirklich erlebten Geschichten auch witzig erzählen.

Körner öffnete die Kette. Sie schob das Fahrrad über den Parkplatz. Kurz schaute sie zum Himmel. Es war finster, natürlich, im Dezember fiel die Nacht schnell über das Land, aber es war kein Niederschlag zu erwarten. Sie streifte ihre Handschuhe über. Mit ein paar Tritten in die Pedale brachte sie sich auf den Weg. Die Heimfahrt hatte immer etwas von Entspannung, sie konnte abschalten, den Arbeitstag hinter sich lassen, und da Ottakring höher lag als die Brigittenau, kam sie auch kaum ins Schwitzen. Nur heute wollte sich die entspannende Stille im Kopf nicht so recht einstellen. Der letzte Punkt der Besprechung vom Vormittag ging ihr nicht aus dem Sinn. Nicht die Sache mit den Überstunden. Sie war erst seit drei Monaten Kriminalpolizistin, da würde sie sich nicht wegen ein paar Überstunden aufregen, auch wenn natürlich Kaltenegger mit seiner Meinung recht hatte. Ein Name ging ihr nicht aus dem Kopf.

Wolfgang Hoffmann.

Wie ein Schatten verfolgte sie die Erinnerung an diese gemeinsame Fahrt an den Neusiedlersee. Eine Achterbahnfahrt. Langsam, wie auf brüchigem Eis sich vorantastend, waren sie aufeinander zugegangen. Sie hatten beide gewusst, dass sie sich treffen wollten, aber sie hatten nicht gewusst, ob sie einander je erreichen würden. Und dann hatten sie es endlich geschafft. Es war offensichtlich gewesen, dass es ihm nicht gut gegangen war, dass er unter großem Druck gestanden war, dass er dramatisch unter seiner Schlaflosigkeit gelitten hatte, dass er kein Leistungssportler war, kein Frauenheld, kein lässiger Sheriff auf einem glänzend schwarzen Pferd, sondern ein Mann mit Ängsten und Tiefen, mit Hoffnungen und tief verschütteter Sehnsucht. Es war für Sigrid ein unvergleichliches Erlebnis, diesen Mann in all seinen Facetten kennenzulernen. Ja, sie hatte sich in dieser Nacht verliebt. Und dann der Schlag ins Gesicht. Krebs. Chemotherapie. Das Krankenhaus. Die Operation. Sie hatte es genau gesehen, wie er ihr entglitten war, wie er von ihr fortgerückt war, wie sie selbst von ihm abgerückt war. Ein Wechselbad der Gefühle. Hätte sie ihm in der Lebenskrise beistehen sollen? Sie wusste die Antwort nicht, wie sehr sie sich auch das Hirn zermarterte. Hatte er sie nicht auf Distanz gehalten, um ihr Leben nicht mit seiner Krankheit zu belasten?

Eine verrückte Situation.

Ja, sie hatten sich getroffen und auf unglaublich offene Art miteinander gesprochen. Sie hatten in einem gemeinsamen Beschluss ihre Beziehung nach nur wenigen Wochen für beendet erklärt. Er hatte sich ins Krankenhausbett gelegt, und sie hatte sich mit irgendwelchen Männern abzulenken versucht. Nun, wirklich schwer war es ihr noch nie gefallen, die Neugier von Männern zu wecken, ihr allerdings fiel es in den letzten Monaten verdammt schwer, selbst Neugierde an den Kerlen zu entwickeln.

Und jetzt war sie in der Gruppe Windisch beschäftigt. Alle kannten Hoffmann, alle schätzten ihn, alle hofften, dass er bald wieder den Dienst antreten würde. Was hoffte sie? Wie würde sie ihm im Alltag gegenübertreten? Wie er ihr? Würden die paar Wochen gemeinsamer Vergangenheit bald in Vergessenheit geraten? Sie wusste es nicht. Vielleicht würde er ja den Dienst quittieren, so wie Kaltenegger es gesagt hatte. Vielleicht, vielleicht, vielleicht. Die Zeit würde es weisen.

Körner bremste vor der Friedensbrücke. Sie wartete vor der roten Ampel.

Und sie wohnten auch noch im selben Viertel. Nur ein paar Blocks entfernt. Wie oft hatte sie in den letzten Monaten daran gedacht, nicht vor ihrem Haus vom Fahrrad zu steigen, sondern noch ein paar Mal die Kurbel zu drehen, bei ihm anzuklopfen und mit ihm eine Tasse Kaffee zu trinken oder im Augarten einen Spaziergang zu unternehmen.

Die Ampel schaltete um, zügig überquerte sie den Donaukanal und verschwand im Bezirk Brigittenau. Sie bremste vor dem Haustor und fingerte nach dem Schlüssel. Ein bisschen war sie schon ins Schwitzen gekommen. Sie hatte die Fahrt flott angelegt.

Eine Autotür klappte zu.

»Sigrid!«

Sie blickte über die Schulter. Erwin. Er überquerte die Fahrbahn. In seiner Hand trug er ein in Schmuckpapier eingeschlagenes Präsent. Der Mann trat breit lächelnd auf sie zu.

»Hallo Sigrid, wie geht's dir so?«

Sie schaute zu seinem Auto hinüber.

»Hast du einen Parkschein eingelegt?«

Erwin war überrascht.

»Wie? Einen Parkschein?«

»Kurzparkzone hier.«

Er winkte ab.

»Ja, Frau Inspektor, ich werde gleich einen Parkschein einlegen. Ich habe dir etwas mitgebracht.«

Als Sigrid Körner nicht nach dem Präsent griff, sondern bewegungslos den Lenker ihres Fahrrads hielt, zog Ernst das Papier auseinander und präsentierte die schmucke Topfpflanze.

»Ein Weihnachtsstern. Schön.«

Er lachte breit.

»Eine Kleinigkeit. Du magst doch lebendige Pflanzen. Hast du mir ja mal erzählt. Deswegen keine Schnittblumen. Und, geht es dir gut? Ich habe mehrmals versucht, dich anzurufen.«

Das war nicht zu übersehen gewesen. Wenn der Name Erwin auf dem Display angezeigt worden war, hatte sie das Telefon einfach klingeln lassen. Angestellter in einem mittelständischen Dienstleistungsbetrieb, mittleres Management, mittelmäßig attraktiv, mittelmäßig geistreich, mittelmäßig gut im Bett, alles an Erwin war mittelmäßig. Wahrscheinlich hatte er sich auch in einer mittelmäßigen Scheidung von seiner Frau getrennt, aber das wusste Körner nicht, das war lange, bevor sie ihn kennengelernt hatte.

»Wartest du schon länger?«

»Ach, gar nicht lange. Eine halbe Stunde vielleicht.«

»Erwin?«

»Ja?«

»Hast du dir nicht deinen Teil dabei gedacht, dass ich dich nicht zurückgerufen habe?«

»Doch, schon, ich weiß ja, dass du beruflich irrsinnig unter Druck stehst. Habe ich volles Verständnis.«

Kein Schnelldenker. Oder eine sehr selektive Wahrnehmung. Aber er bemühte sich redlich. Und der Weihnachtsstern war schön. Sie hatte selbst schon daran gedacht, einen zu kaufen. Für ihr privates Weihnachtsfest ganz alleine. Sigrid Körner maß den Mann noch einmal. Er hatte sich in Schale geworfen. Ja, er gab sich Mühe.

»Willst du eine Tasse Tee?«

Er strahlte über das ganze Gesicht.

»Sehr gerne.«

»Dann vergiss den Parkschein nicht.«

Körner zog ihren Schlüssel und öffnete das Haustor. Sie schob das Fahrrad in den Flur. Besser ein Abend mit Erwin als Fernsehen.

16. SZENE

»Und wie war Ihr Name? Ja genau. Sehr gut.«

Hoffmann schaute zur Deckenlampe und lauschte der wortreichen Erklärung. Eine sehr gesprächige Person. Er hatte genug gehört.

»Gut, dann vielen Dank, Frau Begic, das war sehr freundlich von Ihnen. Danke für die Auskunft.«

Hoffmann trennte die Verbindung und legte das Telefon auf den Couchtisch.

»Frau Begic ist eine sehr gewissenhafte Person«, sagte Alice. Hoffmann wiegte den Kopf.

»Das habe ich eben gehört.«

Lang und breit hatte die Putzfrau erklärt, dass außer ihr niemand im Büro sei und dass sie nicht wisse, wo der Chef wäre. Ein Satz hätte gereicht, aber die Frau war offenbar dankbar über jede Abwechslung während der Arbeit und hatte den unbekannten Anrufer mit allerlei völlig belanglosen Geschichten überschüttet. Hoffmann überblickte ernüchtert die Liste mit Kontakten.

»Na ja, das war ein Schlag ins Wasser.«

14 Namen und Nummern hatte er aus Alices Telefonregister auf ein Blatt Papier notiert und systematisch angerufen. Das Telefon ihrer Tochter war ausgeschaltet. Vier Nummern waren tot. Entweder hatte Alice die Nummern falsch in ihr Smartphone gespeichert, oder die Nummern waren irgendwann stillgelegt worden, ohne dass Alice davon erfahren hatte. Bezeichnenderweise waren das ausschließlich Nummern von Jürgen Bergs Verwandten. Alice schien wenig Kontakt zur Familie ihres Mannes zu pflegen. Bei drei Nummern hatten sich nur die Mobilboxen gemeldet, und all die anderen Nummern hat-

ten zu wenig erhellenden Gesprächen geführt. Er kratzte seinen Hals. Selten, dass eine Telefonliste in einer Ermittlung so bescheidene Ergebnisse brachte. Er hatte nur in Erfahrung gebracht, dass Jürgen Berg die ganze Woche über nicht in seiner Firma erschienen war und Alice Berg den Angestellten mitgeteilt hatte, ihr Mann sei erkrankt. Was er natürlich schon vor den Anrufen gewusst hatte. Hoffmann hatte nach wie vor keine Ahnung, wo sich Jürgen Berg mit seinen Kindern aufhalten könnte. Und Alices Eltern in der Schweiz hatte er nicht angerufen, darum hatte sie ihn inständig gebeten. Dort war Jürgen Berg auf keinen Fall, denn sonst hätte Alices Mutter ihre Tochter längst davon in Kenntnis gesetzt.

»Was sollen wir tun?«

Hoffmann schaute auf die Uhr.

»Wir könnten in dein Haus und uns dort umsehen, ob wir irgendwelche Anhaltspunkte finden.«

»In das schreckliche Haus will ich jetzt nicht.«

»Hast du einen Schlüssel zur Firma?«

»Nein.«

»Gar nicht? Kein Zweitschlüssel irgendwo im Haus? In einem Schlüsselschrank? In einem Tresor?«

»Ach so, ich dachte, du meinst, ob ich einen Schlüssel zur Firma bei mir trage. Zu Hause liegen schon einige Zweitschlüssel.«

»Wir könnten den Schlüssel holen und im Büro nach Hinweisen suchen.«

»Du meinst, das könnte Neuigkeiten ergeben?«

»Vielleicht. Es wäre ein logischer Schritt. Durchsuchung der Privat- und Arbeitsräume. Man muss eine Station nach der anderen abklappern.«

»Müssen wir wirklich in das Büro?«

Hoffmann sah es Alice nur allzu klar an, dass die Aussicht, jetzt das Büro ihres Mannes zu betreten, für sie alles andere als reizvoll wirkte.

»Wobei solche Durchsuchungen von Polizisten nur mit einem entsprechenden Befehl durchgeführt werden dürfen.«

»Mir wäre es angenehm, nicht in die Firma fahren zu müssen.«

»Ich kann am Montag hingehen und mit der Sekretärin sprechen. Wenn du ihr sagst, dass sie mich in das Büro einlassen soll, und mir alle Türen freiwillig geöffnet werden, wäre das schon okay.«

Alice nickte zustimmend.

»Das klingt nach einem guten Weg.«

»Aber jetzt ist Freitag, das Wochenende folgt. Willst du bis Montag warten?«

»Ich kann ja doch nichts tun. Jürgen ist seit mehreren Tagen fort. Er könnte mit den Kindern längst in Neapel sein. Oder in Barcelona. In Stockholm. Oder sie halten sich in einem Appartement am Stadtrand von Wien auf und haben furchtbaren Spaß, weil sie den ganzen Tag Pizza essen, Cola trinken, Filme gucken und am Computer spielen. Wenn er unentdeckt bleiben will, so kann ich kaum etwas dagegen unternehmen.«

»Vielleicht wollen ja deine Kinder mit dir Kontakt aufnehmen.«

»Deswegen muss ich mein Telefon immer in Griffweite haben.«

Hoffmann schob das Smartphone über den Tisch.

»Das heißt, du brauchst meine Dienste als Privatdetektiv nicht.«

Sie erschrak.

»Doch! Ich brauche dich! Wolfgang, du darfst mich jetzt bitte nicht hinauswerfen! Bitte! Ich weiß gar nicht, was ich in dieser mir so fremden Stadt anstellen soll.«

Hoffmann erhob sich langsam.

»Wie wäre es mit Essen?«

Alices Augen leuchteten.

»Essen wäre sehr gut. Ich glaube, ich habe seit Tagen nichts mehr gegessen.«

»Von Mittag sind noch etwas Reis und Letscho übrig. Ich kann dir gerne einen Teller servieren. Es ist halt nicht Fünf-Sterne-Küche. Im wahrsten Sinn des Wortes Hausmannskost.«
»Ach, ich bin nicht wählerisch. Im Gegenteil, ein Teller Reis erscheint mir das Beste überhaupt zu sein, um meinen Magen zu beruhigen.«
»Dann lade ich dich hiermit zum Abendessen ein.«
Alice erhob sich und folgte Hoffmann in die Küche.
»Ich möchte mich nützlich machen. Kann ich dir helfen?«
Hoffmann hob die Deckel.
»Nun, sehr viel Reis ist nicht mehr da, auch das Letscho reicht wohl nicht für zwei Teller.«
»Ich esse sehr wenig.«
»Nachdem du tagelang gehungert hast? Was hältst du von einem schnell angerichteten Salat aus Kichererbsen? Mit Kardamom leicht gewürzt?«
Hoffmann öffnete den Vorratsschrank und entnahm eine Konserve mit Kichererbsen.
»Das klingt sehr gut.«
»In jedem Fall nahrhaft.«
»Was soll ich tun?«
»Da ist das Geschirr, dort das Besteck.«
Hoffmann machte sich über die Küchenarbeit her. Alice deckte den Tisch. So wie sie aussah, sprach und sich bewegte, war sie wohl eine andere Tischkultur als in Hoffmanns Junggesellenbude gewohnt, mehr Schick, mehr Komfort, teures Gedeck und erwählte Speisen, aber jetzt und hier war sie in seiner Welt, also wurde auch nach seinem Geschmack und seiner Gewohnheit diniert. Schlicht und einfach. Und dennoch staunte Hoffmann. Sie hatte es geschafft, Stil auf seinen Tisch zu zaubern. Kerzenlicht, kunstvoll gefaltete Servietten, akkurat gerade gerückte Besteck, Wassergläser. Wein! Hoffmann langte wieder in den Vorratsschrank. Drei Flaschen Rotwein reiften da seit Langem dem Zeitpunkt ihrer Entkorkung

entgegen. Hoffmann füllte zwei Weingläser und setzte sich schließlich zu seinem Gast.

»Ich bin ganz erstaunt, wie köstlich das heutige Abendessen aussieht. Man isst halt doch auch mit den Augen.«

Er erhob das Glas, sie stießen an.

»Nun denn, Alice, lass dir das Diner schmecken.«

»Vielen Dank für die Einladung und dieses wunderbare Abendessen.«

»Du erfüllst meine bescheidene Bleibe mit einem ganz besonderen Glanz. Guten Appetit.«

»Guten Appetit.«

Sie langten zu. Ja, Alice war tatsächlich hungrig. Natürlich aß sie sehr zivilisiert, in sehr präzisen Bewegungsmustern führte sie das Besteck, aber hungrig war sie, das war nicht zu übersehen. Und der Wein schmeckte beiden.

17. SZENE

Für diese Strecke nahm er die U-Bahn. War für einen Fußmarsch einfach zu weit. Gar nicht wenige Leute in der U-Bahn hatten Einkaufstüten bei sich. Freitagnachmittag zum Shoppen, Freitagabend mit dem gekauften Zeug ab nach Hause. Der alljährliche Weihnachtswahnsinn. Zum Glück nicht seine Welt, damit hatte er nichts am Hut. Keine Geschwister, von denen er wusste, keinen biologischen Vater, den er kannte, und seine biologische Mutter war sowieso irgendwo abgetaucht, im Suff, im Drogenrausch oder in irgendeiner Klinik. Oder in allem zusammen. Scheißegal. Da waren keine Geschenke nötig. Tja, an seine Pflegeeltern musste er schon denken, wenn er die Leute mit diesem irren Glanz in den Augen sah. Kam von den Punschhütten in der Innenstadt, der Dauerberieselung von Musik in den Einkaufszentren und dem pausenlosen Piepsen von Registerkassen, da kriegte man ganz einfach einen kranken Blick. Die Kumpels aus dem Zentrum machten sich regelmäßig über die Konsumjunkies lustig. Arme Schweine eigentlich, total auf Droge Kreditkarte. Aber so ein kleines Geschenk für seine Pflegeeltern wäre nicht schlecht. Hatten sie sich verdient. Okay, sie hatten letztlich ihr Leben auch nicht auf die Reihe gekriegt, aber sie hatten sich ein paar Jahre verdammt gut gehalten und sich echt bemüht. Auch um ihn. Das war schon okay. Hatte auch Iris gesagt, als er ihr von seinen Pflegeeltern erzählt hatte. Ging natürlich nicht. Wenn er sich ihnen näherte, würden sie die Polizei rufen müssen. Lukas schob den Gedanken an ein Weihnachtsgeschenk zur Seite. Nächstes Jahr vielleicht. Da war er dann schon 18, und das Jugendamt konnte ihn kreuzweise.

Der U-Bahn-Zug fuhr in die Endstation Hütteldorf ein. Kein Kontrollor. Schwarzfahren war in Wien verdammt leicht. Man musste nur die Augen ein bisschen offenhalten und unauffällig sein.

Lukas verließ mit schnellen Schritten die U-Bahn-Station und trat ins Freie. Er wusste ja, wo es lang ging. So weit war das gar nicht. Und im Skaterpark Hütteldorf hatte er sich eine Zeitlang herumgetrieben. War so eine Clique, im letzten Sommer war er mit denen auf den Skateboards durch die Parks gerollt. Hier in Hütteldorf waren sie mehrmals gewesen. Mit dem Board war er gut zurecht gekommen. Hatte Spaß gemacht. Und hier im Skaterpark hatte er auch Corinne das erste Mal gesehen. Aber dann diese Schlägerei. Die Clique hatte sich zerstreut. Vergangenheit. Weg damit.

Lukas ging am Ferdinand-Wolf-Park vorbei, den Halterbach entlang, überquerte die Linzer Straße und war schon in der Bujattigasse. Alles dunkel hier, wenig Licht, dennoch hielt er sich im Schatten. Nach ein paar Minuten stand er vor dem Gartenzaun. Das Haus lag im Dunklen. Zumindest auf der Straßenseite. Mehrmals hatte er Corinne hier abgeholt. Sie hatte ihrer Mutter gesagt, sie würde sich mit einer Schulkollegin treffen. Hatte sie aber nicht. Sie waren dann durch den Park gegangen, weiter in Richtung Stadtgrenze, in den Alleen auf und ab, sie hatten auf Parkbänken gesessen und Hände gehalten, geschmust, Pläne geschmiedet, über die Lehrer und Eltern gelästert, waren in die U-Bahn gestiegen und hatten das Zentrum besucht, sie hatten einfach eine gute Zeit gehabt.

Kein Wunder, dass Corinne mit den Jungs aus ihrer Klasse nicht viel anfangen konnte. Das waren ja noch Kinder. Corinne war total reif. Im Geist und erst recht körperlich. Irre clever. Saugute Noten. Lukas bewunderte sie für ihre Erfolge im Gymnasium. Irgendwann war ihm klar geworden, dass er eigentlich auch gern in ein Gymnasium hätte gehen wollen. Wegen der Matura. Mit Matura konnte man studieren. Und die Uni Wien war schon irgendwie geil, er trieb sich oft dort herum. War praktisch, wenn man pinkeln musste. Einfach rein in das alte Gebäude, durch die Gänge, zack in die Toilette. Er hatte dort auch oft die Zähne geputzt und manchmal die Haare gewaschen. Wenn man auf der Straße lebte, musste man sich in der Stadt schon auskennen. Uni war cool. Er mochte die Studenten. Nicht alle, logo, ein paar unsympathische Geier und Schnösel gab es da schon, aber so im Allgemeinen fand er die Leute dort lässig.

Corinne hatte gesagt, dass er natürlich die Matura nachmachen könnte. Ja, schon klar, aber erst mal 18 werden.

18. SZENE

»Noch einen Schluck?«

»Gerne.«

Hoffmann füllte die Weingläser. Sie hatten sich nach dem Essen wieder in das Wohnzimmer begeben und auf der Sitzlandschaft Platz genommen, Alice auf der Couch, Hoffmann auf dem Fauteuil. Im CD-Player rotierte eine Scheibe von Candy Dulfer, melodiöser Saxofonjazz in gedämpfter Lautstärke.

»Du liest dicke Romane«, sagte Alice und zeigte auf das voluminöse Hardcover auf dem Couchtisch. »Auch in deinem Bücherregal stehen einige dicke Bücher.«

»Lange Zeit habe ich praktisch gar nicht gelesen. Höchstens die Zeitung, und die habe ich oft nur durchgeblättert. Wobei, gelesen habe ich immer viel, das bringt der Beruf so mit sich.«

»Berichte?«

»Genau. Vernehmungsprotokolle, Berichte der Rechtsmedizin und der Kriminaltechnik. Man sollte nicht glauben, was da so alles aufgeschrieben wird. Und als Kriminalpolizist muss man dann die gesammelten Werke der Kolleginnen und Kollegen auch lesen. Das hat sich in den letzten Monaten erheblich gebessert, die Romane von echten Schriftstellern lesen sich einfach flüssiger als Berichte in schlechtem Amtsdeutsch.«

»Wie erträgst du diesen Beruf überhaupt? Ich könnte das nicht. Das viele Leid, das Verbrechen, das Hässliche der Menschen.«

»Ich ertrage ihn ja nicht, deswegen bin ich außer Dienst.«

Alice machte eine elegante Handbewegung.

»Ich habe mich immer für die Kunst interessiert. Für die Malerei. Farben, Ornamente, Figuren, Gesichter und große

Museen, in denen die Bilder ausgestellt sind. Der schönste Ort in Wien ist für mich das Kunsthistorische Museum. Ich bin dort ungezählte Male durch die Hallen gelaufen. Ich liebe auch die Albertina. Selten, dass ich eine Ausstellung verpasst habe.«

Hoffmann schmunzelte.

»Als Jugendlicher habe ich gedacht, ich werde einmal ein berühmter Maler.«

Alices Augen leuchteten.

»Du hast gemalt?«

»Bleistifte, Buntstifte, Ölkreide. Bis zur Arbeit mit dem Pinsel bin ich nie vorgedrungen. Ich war 16 oder 17 Jahre alt.«

»Was hast du gemalt?«

»Das, was ich mir damals am sehnlichsten gewünscht habe.«

»Die unbeschränkte Freiheit? Das pralle Leben der Natur? Die Offenheit des Himmels?«

»Nackte Frauen.«

Beide lachten.

»Hast du die Zeichnungen noch?«

»Zum Glück nicht. Ich war völlig untalentiert, aber ich war klug genug, das nach ein paar Wochen einzusehen und die Malerei bleiben zu lassen. Sollen sich andere mit besseren Fähigkeiten damit herumschlagen.«

Alice hob feierlich ihr Glas, Hoffmann tat es ihr nach.

»Auf die Schönheit der Kunst!«

»Darauf trinken wir.«

Die Gläser klangen.

»Du trägst keinen Ehering.«

Hoffmann nickte.

»Stimmt.«

»Ein echter Junggeselle?«

»Ich war verheiratet. Ist schon ein paar Jahre her.«

»Die Ehe hat nicht gehalten.«

»Nicht sehr lang.«

»Ich will auch die Scheidung.«

»Und dein Mann?«

»Er ist strikt dagegen. Eine Scheidung kommt für ihn nicht infrage. Wegen der Kinder. Sagt er. Wohl aber auch, weil ich ein gewisses Vermögen in die Ehe eingebracht habe. Er hat mit dem Geld sein Geschäft saniert. Jetzt läuft es wieder, die Erträge sind da.«

Alice nippte an ihrem Glas.

»Ich bin sehr einsam.«

Hoffmann musterte Alice, deren Blick gedankenverloren im Raum hing.

»Und deine Kinder? Lindern sie nicht die Einsamkeit?«

»Ja und nein. Ich glaube, ich bin keine sehr gute Mutter. Ich war noch sehr jung, als ich schwanger wurde. In Wahrheit war ich selbst noch ein Kind im Körper einer jungen Frau. Jetzt ist Corinne 14. Die Zeit vergeht so irritierend rasch. Hast du Kinder?«

»Nein.«

»Bist du einsam?«

Hoffmann wiegte den Kopf.

»Ich bin viel alleine. Aber einsam? Nicht so sehr.«

»Hast du eine Freundin? Eine Beziehung?«

»Da war vor nicht sehr langer Zeit eine Beziehung. Eine echte Beziehung. Aber sie war nur kurz.«

»Affären?«

»Kaum.«

»Bin ich mit meiner Neugierde aufdringlich?«

»Was ich nicht sagen will, werde ich auch nicht sagen.«

Alice schaute Hoffmann mit großen Augen an.

»Du bist so ruhig und gefasst, ich sehe keine Angst in dir, du denkst so klar. Das imponiert mir. Mehr noch, es wühlt mich auf.«

»Ich bin auch aufgewühlt.«

»Wolfgang, küss mich.«

Er stellte das Weinglas ab und setzte sich neben Alice auf

die Couch. Sie umarmten sich, langsam, vorsichtig, unaufhaltsam näherten sich ihre Lippen. Hoffmann strich mit der flachen Hand ihren Rücken hoch. Sie fühlte sich unheimlich gut an, der Kuss schmeckte großartig, sie verlangte nach ihm. Er ließ seine Hand unter ihrer Bluse verschwinden. Glatte, warme Haut. Sie knöpfte sein Hemd auf, er schälte sie aus der Strickweste, ohne die Lippen voneinander zu lassen. Die Kleider fielen. Hoffmann küsste ihren Hals, ihre Brüste. Sie lagen aufeinander. Und fanden zusammen.

19. SZENE

Die Villa war dunkel und still.

Verdammter Kasten. Er mochte das Haus nicht. Schlechte Aura. Die Geschichten, die Corinne über ihre Oma und ihre Eltern erzählt hatte, waren echt kein Honiglecken. Irre eigentlich. Dass er in der Scheiße steckte, war ja klar. Sohn einer kaputten Drogensüchtigen, geschiedene Pflegeeltern, betreute Kinder-WG, mit 15 Komasaufen, ein paar Schlägereien. Scheiße einfach. Aber Corinne? Super hübsch, voll intelligent, reiche Eltern mit einer Villa in Hütteldorf, Privatgymnasium, Winterurlaub in noblen Schweizer Skiorten. Alles erste Liga. Und dann? Die Großmutter ein Kampfhubschrauber, der Vater ein Panzerbataillon und die Mutter das Schlachtfeld. Nur Stress, was man so hört. Aus der Ferne hatte Lukas Corinnes Mutter das eine oder andere Mal gesehen. Alter Schwede, da hatte er gewusst, warum Corinne so hübsch war. Bei so einer Mutter echt kein Thema. Den Vater hatte er nie gesehen. Konnte ihm auch gestohlen bleiben. Haustyrann, und das war jetzt mal freundlich formuliert.

Lukas schaute die Gasse auf und ab. Niemand war zu sehen. Das Haus hatte garantiert eine Alarmanlage. Corinne und er hatten zwar nie darüber gesprochen, aber ihr Vater war ja Antiquitätenhändler, da standen ganz bestimmt ein Haufen schweineteure Stücke im Haus herum. Ein Profi in diesem Geschäft konnte gar nicht anders, als sich pausenlos mit Alarmanlagen zu umgeben. Schon alleine wegen der Versicherung. Aber der Garten? War der Garten auch alarmgesichert? Schwer zu sagen. Das konnte er gar nicht brauchen, wenn da eine Einsatztruppe der Polizei mit Blaulicht auffuhr.

Scheiß drauf. Corinne hatte sich einfach nicht gemeldet. Und das hätte sie bestimmt. Corinne war nicht eines von den Mädchen, die das eine sagten und das andere taten. Und wenn sie ihn hätte loswerden wollen, hätte sie das gesagt. Oder zumindest eine SMS geschrieben. Keine SMS mehr. Adieu. Go to hell. Irgendetwas in der Art. Hatte sie nicht. Einfach Sendepause war merkwürdig. Und warum war das Haus total finster? Warum war hier niemand? Er hatte die ganze Woche über das Haus im Blick gehabt. Entweder war nur minimal Licht zu sehen gewesen, oder alles lag in völliger Dunkelheit. War Corinnes Oma im Haus? Die Mutter hatte er einmal mit dem Auto fortfahren sehen. Wenig später war sie mit dem Einkauf zurückgekommen.

Corinne und Oscar hätten in dieser Woche zur Schule gehen müssen. Lukas hatte das Gymnasium und die Volksschule gecheckt. Weder Corinne noch ihr kleiner Bruder waren in der Schule aufgetaucht.

Stank nach Scheiße. Ganz klar. Dafür hatte Lukas eine Nase.

Er spuckte aus, fluchte in sich hinein und schaute sich noch einmal um. Stille. Also los. Mit einer schnellen Bewegung zog er sich über den Zaun und glitt lautlos in den Garten. Zum Glück lag kein Schnee, sonst hätte man seine Spuren leicht verfolgen können. Der Boden war teilweise gefroren. Das war gut. Er huschte am Zaun entlang rund um das Grundstück in den hinteren Teil des Gartens. Zum Glück war der Garten von den Gärtnern sauber gemacht worden, kein raschelndes Laub unter den Bäumen und an der Hecke.

Lukas stand unter einem kahlen Ahornbaum und schaute nach oben. Im Dachgeschoss war ein einziges Fenster erhellt. Keine Ahnung, was das für ein Raum war, er war ja diesem Haus noch nie so nah gewesen, und wie es innen aussah, wusste er gar nicht.

Noch heulte keine Sirene.

Vielleicht war die ganze Familie zu Corinnes Großmutter in die Schweiz gefahren. Hätte sie ihm aber gesagt. Vielleicht hatten die Eltern etwas von ihrer Beziehung spitz gekriegt und Corinne strikt verboten, mit ihm Kontakt zu halten. Wäre natürlich möglich. Er, ein Obdachloser aus dem Autonomen Zentrum, sie, ein Luxusmädchen aus der Villa. Klar machten Oberschichteltern in so einem Fall Stress. Trotzdem war alles seltsam. Wo war sie? Wo war ihr Bruder? Lukas starrte zum erhellten Fenster im Dachgeschoss hoch. Ein einziges Licht im ganzen Haus. Wahrscheinlich hatten sie bei der Abreise die Lampe einfach vergessen. Die paar Cent Stromkosten waren für reiche Leute kein Problem. Bemerkten die ja gar nicht. Am liebsten wäre er ins Haus eingestiegen, aber das war Kamikaze. Gefundenes Fressen für die Alarmanlage und leichtes Spiel für die Kieberer.

Er wandte sich ab und wollte wieder aufbrechen. Und zuckte zurück. Aus den Augenwinkeln war ihm eine Veränderung aufgefallen. Er schaute noch einmal zum Fenster im Dachgeschoss hoch. Eindeutig, das Licht war schwächer geworden. Als ob das Deckenlicht ausgeschaltet worden wäre und jetzt nur noch eine Leselampe leuchtete. Oder hatte er sich getäuscht? Nein. Garantiert nicht. Entweder hatte da oben ein Zeitschalter eine, aber nicht alle Lampen im Raum ausgeschaltet, oder ein Mensch hatte das getan. Sollte er an der Tür läuten und einfach nachfragen? Was hätte er sagen sollen? Lukas fluchte und huschte wieder rund um das Haus. Schnell zog er sich über den Zaun. Auf der Gasse war niemand zu sehen. Er rammte seine Hände in die Taschen der Thermoweste und marschierte zügig los. Eine weitere SMS war sinnlos. Er hatte mindestens zehn SMS geschickt. Wozu noch eine?

Also zurück ins Zentrum. Er musste mit Werner reden. Vielleicht fiel dem was ein.

20. SZENE

Ihre Fingerkuppen strichen langsam über seine Brust und Schultern. Hoffmann genoss diese sanften Berührungen, diese kleinen Liebkosungen. Sie lagen Haut an Haut auf der Couch, eng umschlungen. Alice fühlte sich so gut an. Alles stimmte. Die Decke sammelte die Wärme der zwei Körper, ihr Schweiß, ihr Geruch, ihre Sinnlichkeit liefen ineinander, verflossen, verströmten sich in den Abend.

Wochenlang hatte er sich mit Trinkkuren gereinigt. Kräutertee und Mineralwasser, in großen Mengen konsumiert, hatten seinen Stoffwechsel entgiftet, hatten die Medikamente ausgewaschen. So weit er das selbst überhaupt beurteilen konnte, dünstete er nicht mehr pharmazeutische Produkte aus. Hoffte er in jedem Fall.

Immer wieder strichen Alices Finger über die eine Stelle.

»Die Narbe ist nicht sehr alt.«

»Ein paar Monate.«

»Bist du angeschossen worden?«

»Nein! Zum Glück nicht.«

»Warum hat man dich operiert?«

Erstaunlich, dass eine Frau, die vor Kurzem ziemlich kopflos durch die Straßen geirrt war, jetzt so gezielte Fragen stellte. Natürlich war da jetzt dieser wunderbare Moment der Nähe zwischen ihnen, natürlich war er glücklich wie ein Säugling an der Mutterbrust, natürlich hatte sie mit ihrer Schönheit und Begierde die Wochen und Monate des Alleinseins und der Angst vor den nächsten Tagen vergessen gemacht, aber Hoffmann wusste auch, dass da Winkel und Ecken im Leben dieser Frau waren, die er noch nicht zu Gesicht bekommen hatte, die er wahrscheinlich niemals zu Gesicht bekommen würde. Geheimnisse. Welche Geheimnisse? Er selbst hatte keine Geheimnisse. Rein theoretisch. Er sagte nicht jedem alles, natürlich, er sagte eigentlich nur etwas, wenn man ihn danach fragte. Aber die Menschen wollten ohnedies nicht alles voneinander wissen, die Menschen fragten einander kaum mehr, als für den reibungslosen Ablauf des Alltags nötig war. Wozu auch? Jetzt und hier war eine Frage an ihn gerichtet worden. Warum sollte er Ausflüchte suchen?

»Um aus der Lunge einen kleinen und zum Glück lokal gut abgegrenzten Tumor zu entfernen.«

Er spürte, wie sich die Sehnen am gesamten Körper der nackten Frau an seiner Seite wie Drahtseile spannten.

»Ein Tumor?«

»Er ist jetzt raus aus mir. Sauber entfernt. Sagen die Ärzte.«

»Du hast Krebs?«

»Jetzt nicht mehr.«

Alice schnappte nach Luft.

»Deswegen bist du nicht im Dienst.«

»So ist es.«

Er küsste ihre Schulter. Sie rückte fort von ihm. Alice drückte einen Kuss auf seine Lippen und erhob sich. Sie sammelte ihre verstreute Kleidung. Hoffmann genoss es, ihr beim Ankleiden zuzusehen. Dann erhob er sich ebenfalls und schlüpfte in seine Kleidung. Sie war auf einmal abwesend, mit den Gedanken anderswo. Schnelle Stimmungsschwankungen. Da waren sie wieder.

War ihm die Situation peinlich? Hoffmann hörte in sich hinein. Nein. Sie hatten guten Sex gehabt. Einen schönen Augenblick erlebt. Sie waren einander sehr nahe gewesen, sie hatten einander nicht nur körperlich berührt. Er wusste jetzt vieles von Alice, sie wusste vieles von ihm. Das alleine bewirkte nicht, dass sich der Planet Erde anders drehte, dass die Wolken ihren Kurs änderten, dass der Winter nicht heranziehen würde. Das Leben ging seinen Gang, und die Menschen waren diesem Spiel ohne Alternative unterworfen. Das war gut so. Er bekleidete sich. Hoffmann fasste kurz den an der Wand stehenden Koffer ins Auge.

»Alice?«

Sie stand am Fenster und schaute auf die abendliche Gasse hinunter.

»Alice?«

Erst jetzt hörte sie seine Stimme.

»Ja?«

»Wirst du in dein Haus zurückkehren?«

Stille. Hatte sie die Frage nicht gehört oder dachte sie gründlich darüber nach?

»Nein.«

Sie wandte sich Hoffmann wieder zu.

»Du kannst hier übernachten.«

Sie schüttelte den Kopf.

»Ich könnte dir das nicht zumuten.«

»Das wäre keine Zumutung.«

»Ich möchte mich nicht in dein Leben drängen. Ich nehme ein Hotelzimmer.«

»Bist du mit deinem Auto gekommen?«

»Mit dem Taxi.«

»Ich kann dich fahren. So viel Wein habe ich nicht getrunken.«

Alice trat auf Hoffmann zu und fasste nach seinen Händen. Wärme und Zuneigung lag in ihrem Blick.

»Du bist so gut zu mir.«

»Nach gutem Sex kann man von Männern alles haben.«

Sie lachten.

»Ich nehme ein Taxi.«

»Wie du willst.«

»Es war sehr schön mit dir.«

Hoffmann nickte. Es war sehr schön, hatte sie gesagt. Es war, nicht, es ist. Alles sehr schnell. Da waren sie wieder, die Rätsel, die Unklarheiten. War er jetzt beleidigt? Hoffmann hörte in sich hinein. Vielleicht doch ein bisschen. Er drängte die Regung fort. Wollte er mehr von ihr? Wollte er mehr als ein intensives, aber kurzes Abenteuer? Er wusste es nicht. Noch nicht. Die nächste Zeit würde es zeigen. Sie roch so gut.

Hoffmann griff zu seinem Telefon.

»Ich rufe einen Wagen und begleite dich hinunter.«

»Das ist sehr lieb von dir.«

»Und am Montag werde ich mich um den Verbleib deines Mannes kümmern.«

»Mach dir bitte keine Umstände.«

Hoffmann musterte Alice. Sie war nicht mehr in diesem Raum, sie war schon im Taxi, im Hotelzimmer, in ihrer Schweizer Heimat, wo auch immer, nicht mehr in seiner Wohnung, nicht mehr bei ihm.

SONNTAG

21. SZENE

Iris gestikulierte.

»Mit dir shoppen zu gehen, macht mich total an.«

Lukas grinste breit. Manchmal war Iris einfach nur zum Schreien. Er mochte ihre Witze. Sie trippelte wie eine elend parfümierte Tussi in Stöckelschuhen und warf Kusshändchen um sich. Das sah irre aus. Die robuste Frau in den Springerstiefeln tat auf magersüchtiges Mannequin, die in einem Werbespot irgendeiner Kaufhauskette einen gestelzten Satz aufsagte.

Über Nacht war ein bisschen Schnee gefallen. Der Morgen war aber nicht richtig kalt, der Schnee wandelte sich schon in schmutzig-grauen Matsch. Das Viertel schlummerte in aller Stille. Sonntagfrüh bei unfreundlichem Wetter. Wer ging da schon freiwillig auf die Straße? Der Gehsteig war seit Einsetzen des Schneefalls nicht benutzt worden. Vor ihnen der dünne Flaum, hinter ihnen die Schuhabdrücke auf dem nassen Asphalt. In einer halben Stunde würde der Schnee völlig geschmolzen sein.

Shoppen war gar nicht verkehrt. Shoppen auf ihre Art. Lukas und Iris trugen Rucksäcke auf den Schultern. In der Weihnachtszeit waren die Regale der Supermärkte immer besonders voll, die Leute kauften wie verrückt, aber eben nicht alles. Ein Rest von Zeug blieb immer liegen. Und die beiden wussten genau, bei welchem Supermarkt in der Gegend regelmäßig Samstagabend die Ausschussware ausgemustert wurde. Shopping auf autonome Art. Warum sollten die Bewohner des Zentrums am Sonntag nicht auch groß aufkochen? Mal sehen, was heute auf dem Speiseplan stand.

Sie schauten um sich. Die Straße war still. Dann verschwanden sie im Flur eines Hauses. Sie lauschten im Treppenhaus.

Nichts. Also betraten sie den Innenhof, schauten sich wieder um. Freie Bahn. Lukas lehnte sich an die Mauer und machte Iris die Räuberleiter. Sie stieg hoch und verschwand im Innenhof des Nachbarhauses. Lukas nahm etwas Schwung und hievte sich über die Mauer. Sie mussten nicht sprechen, ihre Bewegungen liefen routiniert ab. Iris und Lukas gingen regelmäßig für das Zentrum shoppen. *Freeganismus.* Den Begriff hatte Werner herangeschleppt. Werner musste immer alles in kluge Begriffe packen. War so ein Tick von ihm. Die beiden standen vor den Mülltonnen. Noch hatten sie freie Bahn. Mal sehen, wann die Leute vom Supermarkt hier alles mit Gittern und Sicherheitsschlössern versperrten. Volle Paranoia wegen ein paar Menschen, die den Müll nach brauchbarem Zeug durchsuchten. Iris vertrat strikt die Linie, dass *Freeganer* keinen Dreck hinterlassen durften. Sie nahmen nur, was andere weggeworfen hatten, sie verursachten keine Sachschäden, indem sie irgendwelche Schlösser knackten, sie hinterließen nicht einmal Dreck, und trotzdem reagierten die Supermarktmanager mit Panik auf Freeganer. Die Kamera über den Mülltonnen war erst vor etwa einem Monat installiert worden. Irgendwann würden die Gitter kommen. Iris hatte es immer wieder erlebt. Der Dreck der Wegwerfgesellschaft durfte auf keinen Fall in falsche Hände geraten! Dafür bezahlten die Konsumenten ja an der Kassa.

Iris bückte sich und zog das vorbereitete Plakat aus dem Rucksack. Lukas und sie stellten sich in die Mitte des Blickwinkels der Kamera, lächelten breit, Iris winkte, Lukas zeigte das Victory-Zeichen, dann hielten sie das Plakat hoch. *Frohe Weihnachten!* Das war Iris' Idee gewesen.

Jetzt aber an die Arbeit. Taschenlampe, Gummihandschuhe und los. Iris stieg in die erste Tonne und wühlte. Lukas nahm die Waren und packte sie in die Rucksäcke. Brot, Semmeln, Zucchini, Orangen, sieben Konserven mit Serbischer Bohnensuppe, vier Becher mit Fruchtjoghurt. Und weiter. Die beiden Rucksäcke und die vier Jutetaschen waren im Nu voll.

22. SZENE

Sigrid Körner stieg auf die Bremse. Vor ihnen standen ein Streifenwagen, ein Rettungswagen und der Wagen des Notarztes. Alle mit Blaulicht. Körner zog die Handbremse an.

»Also schauen wir uns den Schlamassel an.«

Walter Kaltenegger öffnete die Beifahrertür und hob sich ächzend aus dem Wagen. Körner blickte um sich. Wieninger Platz. Ein paar Neugierige hatten sich trotz der frühen Stunde schon eingefunden. Ein Polizist ging umher und hielt mit seiner Anwesenheit die Leute auf Distanz. Ein anderer Polizist kam den beiden entgegen.

»Morgen, Walter.«

»Morgen, Sepp.«

Der uniformierte Mann grüßte Körner mit einem Kopfnicken. Sie erwiderte den Gruß. Sie kannte den Kollegen natürlich. Sie waren sich in den letzten zwei Jahren regelmäßig über den Weg gelaufen. Kein Kollege, mit dem sie gleich Freundschaft geschlossen hatte, aber solange alle ihren Job ordentlich erledigten, lief das Werk.

»Wie geht es der Frau?«, fragte Körner, als sie zu dritt den Flur durchquerten und in den Innenhof traten.

»Scheinbar keine lebensgefährlichen Verletzungen«, antwortete der Kollege.

Der Notarzt und die Sanitäter knieten neben einer auf dem Boden liegenden Frau. Unmöglich, die drei Männer jetzt anzusprechen, also warteten die Polizisten etwas abseits. Kaltenegger schaute die Hauswand hoch.

»Zweiter Stock mit Mezzanin. Hoch genug. Das ist das Küchenfenster der Wohnung.«

Körner und Kaltenegger schauten zum zerbrochenen Fenster hoch.

»Warst du schon in der Wohnung?«

»Ja.«

»Und?«

»Die Frau heißt Arife Umar, ist türkische Staatsbürgerin, 34 Jahre alt und Mutter von drei Kindern. Ihr Mann hat das getan.«

»Ist das sicher?«

»Wie das Amen im Gebet. Die Nachbarn haben den Streit gehört und dann das Klirren und die Schreie der Frau. Sie haben die Rettung angerufen.«

»Wo sind die Nachbarn?«

»In ihrer Wohnung. Karin und Stefan Pichler, beide Pensionisten. Seit 40 Jahren wohnen sie im Haus. Sie haben in letzter Zeit pausenlos die Streitereien bei den türkischen Nachbarn gehört.«

»Ein Ehedrama also.«

Der Notarzt erhob sich und nickte den Sanitätern zu.

»Wie schauen wir aus, Herr Doktor?«, fragte Kaltenegger.

Die Sanitäter hoben die Frau vorsichtig auf die Tragbahre. Der Arzt streifte die blutigen Latexhandschuhe ab und warf sie in die Mülltonne des Hauses. Die Miene des Mannes war völlig undurchdringlich. Ein langjähriger Profi, er ließ die Schicksale der Menschen nicht an sich heran, sondern diagnostizierte und reparierte deren körperliche Schäden. Sigrid Körner war diesem Mann schon begegnet, sie kannte sein Gesicht von einem Einsatz, aber ganz bestimmt konnte der Arzt sich nicht an sie erinnern. Welcher Notarzt im Einsatz sah schon in das Gesicht einer jungen Polizistin?

»Keine lebensgefährlichen Verletzungen. Die Frau hat Glück gehabt, dass sie mit den Beinen gelandet ist. So wie es ausschaut, hat sie keine Verletzungen an Schädel oder Wirbelsäule.«

»Das ist schon mal gut«, brummte Kaltenegger.

»Die Schnittwunden vom Glas sind erheblich, wir haben sie jetzt nur notdürftig zusammengeflickt. Drei Schnitte am Oberarm und der Schulter werden genäht werden müssen, da führt kein Weg daran vorbei. Wahrscheinlich ein Oberschenkelhalsbruch links. Die Bänder in beiden Knien sind gerissen. Ob die Knie und die Sprunggelenke beschädigt sind, wird das Röntgenbild zeigen. Ich habe ihr eine Spritze gegeben.«

Die Sanitäter beförderten die Frau auf der Bahre zum Wagen.

»Also ist sie eigentlich recht glimpflich davongekommen«, sagte Kaltenegger.

»Eigentlich ja. Herr Inspektor, ich bin dann wieder unterwegs.«

Der Arzt reichte Kaltenegger die Hand und marschierte ab. Den uniformierten Polizisten und die junge Kriminalistin neben dem Herrn Chefinspektor hatte er gar nicht bemerkt. Tunnelblick, dachte Körner. Besser, so ein Mann meisterte mit einem Tunnelblick seinen Job, als sich durch besondere Höflichkeit zu verzetteln. Und die blutenden Menschen in Innenhöfen, Autobahnauffahrten oder Straßengräben interessierten sich nicht die Bohne für Höflichkeitsfloskeln.

Das Funkgerät in den Händen des uniformierten Mannes krächzte. Körner und Kaltenegger hörten die Durchsage eines Streifenwagens mit. Die Kollegen hatten bei der Spetterbrücke einen Mann gesehen, der ohne Mantel oder Jacke und in Hausschuhen vor dem Streifenwagen davon gerannt ist.

»Sie sollen an ihm dran bleiben und mit Verstärkung dann aufklauben.«

Der uniformierte Polizist gab die Anweisung des Chefinspektors durch.

»Sind die Kinder noch in der Wohnung?«, fragte Körner.

Der uniformierte Mann schaute sie mit großen Augen an.

»Ja. In ihrem Zimmer.«

»Und wie wäre es mit einem KIT?«, fragte Kaltenegger mit leiser Anklage.

Der uniformierte Mann verzog die Miene. Körner hatte schon ihr Handy in der Hand.

»Ich ruf gleich an.«

Körner forderte das Kriseninterventionsteam an. Würde aber bis zum Eintreffen noch ein bisschen dauern. Kaltenegger legte seine Hand auf Körners Schulter.

»Sigrid, geh du nach draußen und hör dich um. Ich geh zu den Kindern rauf.«

Einmal hatte Sigrid Körner schon erlebt, wie Kaltenegger mit geschockten Kindern geredet hatte. Großartig! Eine absolute Stärke des Mannes. Der dicke gemütliche und freundliche Opa erweckte bei Kindern sofort Vertrauen. Wenn er sich ein bisschen Zeit für die Kinder nehmen würde, könnte das KIT zu Hause bleiben. Die Zeit hatte er natürlich nicht. Sigrid Körner nickte zustimmend und verließ das Haus.

Die Befragung der Schaulustigen ergab nichts. Die Leute waren erst auf dem Platz aufgetaucht, als die Einsatzautos schon vorgefahren waren. Körner schaute die Straße hoch. Sie ging die paar Schritte zu dem ziemlich abgewirtschafteten Haus mit den unzähligen Graffiti an der Fassade. Sie stand vor dem Eingangstor und blickte hinüber zum Haus, in dem der Fenstersturz passiert war. Kein direkter Blick zur Tür, aber wenn der flüchtende Mann die Goldschlagstraße entlang gelaufen war, dann hätte er hier gesehen werden können. Kurz entschlossen stemmte sie sich gegen das Eingangstor. Rechts führte das Treppenhaus in die oberen Stockwerke, geradeaus durch den Flur kam man in den Innenhof, und links lag eine Tür. Körner klopfte, wartete einen Augenblick und zog an der Klinke. Die Tür war nicht versperrt. Sie trat in einen verwinkelten Raum. Früher, irgendwann um die Wende vom 19. zum 20. Jahrhundert, als das Haus erbaut worden war, war der Raum wohl als Werkstatt genutzt worden. Von einer Tischlerei oder Schlosserei. Jetzt lag hier der Sozialraum des Autonomen Zentrums. Eine Bar, ein paar abgewohnte Sitzmöbel, an die Wand gepinselte oder gesprühte Bilder, schmutzige Fenster und spärliches Licht. Keine Heizung. Fünf Personen befanden sich im Raum. Eine Frau mit Kurzhaarschnitt stand hinter der Bar, eine weitere neben den drei Männern vor der Bar.

»Guten Morgen.«

Die Personen empfingen Körner mit scheelen Blicken. Auf dem Tresen der offenbar in Handarbeit aus Baubrettern und Schalungsplatten gezimmerten Bar standen diverse Lebensmittel. Hinter der Bar befand sich ein Kühlschrank.

»Morgen.«

Nur die Frau mit dem Kurzhaarschnitt grüßte. Körner griff nach ihrer Dienstmarke.

»Kriminalpolizei. Ich habe ein Frage.«

Regungslose Gesichter. Autonome mochten Polizisten nicht, und am allerwenigsten mochten sie Polizisten, die sie in ihren Wohnstätten aufsuchten.

»Schießen Sie los.«

»Haben Sie mitbekommen, dass ein paar Schritte weiter am Wieninger Platz etwas vorgefallen ist?«

»Rettung, Notarzt, die Kieberei. Schwer, das zu übersehen.«

»Ist Ihnen irgendetwas aufgefallen?«

Körner ließ ihren Blick von Gesicht zu Gesicht wandern. Verneinendes Kopfschütteln war das Maximale an Reaktion.

»Haben Sie jemanden aus dem Haus am Wieninger Platz laufen sehen?«

Nichts.

»Man sieht von hier auf die Straße«, sagte Körner und deutete zu den Fenstern auf der Gassenseite. »Ist heute da jemand vorbei gelaufen?«

»Die Fenster sind so dreckig, damit man nicht hinaus und hinein sehen kann.«

Sigrid schaute dem untersetzten Mann in die Augen. Eigentümliche Aussprache. Er war kein Wiener.

»Schauen Sie doch die Bilder der Überwachungskameras an«, sagte ein zweiter Mann, der an seiner Sprachfärbung sofort als Wiener zu erkennen war.

»Hier sind nirgendwo Überwachungskameras«, erwiderte Körner.

»Was!«, brüllte der Mann los. »Keine Überwachungskameras! Wozu zahlen denn die braven Staatsbürger Millionen und Milliarden an Steuern, wenn die faule Bande von der staatlichen Sicherheit nicht einmal ein paar winzig kleine Kameras installieren kann! Ich fühle mich in meinem individuellen Sicherheitsgefühl hochgradig gestört. Was heißt gestört? Traumatisiert!«

Die Runde lachte lauthals. Körner lachte nicht.

»Hat irgendjemand irgendetwas gesehen oder nicht?«, wiederholte sie reichlich trocken ihre Frage.

»Was ist da eigentlich passiert?«, fragte die Frau mit dem Kurzhaarschnitt.

»Offenbar hat ein Mann seine Frau bei einem Ehestreit aus dem Fenster geworfen.«

Die Mienen der fünf waren schlagartig ernst.

»Ist sie tot?«

»Schwer verletzt.«

Schweigen.

»Ja.«

Sigrid Körner wandte sich der Frau mit dem Kurzhaarschnitt zu.

»Was ja?«

»Ja. Da ist ein Mann die Straße entlang gelaufen.«

»Wann?«

»Vor etwa einer halben Stunde.«

»Wie hat er ausgesehen?«

»Dunkle Haare. Ich glaube, er war Türke. Hat irgendwie so ausgesehen. Er ist durch den Schneematsch mit Hausschuhen gelaufen. Und er hat nur eine dunkelgrüne Strickweste getragen. Keine Jacke, keine Mütze, keine Handschuhe.«

Körner nahm ihren Notizblock zur Hand.

»Haben Sie den Mann von hier drinnen gesehen?«

»Nein, er ist mir auf der anderen Straßenseite entgegengekommen.«

»Würden Sie den Mann wiedererkennen?«

»Wahrscheinlich schon.«

»Haben Sie einen Morgenspaziergang unternommen?«

»Bin vom Einkauf gekommen.«

Körner überblickte die Menge an Lebensmitteln auf dem Tresen.

»Großeinkauf am Sonntagmorgen?«

»Und billig noch dazu. Wir leben in der Wegwerfgesellschaft.«

»Ich verstehe.«

Körner trat einen Schritt zurück und sah die beiden leeren Rucksäcke am Boden liegen.

»Haben Sie das alles alleine getragen? Zwei Rucksäcke und Tragetaschen?«

»Ich war mit Iris unterwegs.«

Körner zog die Augenbrauen hoch. Die Antwort war sehr schnell gekommen. Der Tonfall war auffällig. Sie schaute den untersetzten Mann scharf an.

»Haben Sie den laufenden Mann auch gesehen?«

»Mir ist er nicht aufgefallen. Ich habe gerade telefoniert.«

Irgendetwas stimmte da nicht.

»Und wie ist Ihr Name?«

»Iris Haubenwallner.«

»Und Sie? Wie heißen Sie?«

»Jean-Claude Damar.«

»Sind Sie Österreicher?«

Der Mann griff zu seinem Tabakbeutel und begann mit geschickten Fingern eine Zigarette zu drehen.

»Ich bin Weltbürger mit luxemburgischem Pass.«
»Und wo wohnen Sie?«
»Hier an Ort und Stelle.«
Körner notierte die Namen.
»Dann danke ich für die Auskunft. Falls noch weitere Fragen auftauchen, wenden wir uns an Sie.«

23. SZENE

Diesmal hatte er nicht den Weg über die Mauern der Innenhöfe genommen, sondern war mit tief in die Stirn gezogener Mütze einfach zur Vordertür hinausgegangen. Das Blaulicht nur ein paar Häuser weiter war das Zeichen für einen flotten Abgang gewesen. Lukas war drei Stunden unterwegs gewesen, er war rüber nach Hietzing und mit schnellen Schritten einmal rund um den Schönbrunner Schlosspark marschiert. Außen herum. Er mochte den Park nicht sonderlich. Wegen der vielen Touristen, aber auch wegen der Spione. Kieberer, Security, Parkwächter, Schönbrunn war ein Hochsicherheitstrakt. Alles im Sinne der Millionen Besucher, die jahrein, jahraus die Speicherkarten ihrer Fotoapparate vollknipsten. Bei Nacht wäre eine Runde im Schlosspark okay, der Park war schon lässig, aber da rannten erst recht die Spione herum. Wehe, man pinkelte nur an einen Baum. Die Parkbullen schossen scharf. Außerdem mochte Lukas die Prunkbauten der alten Herrscher nicht besonders. Ja schön und gut, alte Kultur und vornehmer Prunk, und sogar der kleine Mozart hatte am Schoß der Kaiserin Maria Theresia gesessen, aber da hatte Werner ganz bestimmt recht, dachte Lukas, die alten Adelshäuser waren nur elende Ausbeutungsunternehmen gewesen. Die Bauern rackerten sich die Rücken krumm, die Grafen und Herzöge machten Kriege und feierten rauschende Bälle. War ja heute nicht anders, nur dass sich der Kleidungsstil und die Waffengänge geändert hatten. Früher marschierten die Musketiere aufeinander zu und schossen sich Bleikugeln um die Ohren, während die feinen Herren mit den gepuderten Perücken in sicherer Entfernung auf den Pferden saßen und sich im Falle des Sieges den Arsch lecken ließen. Heute saßen die Machthaber in den Chefetagen der Weltkonzerne und ließen die Armeen der rechtlosen Arbeiter in den Entwicklungsländern gegeneinander aufmarschieren, und geschossen wurde nicht mit Musketen und Feldgeschützen, sondern mit Wertpapieren und Hedgefonds.

Lukas näherte sich dem Wieninger Platz. Keine Einsatzfahrzeuge mehr. Die Spannung fiel von ihm ab. Er stemmte seine Schulter gegen die Tür.

Was für ein Geruch!

Schlagartig schoss Wasser in seinen Mund. Erst jetzt bemerkte er, wie hungrig er war. Ein Blick in die Küche machte alles klar. Iris und Ottfried an der Arbeit. Roch nach Bohnensuppe und Gemüseauflauf.

»Hey, Junior! Bist du endlich da.«

Ottfried boxte Lukas' Oberarm. Lukas boxte zurück.

»Riesenhunger! Riesenhunger! Riesenhunger!«

Die Köchin und der Koch lachten.

»Halbe Stunde noch.«

»Soll ich helfen?«

»Ja. Verschwinde aus der Küche und lass uns arbeiten.«

Wenn Iris und Ottfried kochten, legte sich nicht nur der Duft nach köstlichem Essen in die Räume des Autonomen Zentrums, sondern irgendwie so etwas wie Festtagsstimmung. Und in einem hatte Iris garantiert recht, die Küche war zu klein für drei Köche. Also räumte Lukas den Posten und warf sich zu den anderen auf das Sofa. Jean-Claude drehte gerade wieder einen Joint.

»Scheißkieberer«, brummte Werner. »Jedes Mal das Gleiche. Wenn irgendetwas bei uns im Grätzel passiert, wo gehen sie zuerst hin? Ins Autonome Zentrum! Da sitzen ja die Asozialen.«

Lukas verzog die Miene.

»Haben Sie Stress gemacht?«

Werner winkte ab.

»Stress nicht wirklich, aber die Frau Superinspektor hat natürlich schon ihre Hundemarke zeigen müssen und die miese Pappen aufgerissen.«

»So übel war die gar nicht«, meinte Sarka.

»Es geht ums Prinzip. Da schmeißt irgendein Scheißkerl seine Frau aus dem Fenster, und wer wird unter die Lupe genommen? Die Autonomen. Eh klar. Terror und Schikane, nichts anderes.«

»Ach du Scheiße!«, ächzte Lukas. »Der Typ in den Hausschuhen hat seine Frau aus dem Fenster geworfen?«

Werner nickte mit düsterer Miene.

»Und du hast dich Tempo, Tempo verdrücken müssen. So läuft das hier. Überwachungsstaat.«

War nicht Werners Tag heute. Nicht seine Woche. Werner war schon seit ein paar Tagen nicht gut drauf. Kam und ging. War ja bei Lukas auch nicht anders. Er war auch nicht gut drauf. Wenn nur Corinne sich endlich melden würde! Er vermisste ihr Lachen, ihre gute Laune, ihre tiefen blauen Augen. Lukas nahm den Joint, sog einmal kurz daran und reichte weiter. Kein Dope heute. Sonst war der Appetit wieder futsch, aber heute musste er essen. Wenn Iris und Ottfried kochten!

24. SZENE

Walter Kaltenegger warf seinen Notizblock auf den Schreibtisch und ließ sich auf den Drehstuhl plumpsen. Er ächzte. Die alten Knochen. Sigrid Körner nahm an ihrem Schreibtisch Platz. Die beiden teilten sich ein Büro. Kaltenegger sorgte für den Kaffee und kümmerte sich um die Topfpflanzen, Körner schaute darauf, dass immer ein paar Kleinigkeiten für den kleinen Hunger zwischendurch vorrätig waren. Auch ihr waren die Mühen des Verhörs in der Miene klar anzusehen.
»Meine Güte, war die Geschichte zäh.«
»Ein Dolmetscher wäre nicht verkehrt gewesen.«
Kaltenegger winkte ab.
»Geh hör auf. Der Mann lebt seit 15 Jahren in Österreich, arbeitet seit acht Jahren in ein und derselben Firma, der kann garantiert tadellos Deutsch. Er hat sich halt ein bisschen dumm gestellt und ein Spielchen abgezogen.«
»Eben. Mit einem Dolmetscher hätten wir ihm den Wind aus den Segeln genommen.«
Eine halbe Stunde lang hatte Sigrid Körner erfolglos versucht, den türkischen Mann zu einer Aussage zu bewegen. Zu irgendeiner Aussage. Ob er mit Tötungsabsicht seine Frau aus dem Fenster gestoßen hatte oder ob alles ein ganz unglückliches Versehen gewesen war, wollte sie vorerst gar nicht wissen, sie wollte nur seine Personalien abfragen und ein wenig über seine Lebensumstände erfahren. Nichts. Der Mann hatte nicht einmal andeutungsweise ein Wort an eine junge und attraktive Frau richten wollen. Polizei hin oder her, einer Frau Rede und Antwort zu stehen, kam ihm gar nicht in den Sinn. Sigrid Körner hatte hartnäckig versucht, ihren Ärger zu unterdrücken, sachlich zu bleiben, ein Profi zu sein, aber irgendwann war

ihr der Kragen geplatzt und sie hatte den Mann angeschrien. Woraufhin dieser noch bockiger und verschlossener geworden war. Nix verstehen, nix verstehen, pausenlos wiederholt. Schließlich hatte sich Kaltenegger von den tausend Dingen, die ihn beschäftigt hatten, lösen können und war in das Vernehmungszimmer gekommen, hatte gesehen, was sich da aufgeschaukelt hatte, und hatte seine Erfahrung und Persönlichkeit eingebracht, den Karren wieder flott zu machen. Nur sehr langsam hatte sich der türkische Mann geöffnet. Kaltenegger hatte nur nach und nach ein paar Fragen gestellt, hatte dem Mann Zeit gelassen, hatte seine Fragen mehrmals wiederholt und irgendwann auch halbwegs brauchbare Antworten erhalten. Schließlich hatte der Mann gestanden, seine Frau verprügelt und unabsichtlich durch das Fenster gestoßen zu haben.

Kaltenegger schaute auf seine Armbanduhr.

»Fix noch mal, zwei Stunden haben wir mit dem Blödsinn verplempert.«

Körner verschränkte die Arme und schaute zum Fenster hinaus.

»Mein Magen knurrt. Was hältst du von einem Imbiss?«, fragte Kaltenegger.

Körner riss sich erst mit etwas Verzögerung aus ihrer Grübelei.

»Imbiss? Hört sich gut an.«

»Gasthaus, Würstelstand oder Dönerbude?«

Sie zeigte zur Obstschale.

»Ein paar Äpfel sind noch da.«

»Mir schwebt etwas Kalorienreiches vor.«

Sigrid wiegte den Kopf.

»Vielleicht heute mal Gasthaus?«

Kaltenegger nickte zufrieden.

»Wir kommen der Sache näher.«

Das Tischtelefon schlug an. Beide starrten eine Sekunde auf das Ding. Kaltenegger verzog seine Miene.

»Sag nicht, dass der Schweinsbraten mit Kraut und Knödel gestrichen ist.«

Körner schmunzelte.

»Soll ich abheben und sagen, dass wir wegen Nahrungsaufnahme leider gar keine Zeit haben?«

»Am besten wäre es«, brummte Kaltenegger und griff dann doch zum Hörer. »Hallo. Ja. Nein. Ja. Also was gibt's?«

Kaltenegger presste den Hörer an sein Ohr und suchte Blickkontakt zu seiner jungen Kollegin.

»Ach du Scheiße. Wo ist das? Wir sind schon unterwegs.«

25. SZENE

Zwei Streifenwagen standen am Rand der Höhenstraße, ein gutes Stück oberhalb von Grinzing am Hang des Kahlenbergs. Körner parkte ihren Wagen dahinter. Der letzte Rest von Tageslicht hing noch über den Hügeln des Wienerwaldes. Die beiden klappten die Autotüren hinter sich zu. Ein Wachmann kam auf sie zu.

»Servus, Walter.«

»Servus. Sie hat die Leiche gefunden?«

Mit einem Kopfnicken deutete er zu einer älteren Frau mit Hund, die in einiger Entfernung am Straßenrand stand.

»Ja. Rosemarie Daunböck.«

Der Fahrzeugtross der Tatortgruppe rollte die Bergstraße empor. Kaltenegger und Körner gingen auf die Frau zu.

»Guten Tag, Frau Daunböck. Mein Name ist Kaltenegger, Kriminalpolizei. Das ist meine Kollegin Körner.«

»Guten Tag.«

Körner musterte die Frau. Gute Wanderschuhe, Sporthose, eine rote Winterjacke mit applizierten Rückstrahlern und eine Strickmütze. Sie war etwa Mitte 60, drahtig, ihr Blick war klar und gefasst. Der erste Schock war wohl schon überwunden. Sie hielt ihren Hund an der Leine. Kein großes Tier, jung und kräftig, das Fell war gepflegt.

»Erzählen Sie bitte.«

»Ich habe mit Benno eine Wanderung unternommen. Wie immer am Sonntag. Wir waren gerade am Heimweg. Da ist Benno fortgelaufen. Ich habe ihn gerufen, aber er ist nicht gekommen. Benno folgt normal aufs Wort. Also habe ich den Wanderweg verlassen und habe nach ihm gesucht. Erst nach wiederholtem Rufen hat er sich gemeldet.«

»Er hat gebellt?«

»Ja. Daher bin ich in das Dickicht gegangen und habe den Toten entdeckt. Ich habe sofort den Polizeinotruf verständigt.«

»Hat sich der Hund über die Leiche hergemacht?«

Die Frau schaute Körner fast entsetzt an.

»Was? Nein! Benno stand wie angewurzelt etwas abseits.«

»Wie lange haben Sie nach ihm gesucht?«

»Ein paar Minuten.«

»Zwei, drei Minuten? Oder länger?«

»Na ja, zehn Minuten vielleicht.«

Kaltenegger räusperte sich.

»Sie sagten, Sie würden jeden Sonntag eine Wanderung unternehmen.«

»Ja. Wochentags mache ich mit Benno meistens kleinere Runden.«

»Und gehen Sie immer den gleichen Weg?«

»Nein. Häufig nehmen wir den Weg dort unten. Nur wenn wir eine längere Tour unternehmen, gehe ich hier.«

»Wann sind Sie das letzte Mal mit dem Hund die heutige Strecke gegangen?«

»Das ist schon länger her. Vor vier oder fünf Wochen zuletzt.

Der Weg liegt etwas abseits, da gehen selten Wanderer. Die meisten nehmen den unteren Weg.«

»Wohnen Sie in der Gegend?«

»Ja. Mein Haus liegt am Stadtrand. Sie sind daran vorbeigefahren.«

»Man kann also sagen, dass Sie sich hier sehr gut auskennen.«

»Das kann man. Ich wohne mit meiner Familie seit 30 Jahren in Grinzing.«

»Und Sie sind auch regelmäßig zu Fuß unterwegs.«

»Regelmäßig.«

»Ist Ihnen am Fundort irgendetwas aufgefallen?«

Die Frau schüttelte den Kopf.

»Nein. Aber so genau habe ich mich nicht umgesehen. Ich habe die Leiche gefunden und sofort telefoniert.«

»Haben Sie die Leiche angefasst?«

»Nein.«

»Und Sie waren sich sofort sicher, dass der Mann tot ist.«

»Ich bin Ärztin. Jetzt schon im Ruhestand, aber ich habe 23 Jahre im St. Anna-Kinderspital gearbeitet. Die Hände des Mannes wurden abgetrennt, der Kopf weist schwerste Verletzungen auf. Wahrscheinlich durch eine Schusswaffe verursacht. Ja, ich war mir sofort sicher, dass dieser Mann tot ist. Auch ohne ihn anzufassen. Deswegen habe ich nichts verändert und sofort telefoniert. Schaut nach einem Gewaltverbrechen aus.«

Kaltenegger und Körner tauschten Blicke.

»Die Hände fehlen?«

»Hat man Ihnen das am Telefon nicht gesagt?«

»Nein. Aber wir werden uns das gleich ansehen.«

Kaltenegger schaute mit verkniffener Miene zum bewaldeten Hang empor.

»Haben Sie unseren Kollegen Ihre Adresse und Telefonnummer genannt?«, fragte Körner.

»Natürlich.«

»Haben Sie uns noch irgendetwas zu sagen?«

»Eigentlich nicht.«

»Brauchen Sie psychologischen Beistand?«

»Nein. Ich komme klar. Jetzt ist die Polizei am Zug.«

»Sehr richtig«, brummte Kaltenegger. »Frau Doktor Daunböck, vielen Dank für Ihre Kooperation. Wenn noch Fragen auftauchen, melden wir uns.«

»Ich kann also jetzt gehen?«

»Ja. Wir wünschen Ihnen noch einen guten Abend. So gut es halt geht.«

Kaltenegger reichte der Frau die Hand zum Abschied. Frau und Hund entfernten sich rasch. Kaltenegger strich sich über den Schnauzbart.

»Himmelherrgott, fehlende Hände, schwerste Kopfverletzungen. Und ich habe nichts im Magen.«

»Ist vielleicht eh besser so.«

Kaltenegger zuckte mit den Schultern. Die Leute der Tatortgruppe bereiteten sich zum Abmarsch in den Wald vor.

»Jetzt aber los. Wir brauchen Licht! Alle verfügbaren Lampen zum Fundort!«

26. SZENE

Unruhe.

Sonntagnachmittag, irgendwo in der Gegend nach Sonnenuntergang. Ein rastloser Ort inmitten der Zeit. Musik lag im Raum. Warum gerade diese Musik? Immer wieder, seit drei Monaten dunkle Gitarrenriffs, ein rumorendes Schlagzeug und die expressive Stimme des Sängers. Schwermut in ruhelosem Hardrocktakt. Eine Verschmelzung, die Eingang in sein Gehör gefunden hatte. Kein Gute-Laune-Schnickschnack. Hoffmann lächelte vor sich hin. Der Soundtrack für sensible Männer mittleren Alters, die abends ihre Waffen putzten.

Auf dem Schreibtisch lagen die zerlegten und fein säuberlich polierten Teile seiner Pistole. Damit der Schreibtisch nicht schmutzig wurde, hatte er eine alte Zeitung ausgebreitet. Er legte das Poliertuch zur Seite und begann, mit routinierten Handgriffen die Bestandteile der Waffe zusammenzusetzen. Eine Beretta 92. Die Dienstwaffe der italienischen Polizei und der amerikanischen Streitkräfte, ein bewährtes Gerät. Als er vor sieben oder acht Jahren die Waffe angeschafft hatte, hatte er sie am Schießstand erprobt. Seit damals allerdings hatte er die Waffe nicht mehr aus dem Waffenschrank geholt. Wozu auch? Im Dienst führte er wie alle österreichischen Polizisten eine Glock mit sich. Natürlich hatte er die Dienstwaffe im Kommissariat abgegeben. Und in den letzten Monaten hatte er gar keine Verwendung für eine Waffe gehabt. Wofür denn? Um die Ärzte während der Operation mit angeschlagener Knarre zu chirurgischen Höchstleistungen anzuspornen?

Verrückte Gedanken.

Warum zum Teufel noch einmal polierte er jetzt seine Beretta? Um sieben Uhr abends. Im Licht der Schreibtischlampe. Sollte er das Magazin wirklich laden?

Das ganze Wochenende über hatte er nachgedacht. Tausend Möglichkeiten erwogen und wieder verworfen. Die Geschichte ließ ihm keine Ruhe. Ein Mann entführt seine eigenen Kinder, die Frau leugnet die Tatsachen, erfindet durchaus glaubwürdige Ausreden für das gesellschaftliche Umfeld. Und dann ging die Frau mit einem Zufallsbekannten einfach so ins Bett, redete unklare Dinge, verschleierte mit jeder Erklärung die Sachverhalte, verhedderte sich, ohne es zu bemerken, in immer unglaubwürdigere Lügen. Oder log sie nicht? Sprach sie in einer geradezu rührenden Naivität nichts als die reine Wahrheit? Zumindest die Wahrheit, wie sie sie sah.

Hoffmann atmete tief durch. Keine Schmerzen in der Brust. Was für eine Wohltat.

Danke, Herr Doktor! Dank auch an das gesamte Team!

Waren die Kinder in Gefahr? Er musste sich ein Bild von diesem Mann machen. Er musste ihm auf die Spur kommen. Vom Morgengrauen bis zum Sonnenuntergang hatte er gefangen in einem Zustand der Lähmung zugebracht. Das kannte er an sich. Immer, wenn er in einem neuen Fall zu ermitteln begonnen hatte, war er zuallererst von einem quälenden Gefühl der Lähmung, der Ratlosigkeit, der Unfähigkeit zu denken und zu handeln befallen gewesen. Er war sich immer zuallererst wie ein Trottel vorgekommen, wie ein Stümper, ein Anfänger. Und dann war irgendwann ein Punkt erreicht, ab dem es kein Zurück mehr gegeben hatte. Vorwärts gezogen von der Unausweichlichkeit des Kommenden.

Was kam jetzt?

Hatte der Mann die Kinder getötet und war geflüchtet?

Warum musste er immer zuerst an das Schlimmste denken? Immer und immer wieder.

Hatte der Mann die Kinder und sich getötet?

Böse Gedanken. Hoffmann hasste sich dafür.

Hatte der Mann die Kinder getötet und plante jetzt den Mord an seiner Frau?

Er schaute auf den Revolver, den er Alice abgenommen hatte. Ein 38er. Welche Taten waren in das Eisen der Waffe graviert?

Hoffmann griff nach der Schachtel mit den Patronen. Neun Millimeter. Er setzte 15 Patronen in das Magazin und schob diesen in den Griff der Pistole. Geladen und gesichert verschwand die Beretta im Tresor. Der Revolver folgte. Hoffmann zog den Schlüssel ab. Mit einem schnellen Schluck leerte er die Tasse des lange erkalteten Tees. Kräutertee. Brachte

Klarheit in den Kopf. Hoffmann verschwand im Badezimmer und wusch mit viel Seife den öligen Geruch von seinen Händen.

27. SZENE

Im Büro verbreitete sich der Geruch von Döner. Die beiden hatten während der Fahrt vom Kahlenberg ins Kommissariat nur einmal geredet, nämlich als sie die Fahrt kurz unterbrochen hatten, um sich in der Dönerbude ein Fresspaket schnüren zu lassen. Und der abendliche Imbiss tat seine Wirkung, Körner spürte, wie die Spannung ein wenig von ihr abfiel. Sie schmatzte sich durch das Brot, achtete nur am Rande auf die zu Boden tropfende Soße und wischte sich schließlich Mund und Finger mit der Serviette sauber.

»Das war jetzt notwendig.«

»Sehr richtig. Ohne gescheite Unterlage ist sinnvolle Polizeiarbeit einfach nicht möglich. Willst du einen Kaffee?«

Kaltenegger erhob sich und trat an die Kaffeemaschine im Büro. Körner nickte ihm zu.

»Bitte ja. So spät am Abend trinke ich normalerweise keinen Kaffee, aber heute komme ich wahrscheinlich eh nicht so schnell ins Bett.«

Kaltenegger setzte die Maschine in Gang und schaute kurz auf seine Armbanduhr.

»Na, die eine oder andere Überstunde wird heute wieder dazu kommen.«

»Meckerst du schon wieder wegen der Überstunden?«, rief

Gerald Windisch und wehte mit einer Mappe in der Hand durch die offenstehende Bürotür.

Kaltenegger schaute über seine Schulter.

»Gerald! Kannst du auch nicht schlafen? Mokka oder Melange?«

»Mokka bitte.«

Windisch ließ die Mappe auf den Tisch fallen, schob einen Stuhl heran und setzte sich vor Kaltaneggers Schreibtisch. Kaltenegger servierte die Tassen.

»Was ich bis jetzt gehört habe, klingt nicht sehr lustig.«

Kaltenegger nickte Windisch zu.

»Uns ist das Lachen vergangen.«

Körner blätterte ihren Notizblock auf.

»Männliche Leiche, etwa 1,80 Meter groß, ungefähr 80 Kilogramm, zwischen 40 und 50. Drei Kugeln in den Kopf, zwei frontal ins Gesicht, eine von rechts in die Schläfe. Die Hände wurden ziemlich sicher post mortem abgetrennt. Mit einer Axt oder Machete. Nicht geschnitten, sondern gehauen, das scheint sicher. Die Obduktion wird Genaueres ergeben.«

Windisch biss sich auf die Lippen.

»Ist vom Gesicht irgendetwas übrig geblieben?«

»Nicht viel. Der Unterkiefer ist heil geblieben.«

»Immerhin etwas.«

»Jemand hat sich Mühe gegeben, uns die Arbeit schwer zu machen. Deswegen die Sache mit den Händen«, sagte Kaltenegger und nippte an seiner Tasse. »Aber mit dem Unterkiefer sollte eine Identifizierung möglich sein. Oder wenn die DNA in der Datenbank gespeichert ist.«

»Hat er irgendwelche Papiere bei sich gehabt?«

»Nichts. Der oder die Täter scheinen planmäßig vorgegangen zu sein.«

»Organisiertes Verbrechen?«

»Möglich. Vielleicht auch ein gründlicher Einzeltäter. Zuerst müssen wir die Identität klären. Und der Obduktionsbericht wäre auch nicht schlecht.«

Windisch zeigte ein gequältes Lächeln.

»Na da werden wir wohl ein wenig warten müssen. In der Rechtsmedizin geht die Grippewelle um. Hab heute mit den Leuten telefoniert, die sind personell ausgedünnt, und die Kühlfächer sind voll.«

»Schöne Scheiße.«

»In jedem Fall«, sagte Körner, »trug der Mann bei seinem Ableben einen schicken Anzug. Kein Modell vom Ausverkauf, schaut maßgeschneidert aus. Das ist schon mal ein Indiz für ein gewisses soziales Umfeld.«

»Ist der Fundort der Tatort?«

»Das ist eindeutig klar. Nein. Die Leiche wurde durch das Dickicht geschleift. Die Spuren sind nicht mehr taufrisch, aber noch nachweisbar.«

»Fußabdrücke?«

»Deuten auf einen Einzeltäter hin.«

»Bei einer Leiche von rund 80 Kilo wird der Täter wohl über einige Körperkraft verfügt haben und trotzdem ins Schwitzen gekommen sein.«

»Wird wohl so sein. Die Kollegen von der Spusi und der Arzt schätzen, dass der Mann mindestens eine Woche an Ort und Stelle gelegen hat. Es gibt Fraßspuren. Wahrscheinlich ein Marder. Oder eine Ratte. Vielleicht ein Hund. Der Verwesungsprozess ist natürlich wegen der kalten Witterung nur langsam vorangegangen. Alles nicht sehr appetitlich.«

»Und da wird er jetzt erst gefunden? Am Kahlenberg! Wo pausenlos Touristen auf und ab fahren und Sportler wie verrückt durch den Wald rennen.«

»Der betreffende Wanderweg wird nur wenig frequentiert, und die Leiche lag ein Stück abseits im Dickicht. Keine Ahnung, ob nicht schon mehrere Hunde die Witterung aufgenommen haben, aber erst der Hund dieser Ärztin aus Grinzing hat seine Besitzerin zur Leiche geführt.«

»Verantwortungsbewusstes Tier«, witzelte Windisch, aber niemand lächelte.

»Wenigstens hat die Frau alles richtig gemacht.«

»Und die Kugeln?«

»Eine davon steckt noch im Schädel.«

»Okay. Dann haben die Kollegen von der Ballistik auch was zu tun.«

Die drei verfielen für ein Weilchen in brütendes Schweigen. Sie nippten an ihren Kaffeetassen.

»Wie schauen wir personell aus?«, fragte Kaltenegger.

Windisch schwenkte den Rest des Kaffees in der kleinen Tasse.

»Wie immer schlecht. Die Caroline und der Gerhard sind mit Arbeit bis in den Frühling eingedeckt. Natürlich, die Sache hier hat Zündstoff, ein Toter mit Schussverletzungen ist eine heikle Geschichte, so etwas haben wir nicht jeden Tag. Wir werden mit den Ressourcen flexibel umgehen müssen. Ihr zwei bleibt auf jeden Fall direkt dran, und ich werde morgen früh schauen, wie ich noch Leute auftreiben kann.«

Windisch leerte seine Tasse und erhob sich.

»Okay, meine Freunde, macht bitte weiter. Und haltet mich am neuesten Stand.«

»Na klar.«

»Danke für den Kaffee. Ich muss los. Bis morgen.«

»Tschüss, Gerald.«

Damit war Major Windisch fort. Kaltenegger und Körner leerten ebenso ihre Tassen.

»Ich möchte gerne wissen«, murmelte Kaltenegger, »wann der Gerald mal Feierabend und Wochenende macht.«

»Glaubst du nicht, dass er jetzt nach Hause fährt?«

»Und was macht er zu Hause? Er stöpselt sich ins Netz und macht Schreibarbeit. Kenne ja meinen lieben Herrn Chef.«

Körner lächelte schief.

»Vielleicht sollten wir einen richterlichen Beschluss anleiern, damit der Gerald zwangsweise in Urlaub geschickt wird. Auf eine Karibikinsel ohne Internetanschluss.«

Kaltenegger lachte.

»Da würde ich lieber selbst hinfliegen.«

»Wäre schon okay, wenn du mich mitnimmst.«

Kaltenegger stellte sich für einen Moment vor, wie es wäre, mit der feschen Polizistin Sigrid Körner auf dem Strand zu liegen. Körner im Bikini, keine schlechte Aussicht. Und manche jungen Frauen sollten sogar dicke Männer um die 60 irgendwie attraktiv finden. Oder fanden sie, sofern genug davon da war, deren Geld interessant? Kaltenegger schob alle abschweifenden Gedanken zur Seite.

»Sigrid, schau dir bitte die Vermisstenanzeigen an. Vielleicht können wir die Suche gleich ein wenig eingrenzen. Und ich werde ein paar freundliche E-Mails tippen.«

Körner nickte und machte sich über die Tastatur ihres Computers her.

MONTAG

28. SZENE

Hoffmann kurbelte den Wagen in die Parklücke, ein paar Zentimeter nach vorne, ein paar Zentimeter nach hinten, Stück für Stück zwängte er sein Auto zwischen die Stoßstangen. In seiner aktiven Zeit hätte er sich die Mühe nicht angetan, sondern einfach den Strafzettel für Falschparken zur Kenntnis genommen, jetzt, als einfacher Staatsbürger, hielt er sich an die Regeln. Und nahm mühsames Einparken in Kauf. Er legte einen Parkschein auf das Armaturenbrett. Hoffmann klappte die Wagentür zu und schaute um sich. In der Wiener Innenstadt wurlte es wie immer um diese Zeit. Montagvormittag waren die Lieferwagen unterwegs und brachten die Waren für die kommende Woche. Ein Riesenglück, dass er überhaupt einen Parkplatz gefunden hatte, er hatte mit einer Einfahrt in eine Parkgarage gerechnet. Ein Auto war gerade weggefahren, also hatte er nicht lange gezögert.

Er steckte die Hände in die Jackentaschen. An einem Tag lag die Temperatur ein wenig über null, dann wieder ein wenig darunter. Heute unter null. Er ging ein paar Gassen entlang und stand schließlich vor dem ausladenden Schaufenster einer Antiquitätenhandlung. Ausnehmend schöne Stücke standen in der Auslage, wunderbare alte Möbel, vor vielen Jahren oder Jahrzehnten von geschickten Handwerkern gebaut und von kundigen Restauratoren renoviert. Er überlegte, ob er seine Wohnung mit solchen Möbeln einrichten würde. Also abgesehen davon, dass er sich die Stücke gar nicht leisten konnte. Wahnsinnspreise. Nein, er wollte das gar nicht. So schön manche Exemplare auch aussahen, alleine die Vorstellung, in einem Museum zu wohnen, gefiel ihm gar nicht. Möbel mussten nützlich und pflegeleicht sein, zumindest für so alltägliche Geschmäcker wie den seinen.

Er trat ein und schaute sich um. Der Geruch alten Holzes und neuer Pflegemittel empfing ihn. Der Laden war seiner Lage, seiner Größe und der hier verlangten Preise entsprechend in exzellentem Zustand. Kein Staubkorn lag herum, kein Fleck verunreinigte den Boden. Es war gerade niemand im Laden. Er entdeckte eine Tür mit der Aufschrift »Privat«. Diese Tür öffnete er.

Ein Gang lag vor ihm. Hier roch es nach frisch aufgebrühtem Kaffee. Links ein Pausenraum für das Personal, rechts eine Toilette, an der Wand einige Garderobehaken, an denen Mäntel und Jacken hingen, am Boden standen vier Paar Winterschuhe. Drei Frauen und ein Mann. Hoffmann trat vor eine offen stehende Tür. Im Raum war das flotte Tastenklappern einer routinierten Sekretärin zu hören. Hoffmann räusperte sich und klopfte an den Türstock.

»Guten Tag.«

Die Frau hob den Blick.

»Guten Tag.«

»Sind Sie Frau Fröhlich?«

»Ja.«

Hoffmann lächelte breit, trat an den Schreibtisch heran und reichte der Frau um die 50 die Hand zum Gruß.

»Mein Name ist Hoffmann. Ich habe Sie zuvor angerufen und mein Kommen avisiert.«

Die Sekretärin des Firmeninhabers, Frau Fröhlich, erhob sich und schüttelte die dargebotene Hand.

»Ja. Also was kann ich für Sie tun, Herr Hoffmann?«

»Nun, ich möchte mit Herrn Doktor Jürgen Berg sprechen.«

»Herr Berg ist nicht im Haus.«

Hoffmann nickte.

»Vielleicht können Sie mir sagen, wo ich ihn finden kann?«

Die Frau verzog ihre Miene und schüttelte den Kopf.

»Leider nein. Herr Berg hat sich krankgemeldet.«

»Zu Hause ist er aber nicht zu erreichen.«
»Er hat sein Handy abgestellt. Ich habe auch schon angerufen.«
»Das ist bedauerlich.«
Die Frau zuckte mit den Schultern.
»Hat er sich selbst krankgemeldet?«
»Was meinen Sie?«
»Hat er selbst bei Ihnen oder einer Kollegin angerufen und sich krankgemeldet?«
»Äh nein, seine Frau hat mich angerufen.«
Hoffmann nickte.
»Wann war Herr Berg denn zuletzt in seinem Büro?«
»Na Sie wollen das aber genau wissen.«
Hoffmann wiegte den Kopf.
»Ich hoffe, das stört Sie nicht.«
»Stören? Das nicht. Ich kann Ihnen nur sagen, dass Herr Berg nicht im Haus ist und ich leider nicht weiß, wann er wieder hier sein wird.«
»Der Winter ist Grippezeit.«
»Aber deswegen das Handy ausschalten? Da wären schon ein paar Fragen zu klären.«
»Ich verstehe. Eine sehr unangenehme Situation für Sie.«
»Allerdings. Und jetzt ist Herr Burgstaller auch nicht mehr im Haus.«
Hoffmann lauschte genau in die Aussage. Irgendein Ton in der Aussage von Frau Fröhlich ließ ihn wachsam sein.
»Hat sich Herr Burgstaller auch krankgemeldet?«
»Herr Burgstaller arbeitet nicht mehr für diese Firma.«
Hoffmann hörte beachtliche Energien in der Stimme.
»Was hat denn Herr Burgstaller für eine Funktion im Unternehmen ausgeübt?«
Die Frau zeigte eine skeptische Miene.
»Sie fragen ja viel. Da möchte ich aber gerne einmal wissen, warum.«

Das Tischtelefon der Frau klingelte. Sie schaute auf die Anzeige.

»Sie entschuldigen bitte, ein geschäftlicher Anruf.«

»Selbstverständlich. Ich warte vor der Tür.«

Frau Fröhlich langte zum Hörer. Hoffmann verließ ihr Büro und zog die Tür hinter sich zu. An der Nebentür hing ein Türschild mit dem Namen Jürgen Berg. Das Chefbüro. Hoffmann schaute und hörte um sich, dann drückte er die Klinke. Die Tür war nicht versperrt. Als Polizist durfte man sich solche Touren nicht erlauben. Außer man ließ sich nicht erwischen. Er huschte kurzerhand in das Büro.

Jetzt also schnell. Ein Rundumblick. Hoffmann saugte so viel an Information auf wie möglich. War der Schreibtisch ordentlich? Lagen Dinge herum? Wie war die Raumaufteilung? Wie und wo standen die Möbel? Ein unauffälliges Büro. Altmodische Möbel und modernste Büromaschinen. Das Büro passte zu einem erfolgreichen Antiquitätenhändler in der Innenstadt. Hoffmann trat an das Tischtelefon heran und tippte sich flott durch Menüs. Da, die Liste der gewählten Rufnummern. Hoffmann kritzelte die fünf zuletzt angerufenen Nummern in sein Notizbuch. Ein Blick in den Mülleimer. Leer. Er öffnete ein paar Schubladen. Alles ordentlich und auf den ersten Blick unauffällig. Er hörte die gedämpfte Stimme der Sekretärin. Dann ein polterndes Geräusch, offenbar hatte die Frau einen Aktenordner oder Ähnliches auf ihren Schreibtisch geworfen. Schnell verließ er das Büro. Frau Fröhlich stand im Türstock ihres Büros. Sie starrte Hoffmann einerseits überrascht, andererseits verärgert an.

»Waren Sie etwa in Herrn Bergs Büro?«

Hoffmann gestikulierte.

»Ich bin ein Bekannter von Frau Berg. Sie hat mich gebeten, nach dem Verbleib ihres Mannes Ausschau zu halten.«

Die Frau kniff ihre Augen zusammen.

»Ist Herr Berg etwa nicht krank?«

»Das ist unklar. Herr Berg ist auf jeden Fall nicht in seinem Haus, und seine Ehefrau weiß seit einer Woche nicht, wo er sich aufhält.«
»Und sie hat nicht die Polizei eingeschaltet?«
»Vorerst nicht. Vorerst hat sie mich gebeten, mich umzuhören.«
»Sind Sie ein Privatdetektiv?«
»Nein. Ich bin Polizeibeamter. Allerdings derzeit nicht im Dienst.«
»Haben Sie einen Durchsuchungsbefehl?«
»Nein.«
Die Frau war sichtlich erbost.
»Dann verlassen Sie jetzt sofort das Büro!«
»Wie Sie meinen.«
»Ja, das meine ich!«
Hoffmann trat an Frau Fröhlich heran und zog seine Geldbörse.
»Ich erzähle Ihnen keine Märchen, ich bin wirklich Polizist. Und ich suche wirklich Herrn Berg. Sie können jederzeit Frau Berg anrufen. Erkundigen Sie sich nach mir.«
Er reichte ihr eine seiner Visitenkarten. Die Frau nahm die Karte in Augenschein. Wolfgang Hoffmann, Chefinspektor.
»Einen Schmarrn werde ich tun. Raus hier!«
»Auf Wiedersehen, Frau Fröhlich.«
Die Frau wartete vor ihrer Tür, bis er den Bürobereich verlassen hatte. Hoffmann trat wieder in den Verkaufsraum. Er schlich in Gedanken versunken rund um die ausgestellten Möbel. Vor einer geradezu fürstlich anmutenden Chaiselongue hielt er inne. Dieses Möbelstück hatte er schon irgendwo gesehen. Kam ihm zumindest so vor. Hatte der Besuch irgendetwas gebracht? Nicht viel. Wenn er sich eine Viertelstunde alleine im Büro hätte aufhalten können, wäre vielleicht etwas zutage gekommen.
Hoffmann strich mit den Fingerspitzen über den roten Stoff

des Polstermöbels. Aus den Augenwinkeln nahm er eine Bewegung wahr. Eine Verkäuferin kam auf ihn zu.

»Guten Morgen, der Herr.«

»Guten Morgen.«

»Kann ich Ihnen behilflich sein?«

Hoffmann las den Namen der Verkäuferin von einem Namensschild auf ihrem Jackett. Liselotte Auermann. Ein klingender Name. Er passte zu ihr. Die Frau um die 40 hätte aus einer Illustrierten geschnitten sein können. Perfektes Make-up, ein eleganter Hosenanzug für Damen, komfortable und glänzend polierte Schuhe, denen man die gehobene Preisklasse ansah.

»Frau Auermann, ich habe eine Frage zu diesem Möbelstück.«

»Und zwar?«

»Irgendwie habe ich den Eindruck, dieses Stück vor gar nicht so langer Zeit gesehen zu haben. Moment! Jetzt habe ich es! In der Hofburg! Vor einem Monat habe ich eine Führung durch die Hofburg gemacht und dieses oder ein sehr ähnliches Stück gesehen. Ist das möglich, oder bringe ich alles durcheinander?«

Ein erfreutes Lächeln legte sich in die Miene der Frau, sie fasste Hoffmann wohlwollend ins Auge.

»Sie haben ein gutes Gedächtnis! Völlig richtig, eine praktisch identische Chaiselongue steht in den Kaiserappartements in der Hofburg. Das hier ist eine Kopie. Das Original ist ein Unikat. Wir könnten die Versicherungsprämien gar nicht bezahlen, wenn das das Original wäre.«

Die Frau wies in einer fließenden Handbewegung über das Stück. Hoffmann stand neben ihr und spitzte die Ohren.

»Dieses Exemplar wurde 1935 von dem außerordentlich begabten Wiener Handwerker Josef Kornhäusl gebaut. Die akademische Kunstgeschichte kennt diesen Mann nicht, denn er hat keine neuen Möbel gebaut, sondern war ein Meister der

Kopie. Wir haben hier im Schauraum und in unserem Lager mehrere Möbel, die aus der Werkstatt Kornhäusls stammen.«

Hoffmann lauschte aufmerksam dem Vortrag, nickte, stellte die eine oder andere Frage. Frau Auermann verstand etwas von ihrem Fach, das war nicht zu überhören, und sie redete gerne. Was für eine schöne Stimme sie hatte und über welch präzise Artikulation sie verfügte! Hoffmann war beeindruckt. War sie eine bühnenerfahrene Schauspielerin oder die Verkäuferin in einem Innenstadtladen? Vielleicht beides. Wahrscheinlich war ihr ein bisschen langweilig, am Montagvormittag tummelten sich nicht gerade viele interessierte Kunden im Laden. Hoffmann hing geradezu an den Lippen der Frau, ja, er fand die kleinen Geschichten aus dem Leben des großartigen Wiener Handwerkers Josef Kornhäusl interessant. Ein tüchtiger Mann, der zweimal eine Werkstatt aufgebaut und sie zweimal verloren hatte. Einmal an die Weltwirtschaftskrise, das zweite Mal an die Nazis und den von ihnen angezündeten Weltkrieg. Er nutzte eine Atempause.

»Ich habe noch eine Frage, Frau Auermann.«

»Bitte sehr.«

»Ich bin ein alter Bekannter von Herrn Berg. Ist er vielleicht im Haus?«

»Leider nein. Herr Berg ist krank.«

»So ein Pech. Ich habe ihn zwar angerufen, aber er hat nicht abgehoben. Also bin ich auf gut Glück hierher gekommen.«

»Tja, leider.«

Hoffmann setzte eine besorgte Miene auf.

»Ist er schon länger krank?«

»Schon ein paar Tage.«

»Woran ist er denn erkrankt?«

»Ich habe keine Informationen diesbezüglich. Sehr merkwürdig.«

»Was ist merkwürdig?«

»Na, dass Herr Berg sich eine Woche lang gar nicht meldet. Das ist sehr seltsam. Ich bin seit sieben Jahren hier angestellt, aber so etwas habe ich nie erlebt. Herr Berg ist schon einmal mit hohem Fieber ins Büro gekommen. Und ein einfacher Schnupfen hat ihn noch nie abgehalten, seiner Arbeit nachzugehen. Und selbst wenn er wirklich bettlägerig ist, dann ruft er mindestens einmal pro Stunde an.«

»Er hat also die Zügel fest in der Hand.«

»Und das ist gut so. Niemand versteht vom Antiquitätenhandel so viel wie Herr Berg.«

Hoffmann taktierte. Normalerweise mochte er solche Spiele nicht. Normalerweise führte er aber auch einen Dienstausweis bei sich, mit dem er Menschen gesprächig machen konnte. Und Frau Auermann schien gerne zu sprechen.

»Ist Herr Burgstaller im Haus? Vielleicht kann er mir weiterhelfen.«

»Leider nein.«

»Warum denn nicht?«

»Bernhard Burgstaller arbeitet nicht mehr hier.«

»Nicht mehr? Jetzt bin ich aber überrascht.«

Frau Auermann kniff die Augen zusammen, beugte sich zu Hoffmann und flüsterte.

»Seit Bernhard eine Affäre mit der etwas eigentümlichen Frau des Chefs angefangen hat, ist ja hier im Haus die Hölle los.«

Hoffmann pfiff durch die Zähne. War da ein Anflug von Eifersucht im Spiel? Es hatte den Anschein. Verdammt, er hatte keine Datenbank zur Verfügung, ansonsten würde er diesen Bernhard Burgstaller umgehend durchleuchten. Und Alice hatte eine Affäre mit ihm? Weswegen sie den Neid und die Missgunst von Liselotte Auermann auf sich gezogen hatte. Ein Herzensbrecher?

»Hat Herr Berg Herrn Burgstaller rausgeschmissen?«

»Leider ja. Wer soll jetzt die internationalen Kontakte pflegen?«

»Herr Burgstaller war also viel auf Reisen.«

»Häufig. Er hat das internationale Marketing betrieben. Sehr erfolgreich, wie ich sagen muss. Da läuft ein Ehezwist im Hintergrund. Das ist mir völlig klar. Im Büro will niemand etwas sagen, aber alle munkeln hinter vorgehaltener Hand. Derzeit geht es hier drunter und drüber.«

Hoffmann nickte mitfühlend.

»Frau Auermann, haben Sie vielleicht die Handynummer von Bernhard Burgstaller bei der Hand? Ich möchte ihn anrufen.«

Sie nickte, trat an den Tresen, blätterte in einem Geschäftsbuch und notierte die Nummer auf einen Zettel. Hoffmann lächelte die Frau gewinnend an.

»Sie sind ein Goldschatz, Frau Auermann. Vielen Dank.«

»Ach, nicht der Rede wert.«

Die Ladentür öffnete sich. Ein sehr vornehmes älteres Ehepaar trat ein. Sie wirkten wie Leute, die in einem solchen Laden tatsächlich kaufen konnten.

»Sie entschuldigen mich. Die Pflicht ruft.«

»Selbstverständlich, und vielen Dank für die hochinteressante Ausführung über Josef Kornhäusl.«

Frau Auermann lächelte strahlend. Ein Profi. Absolut. Dieser Frau musste man ein schönes Möbelstück abkaufen, ob man wollte oder nicht. Und Hoffmann hätte bestimmt die Chaiselongue käuflich erworben, wenn sie ihm noch länger davon vorgeschwärmt hätte. Glück gehabt. Wo hätte er das Monstrum abstellen sollen? Er verabschiedete sich und ging hinaus in den Wintertag.

Ein Bild entstand vor seinen Augen. Noch war es ein Fragment, noch war vieles unklar und unbestimmt, aber ein paar Farben tauchten aus dem Nebel. Hoffmann steckte den kleinen gelben Zettel in die Jackentasche. Im Auto würde er sein Handy benutzen. Schritt für Schritt voran.

29. SZENE

»Vielen Dank. Ja, das ist sehr freundlich. Ich wünsche Ihnen noch einen schönen Tag. Auf Wiederhören.«

Hoffmann legte sein Handy auf den Beifahrersitz. Eben hatte er mit einem sehr zufriedenen Kunden des Antiquitätenhandels Johann Berg & Söhne gesprochen. Der Großvater von Jürgen Berg hatte das Geschäft aufgebaut, dann seinem Sohn übergeben und dieser an den Enkel des Firmengründers. Eine Telefonnummer war von einer Kunsttischlerei im Burgenland, die zweite gehörte der Anwaltskanzlei, die sämtliche rechtlichen Belange der Firma vertrat. Beim dritten Anruf war nur eine anonyme Mobilbox angesprungen, Hoffmann hatte eine formelhafte Nachricht hinterlassen. Die vierte und fünfte Nummer gehörten Stammkunden des Unternehmens. Und die Nummer von Bernhard Burgstaller war tot gewesen, nur das Tonband des Mobilfunkbetreibers war mit dem Hinweis angesprungen, dass die Nummer derzeit nicht erreicht werden konnte. Keine sehr aufschlussreiche Telefonfahndung, er hatte nichts erfahren, was er nicht schon gewusst hatte oder innerhalb von fünf Minuten wieder vergessen würde.

Hoffmann legte den Sicherheitsgurt an, startete den Motor und schaute in den Rückspiegel. Diese verdammte Parklücke. Mühsam brachte er den Wagen auf die Fahrbahn. Hinter ihm stand schon der nächste Kandidat für den Platz. Die Wiener Innenstadt. Verrückt, mit dem Auto hinzufahren, aber offenbar konnten es viele einfach nicht lassen. Hoffmann fuhr gemächlich durch die engen Gassen, kam bald zur Ringstraße und reihte sich in den Verkehrsstrom. Zurück nach Hause. Wirklich weit hatte er ja nicht zu fahren, einmal über den Donaukanal rüber. Warum er nicht zu Fuß gegangen war? Bisschen

Bewegung tat gut. Am Nachmittag würde er diese eine Nummer noch einmal anrufen. Vielleicht kam da etwas zustande.

30. SZENE

Sie hetzte die Kärntnerstraße hinauf Richtung Oper. In der zentralen Einkaufsstraße der Innenstadt wurlte es immerzu, egal bei welcher Witterung, egal zu welcher Uhrzeit. Zu Terminen eilende Geschäftsleute, flanierende Passanten, gut gekleidete Konsumenten, unzählige Touristen, die es selbst im Winter in die alte Stadt an der Donau trieb. Alice bemerkte die vielen Menschen gar nicht. Warum noch einmal lief sie durch die Fußgängerzone? Sie wusste es nicht. Irgendeinen Grund musste es geben. Sie musste sich nur ein wenig anstrengen, dann würde sie sich an den Grund erinnern. Hoffte sie. Und warum rannte sie so? Vor dem ausladenden Portal eines Bekleidungsladens hielt sie inne und schnappte nach Luft. Rannte sie tatsächlich schon zum fünften Mal quer durch die Innenstadt? Vom Schwedenplatz die Rotenturmstraße hoch, über den Stephansplatz, die Kärntnerstraße entlang zur Oper und wieder zurück. Fünf Mal schon? Sie musste sich irren. Nein, das wäre auch zu dumm. Sie war gerade aus dem Taxi gestiegen. Oder der U-Bahn. Da waren wieder diese beängstigenden Gedächtnislücken. Alzheimer? Litt sie an Alzheimer? Mit 36? Das wäre sehr ungewöhnlich. An Alzheimer erkrankte man doch normalerweise erst in höherem Alter.

Pause, sie musste eine Pause einlegen. Und sie musste etwas essen. Zum Frühstück hatte sie eine Tasse Kaffee getrunken und einen Becher Joghurt gelöffelt, obwohl das Frühstücksbuffet im Hotel reich gedeckt war. Frisches Brot, duftende Semmeln, Käse, Wurst, Gemüse, Müsli, Obst, Eier, Speck, alles, was das Herz begehrte. Seit sie im Hotel wohnte, hatte sie zum Frühstück jeweils eine Tasse Kaffee und einen Becher Joghurt zu sich genommen, sonst nichts. Die Tage über hatte sie nichts gegessen, nur Wasser und Tee getrunken.

Der Hunger! Das war der Grund für die Gedächtnislücken! Das war einsichtig. Warum nur hatte sie nichts gegessen? Ach ja, ihr war speiübel geworden, als sie im Hotel die Menschen beim Mittagstisch gesehen und deren Speisen gerochen hatte. Tafelspitz, Kalbsschnitzel, Meeresfrüchte. Ekelhaft. Der Geruch der Speisen hatte sie auf das Zimmer gejagt. Röchelnd hatte sie vor der Toilette gekniet, aber nichts war hochgekommen. Was denn auch?

Anorexie und Bulimie, das waren nie ihre Probleme gewesen. Sie hatte sich immer gut und ausreichend ernährt. Wenn man eine gute Skifahrerin und Schwimmerin war, konnte man nicht unter Essstörungen leiden. Der Sport hielt junge Mädchen in Form und bei gutem Appetit. Sollte sie ins Auto steigen und in die Berge fahren? Damit sie endlich wieder Appetit haben würde?

Wurde ihr schwarz vor Augen? Alice verließ die Einkaufsstraße und stand beim Denkmal vor der Albertina. *Mahnmal gegen Krieg und Faschismus*. Alfred Hrdlicka. Sie hätte aus dem Stegreif ein Referat über die Arbeit des Bildhauers halten können. Ihr Blick kreiste fiebrig. Essen. Sie musste jetzt etwas essen. Wie gut hatte ihr das Letscho getan. Ein Lächeln legte sich in ihr Gesicht. Wolfgang. Sie hatte den Namen nicht vergessen. Ein wunderbarer Mann. Nun, vielleicht nicht ein grau melierter Schönling, aber dennoch irgendwie gut aussehend. Und diese Augen! Tiefe Gewässer, vor denen man doch keine Angst zu haben brauchte. Sie war eine gute Schwimmerin. Im Freibad war sie eine Prinzessin gewesen. Alle jungen Männer hatten sie angegafft, ihr Komplimente gemacht, sie umworben. Ein gutes Gefühl.

Sie entdeckte ein Kaffeehaus. Zielstrebig marschierte sie darauf zu.

»Schönen guten Tag, gnä' Frau.«

»Guten Tag.«

Sie trat an einen freien Tisch beim Fenster. Der Ober half der Dame aus dem roten Mantel. Sie ließ sich kraftlos auf die Sitzbank fallen. Trug sie noch die Sonnenbrille? Alice tastete danach. Ja. Sie legte die Brille ab und strich sich durch ihr Haar. Sah sie so ausgemergelt aus, wie sie sich fühlte?

»Wünschen gnä' Frau die Speisekarte?«

Der Ober lächelte freundlich. Daraus schloss Alice, dass sie doch nicht so derangiert aussah. Hatte sie sich vor dem Verlassen des Hotelzimmers ausreichend Mühe gegeben, sich schick zu machen? Wahrscheinlich. So hatte sie es als Kind gelernt. Ein Mädchen muss ordentlich aussehen, Alice! Der Lieblingssatz ihrer Mutter. Warum war sie in dieses Kaffeehaus gekommen? Ach ja! Essen.

»Ja, bitte die Speisekarte.«

»Wollen Sie gleich ein Getränk bestellen?«

»Bitte eine Tasse Kräutertee.«

»Kräutertee. Sehr wohl, kommt sofort.«

Wenig später legte sie beide Hände um die Teetasse. Die Wärme tat ihr gut. Der Ober brachte eine Suppenschale. Frittatensuppe. Fast ein bisschen gierig löffelte sie die Suppe, sie ermahnte sich, in der Öffentlichkeit langsam zu essen. Die Suppe erfüllte sie mit Wärme, die Erschöpfung fiel von ihr ab. Der Ober servierte einen Teller mit Zwiebelrostbraten. Hatte sie das wirklich bestellt? Egal, sie nahm einen Bissen.

Das Handy klingelte.

Alice legte das Besteck ab und langte in ihre Handtasche. Sie schaute gar nicht auf die Anzeige.

»Ja bitte?«

»Hallo, Alice.«

Die Stimme eines Mannes. Rief Jürgen an? Rief er wirklich an? Nach so langer Zeit? Die Stimme war ihr bekannt. Wie klang eigentlich Jürgens Stimme am Telefon?

»Hallo.«

»Hier spricht Wolfgang.«

Sie dachte nach. Wolfgang, Wolfgang? Wer war das? Natürlich! Wie dumm von ihr.

»Ach Wolfgang! Wie schön, dass du mich anrufst.«

»Ich wollte mich nach deinem Befinden erkundigen.«

»Mir geht es gut. Sehr gut sogar.«

»Bist du im Hotel?«

»Nein. Ich sitze in einem Kaffeehaus und esse.«

»Störe ich gerade beim Essen?«

»Aber nein, dein Anruf stört doch nicht.«

»Du Alice, ich habe begonnen, mich nach deinem Mann umzuhören.«

Sie warf ihre Stirn in Falten.

»Was hast du getan?«

»Ich höre mich nach dem Verbleib deines Mannes um. So wie wir das besprochen haben. Ich war heute Vormittag in seinem Büro und habe …«

»Das ist nicht nötig, lieber Wolfgang. Bitte mach dir keine Mühe.«

»Hat sich dein Mann gemeldet?«

»Ich bin gerade dabei, einen Zwiebelrostbraten zu essen. Sehr nahrhaft. Ich habe in den letzten Tagen zu wenig auf das Essen geachtet.«

»Na dann, lass es dir schmecken.«

»Ich melde mich bei dir. In den nächsten Tagen.«

»Hat dich Frau Fröhlich heute Vormittag am Handy angerufen?«

»Frau Fröhlich? Wer ist das?«

»Die Sekretärin deines Mannes.«

»Ach diese Frau Fröhlich. Sie hat mich nicht angerufen. Ich habe am Vormittag viel zu tun gehabt.«
»Geht es dir wirklich gut?«
»Natürlich geht es mir gut.«
»Wir sollten uns treffen. Wo bist du gerade?«
»In der Innenstadt.«
»Wo genau?«
»Bei der Albertina. In einem traditionellen Wiener Kaffeehaus.«
»Das Lokal kenne ich. Folgender Vorschlag. Iss ganz gemütlich und trinke noch eine Schale Kaffee. Ich komme zu dir. Dann können wir in aller Ruhe miteinander sprechen.«
»Das ist eine prima Idee, lieber Wolfgang.«
»Eine halbe Stunde. Länger brauche ich nicht.«
»Sehr gut. Ich freue mich.«
»Gut. Bis später.«
»Bis später, Wolfgang.«
Alice packte das Telefon in die Handtasche und setzte die Sonnenbrille auf. Sie winkte.
»Herr Ober! Bitte zahlen.«

31. SZENE

Hier pfiff immer der Wind. Lukas nahm ihn normalerweise gar nicht wahr, heute schon. Arschkalt. Die vom stählernen Rahmen getragenen Glaswände hielten zwar den Wind aus Osten und Westen ab, nicht aber in Nord-Süd-Richtung. Klar, da rollten ja die Züge. Und aus dem Norden pfiff der Wind.

Lukas rammte die Hände tief in die Taschen seiner Thermoweste und ging auf dem Bahnsteig ein wenig auf und ab. Werner hatte ihm vom alten Bahnhof am Praterstern erzählt. Den kannte Lukas nicht. War vor seiner Zeit. Soll architektonisch ziemlich scheiße gewesen sein. 1950er Baustil. Na ja, Mittelalter. Er kannte den Bahnhof nur als ewige Baustelle. Früher hatte hier mal der Nordbahnhof gelegen, der größte und bedeutendste Bahnhof der k.u.k. Monarchie. Wegen der Kronländer im Norden und Osten, Böhmen, Mähren, Schlesien und Galizien. Von hier aus waren im Ersten Weltkrieg Hunderttausende Soldaten in den Tod gefahren. Als es nach Abgang des versifften Kaisers und seiner Bande von adeligen Kriegstreibern für Wien keine Provinzen im Nordosten mehr gab, vergammelte der Bahnhof. Aber schon ein paar Jahre später fauchten wieder die Dampfloks wie verrückt, nämlich als die Nazi-Bastarde an der Reihe waren, den Kontinent mit Leichengestank zu überziehen. Abfahrt der Wiener Juden in die Gaskammern, alles vom alten Nordbahnhof aus. Bis der Klotz von der US Air Force und der sowjetischen Artillerie in Einzelteile zerlegt worden war. Was Werner alles wusste. Irre eigentlich. Werner war drüben im Stuwerviertel aufgewachsen. Ein echter Praterbua. Heute war der Bahnhof am Praterstern nur eine Haltestelle für die Schnellbahn und ein paar Regionalzüge. Die Fernzüge liefen alle über den Hauptbahnhof.

Lukas wartete, bis der ankommende Schnellbahnzug stand. Er schaute auf und ab. Wieder nicht. Er wartete schon eine halbe Stunde auf dem Bahnsteig. Gut, er war zu früh gekommen. Hatte sich gerade so ergeben. Kevin war normal nicht unpünktlich. Im nächsten Zug würde er sitzen. Wenn nicht, würde er eine SMS schreiben. Der Zug fuhr ab.

Mit seinen Pflegeeltern hatte Lukas in Ottakring gelebt. Hofferplatz. Drüben im Westen. Die WG aber lag in Floridsdorf. Transdanubien im Osten. In der Nähe des Bahnhofs Floridsdorf. Eigentlich keine üble Gegend. Mit Floridsdorf war Lukas immer gut klar gekommen. Mit den Leuten von der WG weniger. Vor allem Ilse war ihm massiv auf den Geist gegangen. Ja, wegen Ilse und ihrem Terrorregime war er von der WG abgehauen. Verdammt, die Frau hätte mal in psychiatrische Behandlung gehört! Dringend. Aber nein, sie hatte Kevin zu den Psychos gepackt. Kinder- und Jugendpsychiatrie, volle Kanne auf Tabletten. Noch immer kochte Wut in Lukas hoch. Okay, Kevin hatte schon ein paar irre Dinger gedreht, aber gleich in die Psychiatrie? Einen damals Zwölfjährigen? Scheißverein. Lukas hatte den Befund des Arztes in die Finger gekriegt. Störung des Sozialverhaltens mit Anzeichen hyperkinetischer Störung, Anlage für eine dissoziale Persönlichkeitsstörung, medikamentöse Therapie notwendig und so weiter. Vollscheiß in Wahrheit. Na was soll Kevin tun? Sein Vater hatte ihn im Kleinkindalter tagelang auf dem Dachboden eingesperrt und ein paar Mal ordentlich hergenommen, Nasenbeinbruch mit drei Jahren, mit vier Jahren ist er durch die Glasscheibe der Küchentür geflogen. Die Narben trägt er ein Leben lang. Dann war er seinen Eltern abgenommen worden. Soll aus so einem Burschen ein mucksmäuschenstiller Gymnasiast werden, der auf Zuruf artig Klavierstücke runterklimperte? Klar konnte Kevin ein Teufel sein.

Lukas stellte sich an eine Säule und wartete. Ein Zug in Gegenrichtung fuhr ein und aus. Einiger Betrieb auf dem Bahnsteig. Montagnachmittag. Um fünf Uhr würde es hier richtig rundgehen. Rushhour. Praterstern eben, Verkehrsknoten. Im Obergeschoss die Schnellbahn, zu ebener Erde die Straßenbahn und die Busse, unter der Erde die U-Bahn, und rundherum eine Million Autos.

Der nächste Zug näherte sich. Lukas trat von der Säule in Richtung Gleis. Die Türen schwangen auf. Lukas sah Kevin sofort. Und umgekehrt. Die beiden gingen aufeinander zu, schauten sich ganz automatisch um und stießen dann die Fäuste zur Begrüßung aneinander. Hatten sie von den Skifahrern abgeschaut. Bei den Fernsehübertragungen hatten sie das so gesehen. Im Ziel grüßten sich die Skifahrer, wenn sie mit vollem Karacho den Berg runtergefetzt waren und sich nicht um einen Baum gewickelt hatten. Coole Typen waren da schon dabei. Skifahren war geil, würde Lukas auch gerne mal versuchen. Aber in Wien? Die Berge waren in Salzburg und Tirol, also in einem anderen Universum.

»Und?«
»Geht so.«
»Wie lang?«
»Eine Stunde. Um fünf muss ich zurück sein.«

Lukas nickte. Kevin war 15, aber er wirkte wie 13. Oder zwölf. Klein, schmächtig, unruhige Augen. Ein prima Kumpel, aber wenn er abging, dann ging er ab. So richtig. Da konnte nicht einmal Lukas ihn auf den Boden holen. Passierte aber echt selten. Kevin sah nicht schlecht aus. Er schien ein paar gute Tage zu haben. In der Schule hatte er schon Probleme, am Ball zu bleiben. Da hatte Lukas zum Glück keinen Stress gehabt, eigentlich hatte er sogar ein saugutes Zeugnis gehabt, wenn man bedachte, dass er so gut wie nie gelernt hatte. Kevins Mutter war angeblich während der Schwangerschaft regelmäßig auf Speed und Wodka gewesen. Da kriegte der kleine Frosch im Bauch schon seine Ladung ab. Lukas' Mutter hatte erstaunlicherweise während der Schwangerschaft kein Zeug genommen. Dafür danach volle Breitseite. Eigentlich eine arme Sau.

»Döner und Eistee?«
»Heute lieber Pizza.«
»Pizza hört sich gut an.«

Lukas war einen Kopf größer als Kevin. Die zwei Jugendlichen gingen nebeneinander über den Bahnsteig, nahmen die Rolltreppe in die Halle, durchquerten diese und stellten sich an den Tresen der Dönerbude. Lukas bestellte ein Stück Pizza mit Salami und eines mit Spinat, dazu zwei Flaschen Eistee. Wenn sich die beiden trafen, gingen sie immer essen. Früher zu McDonald's, aber seit Lukas bei den Autonomen wohnte, mied er den Kapitalistenladen. Mal gingen sie zum Würstelstand und aßen Hotdog mit Käsekrainer, mal zur Dönerbude, dann wieder zum Asiaten auf eine Nudelbox. Lukas bezahlte.

»Mir ist kalt. Gehen wir eine Runde«, sagte Lukas, klappte seine Pizzaschnitte zusammen und biss herzhaft ab.

»Hast du länger gewartet?«

»War früh dran.«

»Warum nicht in der Halle?«

»Kieberer. Sind ständig auf und ab gegangen.«

»Gehen wir.«

Spinat und Schafkäse rasselten direkt in die Blutbahn. Ein paar Schritte, ein paar Bissen, schon war die Kälte weg.

»Heute ohne Corinne?«

Corinne war mit Lukas und Kevin im Kino gewesen. Sie hatte für Kevin bezahlt. Meine Güte, er vermisste Corinne jeden Tag mehr. Es war zum Irrewerden. Lukas zuckte die Schultern.

»Hab sie länger nicht gesehen.«

»Stress?«

»Nicht so, kein Stress zwischen uns. Sie meldet sich einfach nicht.«

»Also doch Stress.«

»Keine Ahnung. Sie ist einfach abgetaucht.«

»Dann machen ihre Eltern Stress.«

Lukas drängte seine Verunsicherung fort. Er wollte nicht, dass Kevin sich Sorgen machte. Er war verdammt dünnhäutig. Und dass er sich Hals über Kopf in Corinne verliebt hatte, war offensichtlich. Irre eigentlich, Corinne war ein halbes Jahr jünger als Kevin, aber als sie nebeneinander gestanden hatten, hatte er wie ein kleiner Cousin gewirkt. Und ein bisschen vorsichtig war Corinne schon gewesen. Hatte sie danach auch zugegeben. So richtig geheuer war ihr Kevin nicht gewesen. Konnte Lukas schon verstehen. War für Mädchen sicher auch nicht so toll, von einem schrägen Vogel wie Kevin Länge mal Breite angegafft zu werden. Aber sie hatte das gut weggesteckt. Corinne konnte überhaupt alles gut wegstecken. Die Leute im Autonomen Zentrum, Kevin vor dem Kino, die Geschichten, die Lukas von sich erzählt hatte, und das waren eher weniger die netten und drolligen Geschichten. Corinne war total offen und neugierig, sie konnte so gut zuhören, sie war einfach nur toll. Hatte sie ihn abserviert? Hatte sie einen flotten Siegertypen aus einem Schweizer Privatgymnasium kennengelernt? Nicht jetzt daran denken.

»Wie geht's in der Schule?«

»Geht so.«

Lukas schraubte die Flasche auf und nahm einen tiefen Schluck.

»Hast du was zum Kiffen dabei?«

Lukas schaute seinen Kumpel an.

»Nein.«

Kevin verzog enttäuscht sein Gesicht und nahm eine Packung Zigaretten aus seiner Jacke.

»Dann rauchen wir halt so.«

Kevin bot Lukas eine Zigarette an. Er griff zu. Die Betreuer in der WG wussten natürlich, dass Kevin rauchte. Anfangs hatten sie versucht, es ihm zu verbieten, danach auszureden, aber mittlerweile verlangten sie nur mehr, dass er nicht in der WG und in der Schule rauchte. Sie konnten sowieso nicht verhindern, dass er auf der Straße ein paar Tschick qualmte. Nur beim Saufen und Kiffen waren sie knallhart, da gab es keinen Millimeter Spielraum. Das wusste Lukas aus eigener Erfahrung.

»Wie läuft's so in der WG?«

Kevin sog wie immer gierig an der Zigarette. Lukas wusste, das Kevin irgendwann bei zwei bis drei Packungen pro Tag landen würde. Tabak und Kevin, die gehörten zusammen.

»Wie immer. In zwei oder drei Wochen kriegen wir eine Neue.«

Lukas zog die Augenbrauen hoch.

»Ist es endlich soweit, dass sie meinen Platz vergeben?«

»Hat eh lange gedauert.«
»Und wer ist sie?«
»Tschetschenin.«
»Echt jetzt?«
»Wie ich sage. Acht Jahre alt. Scheiße, ich habe ihren Namen vergessen! Egal. Bald ist sie eh in der WG.«
»Wie kommt eine Tschetschenin in die WG?«
»Vater tot. Irgendein Krieg oder ein Bombenanschlag, keine Ahnung. Die Mutter ist mit ihr geflohen. Schon vier Jahre her. Flüchtlingslager und so. Dann Asylantrag genehmigt. Die Mutter hat als Putzfrau in einem Gasthaus gearbeitet. Hat aber nicht funktioniert, sie ist entlassen worden. Hat sich aufgehängt. Deswegen kommt das Mädchen zu uns. Total alleine in Wien.«

Lukas schnippte die Asche zu Boden.

»Behandle sie gut. Reicht ja, wenn Ilse Terror macht.«
»Eh wahr.«

32. SZENE

Er beglich die Rechnung, der Taxifahrer gab das Retourgeld. Hoffmann klappte hinter sich die Autotür zu und überquerte den Albertinaplatz. Er nahm sein Handy zur Hand und las die Uhrzeit ab. Er war spät dran. Das Taxi hatte sich durch den Stau gequält. Mit einem Fahrrad wäre er vom Augarten schneller in die Innenstadt gekommen. Wenn er denn ein Fahrrad besitzen würde. Hoffmann schob die Eingangstür auf und betrat das Kaffeehaus. Die Hälfte der Tische war besetzt. Ein paar Touristen, ein paar schick gekleidete Einheimische. Hoffmann machte eine Runde durch das Lokal. War er im falschen Kaffeehaus? Er stand bei einem Tisch, auf dem ein kleines Handtäschchen und schwarze Damenhandschuhe lagen. Er wartete. Eine ältere Frau verließ die Toilette und trat zielstrebig auf den Tisch zu. Sie zog die Handschuhe über.

»Der Tisch ist jetzt frei«, sagte die elegante Frau und sah Hoffmann distanziert an.

»Vielen Dank.«

Die Frau verließ das Kaffeehaus und Hoffmann legte seine Jacke ab. Er setzte sich.

»Sie wünschen, der Herr?«

»Einen kleinen Mokka, bitte.«

»Kleiner Mokka, sehr gerne. Mehlspeise dazu? Wir haben ganz frischen Apfelstrudel.«

»Danke nein.«

Die Kaffeemaschine fauchte und wenig später servierte der Ober die kleine Tasse.

»Eine Frage.«

Der Ober schaute Hoffmann an.

»Bitteschön.«

»War vor rund einer Dreiviertelstunde eine blonde Frau hier zu Gast? Sie hat wahrscheinlich einen roten Mantel getragen. Vielleicht auch eine Sonnenbrille.«

Der Ober verzog die Miene.

»Der Zwiebelrostbraten. Ja, eine Dame mit rotem Mantel und Sonnenbrille war hier.«

»Wieso sagen Sie Zwiebelrostbraten?«

»Na, einen Bissen hat sie gegessen, dann aber wie die Feuerwehr raus hier.«

»Das war vor einer Dreiviertelstunde?«

»Dreiviertelstunde kommt hin. Eine Bekannte von Ihnen?«

»Wir waren verabredet.«

Der Ober zuckte kurz mit den Schultern. Und dachte sich seinen Teil. Klang nach einem geplatzten Rendezvous.

»Die Dame hat telefoniert, bezahlt und ist gegangen.«

Hoffmann nickte dem Ober zu und zog seine Geldbörse.

»Vielen Dank. Ich bezahle den Mokka gleich.«

»Wie Sie wünschen.«

Hoffmann nippte an der kleinen Tasse. Sie ist also auf und davon. Kaum war der Ober fort, zog er sein Telefon aus der Tasche. Er drückte das Ding an sein Ohr. Keine Verbindung, Alice hatte ihr Telefon abgeschaltet. Er schaute durch das Fenster auf den Platz vor dem Lokal. Der Kaffee schmeckte hervorragend.

33. SZENE

Die Schiebetür glitt automatisch vor ihm auf, Hoffmann betrat das Foyer und schaute sich um. In diesem Hotel war er nie gewesen. Ein vornehmes Haus mit zweifellos nicht ganz kostengünstigen Zimmern. Nun, Alice war wohl solche Häuser gewohnt, und sie konnte sich ein Zimmer auch leisten. Ohne jede Eile machte Hoffmann eine Runde im Foyer, betrat die Hotelbar und kehrte wieder zurück in den Eingangsbereich. Er wartete, bis sich der Portier ihm zuwandte.

»Guten Tag, der Herr.«

»Guten Tag.«

»Benötigen Sie ein Zimmer?«

»Nein. Ich möchte mich erkundigen, ob Frau Alice Berg im Haus ist.«

»Haben Sie einen Termin mit Frau Berg?«

»Ich bin ein Bekannter der Familie, und sie hat mir gesagt, dass ich sie hier treffen kann.«

Der Mann schaute auf seinen Bildschirm und hakte in die Tastatur.

»Tut mir leid, mein Herr, Frau Berg ist nicht mehr Gast in unserem Haus.«

Hoffmann war nicht überrascht.

»So ein Pech aber auch. Dann habe ich sie wohl nur knapp verpasst.«

»So ist es. Frau Berg ist vor Kurzem abgereist.«
»Wann denn ungefähr?«
»Vor Kurzem.«
»Hat Sie eine Nachricht hinterlassen?«
»Keine Nachrichten.«
»Ich danke Ihnen für die Auskunft.«
»Nichts zu danken.«
»Auf Wiedersehen.«
»Auf Wiedersehen, der Herr.«

Hoffmann verließ das Hotel. Er hatte es gar nicht eilig.

34. SZENE

Er ließ sich auf die Couch fallen. Leere Kilometer. Er hatte nicht zum ersten Mal in seinem Leben leere Kilometer hinter sich gebracht. Wie oft war er in dieses oder jenes Lokal gegangen, um jemanden zu treffen, der dann nicht da gewesen war, wie oft hatte er an Türen geklingelt, die nicht geöffnet worden waren, wie viele Telefonate hatte er geführt, die absolut nichts gebracht hatten? Kaum zu schätzen. Und irgendwann hatte sich doch etwas ergeben. Oder eben nicht. Viele Fälle waren auch zu den Akten gegangen. Mal hatte man Erfolg, dann wieder nicht. Wenn er aber an die Erzählungen seines ersten Chefs bei der Kriminalpolizei zurückdachte, dann hatten sich die Aufklärungsmethoden in den letzten drei Jahrzehnten bedeutend verbessert. Die Datenbanken beschleunigten Fahndungen erheblich. Dann noch die in allen Bereichen immer besser werdende Forensik. Eigentlich war Hoffmann froh, kein Krimineller zu sein. Im Mittelalter hatten ein Kettenhemd, ein Schwert und ein kräftiges Pferd für eine bedeutende kriminelle Karriere gereicht, heutzutage musste man mindestens Informatiker sein und internationale Unterweltnetzwerke nutzen können, um nicht drei Tage nach einem Überfall oder Mord hinter Schloss und Riegel zu sitzen. Und trotzdem, viele leere Kilometer, das gehörte auch zum Alltag eines Polizisten. Er hob die Füße auf den Couchtisch.

Sein Handy klingelte. Hoffmann langte danach. Eine unbekannte Nummer.

»Hoffmann.«

»Burgstaller. Sie haben mich heute Vormittag angerufen.«

Eine dunkle Männerstimme, schnell gesprochen, als ob der Mann nur wenig Zeit hätte oder schon seit Stunden ein Telefongespräch nach dem anderen führte. Hoffmann saß schlagartig aufrecht auf der Couch.

»Guten Tag, Herr Burgstaller. Ja, ich habe Sie im Laufe des Tages schon dreimal angerufen.«

»Dreimal? Ich habe nur einen Anruf auf meiner Mobilbox.«

Hoffmann runzelte die Stirn, sprang hoch und suchte nach seinem Notizbuch.

»Herr Burgstaller, Frau Fröhlich hat mir Ihre Nummer gegeben.«

»Wer bitte? Frau Fröhlich? Der Name ist mir unbekannt. Wer sind Sie eigentlich?«

Hoffmann zog sein Notizbuch aus der Jackentasche und blätterte es hastig auf.

»Ich bin ein Bekannter von Alice Berg und auf der Suche nach Jürgen Berg.«

»Okay, jetzt verstehe ich!«

Die Stimme des Mannes klang gar nicht freundlich, ganz und gar nicht.

»Sind Sie Bernhard Burgstaller, Mitarbeiter der Antiquitätenhandlung Berg?«

»Nein. Bernhard ist mein Bruder. Mein Name ist Richard Burgstaller.«

»Jetzt ist alles klar.«

Hoffmann schaute kurz auf die Anzeige seines Handys und verglich die Nummer mit seinen Notizen. Die fünfte Nummer auf der Anrufliste von Jürgen Berg, jene, die er am Vormittag nicht erreicht hatte.

»Gut, dann sagen Sie mir mal, warum Sie auf meine Mobilbox gesprochen haben.«

»Die Sache ist so: Ich bin auf der Suche nach Jürgen Berg und gehe sukzessive seine Kontakte durch. Wissen Sie vielleicht, wo Herr Berg sein könnte?«

»Keine Ahnung. Ich pflege zu diesem Mann keinerlei Kontakte.«

Beachtliche Energien. Hoffmann lauschte gespannt auf die harte Stimme des Mannes.

»Herr Burgstaller, ich weiß, dass Herr Berg Sie vor einigen Tagen von seinem Bürotelefon angerufen hat. Worum ging es in diesem Gespräch?«

»Was sollen diese Fragen? Sind Sie ein Polizist?«

Hoffmann biss sich auf die Lippen.

»Ja. Ich bin Polizist.«

»Ist die Polizei endlich auf der Suche nach Bernhard?«

Verdammt schwieriges Gespräch. In Hoffmann stieg Ärger auf.

»Warum sollte die Polizei auf der Suche nach Ihrem Bruder sein?«

»Meine Güte! Bei euch weiß offenbar die Linke nicht, was die Rechte tut! Ich habe vorige Woche eine Vermisstenanzeige aufgegeben.«

»Tut mir leid, Herr Burgstaller, mit diesem Fall bin ich nicht befasst.«

»Haben Sie Informationen über den Verbleib meines Bruders oder nicht?«

Der Mann wurde immer grantiger.

»Leider nicht.«

»Warum rufen Sie mich dann überhaupt an?«

»Herr Burgstaller, ich kann Ihnen meine Situation erklären. Vielleicht wäre ein persönliches Gespräch hilfreich. Wo wohnen Sie?«

»In Wien. Aber da bin ich derzeit nicht.«

»Wo halten Sie sich auf?«

»Ich bin geschäftlich in Regensburg. Und mitten in einer wichtigen Besprechung. Ich habe eigentlich keine Zeit und schon gar keine Nerven für irgendwelche Telefonate.«

»Dann will ich nicht länger stören. Wann sind Sie wieder in Wien?«

»Morgen.«

»Kann ich Sie morgen noch einmal anrufen?«

»Nur wenn Sie Informationen über meinen Bruder haben. Herr Berg interessiert mich nicht ein bisschen.«

»Warum hat er Sie angerufen?«

»Weil ich ihn zuvor mehrmals angerufen habe und jedes Mal von seiner Sekretärin abgewimmelt wurde. Ist das diese Frau Fröhlich?«

»Ja, Frau Fröhlich ist Jürgen Bergs Sekretärin. Weswegen haben Sie versucht, Herrn Berg zu erreichen, obwohl Sie gar nicht mit ihm sprechen wollen?«

»Weil ich wissen wollte, wo mein Bruder ist, verdammt noch mal!«

Hoffmann pokerte.

»Herr Burgstaller, könnte zwischen dem Verschwinden Ihres Bruders und dem Verschwinden Herrn Bergs ein Zusammenhang bestehen?«

Stille in der Leitung. Hoffmann atmete durch. Gerade noch die richtige Frage.

»Wie war noch einmal Ihr Name?«

»Hoffmann.«

»Und Sie sind Polizist?«

»Chefinspektor.«

»Herr Hoffmann, ich bin morgen Vormittag wieder in meinem Büro. Vorher habe ich absolut keine Zeit. Können Sie da vorbei kommen?«

»Wann ungefähr?«

»Gegen neun Uhr.«

»Das geht. Sagen Sie mir die Adresse.«

Hoffmann kritzelte in sein Notizbuch.

35. SZENE

Die Nächte wurden so schnell länger. Man taumelte vom Herbst in den Winter, immer auf der Suche nach dem Licht der Sonne. Vergebliche Mühe. Wenn schon das Klimasystem völlig aus dem Ruder lief und man heuer nicht wusste, wie im nächsten Jahr die Großwetterlage werden würde, und auch längst vergessen hatte, wie das Wetter im vergangenen Jahr gewesen war, dann konnte man sich doch auf die Achswinkel der Rotationsbewegungen der Himmelskörper verlassen. Und Winter war hierzulande die Zeit des Lichtmangels. Hoffmann jedenfalls empfand es als Mangel. Ein zentraler Punkt in der Depressionstherapie war der Aufenthalt im Freien bei Tageslicht. Welches Licht, bitte sehr? Zwei Wochen vor der Wintersonnenwende! Hoffmann wusste, er würde niemals in Skandinavien leben können. Mit der Kälte käme er zurecht, aber endlose Winternächte wären nichts für ihn.

In jedem Fall war es in dieser Gasse wieder finster. Kein Schnee. Schnee machte den Winter erträglich. Er hatte Winternächte erlebt, die fast taghell gewesen waren, ein klirrend kalter Sternenhimmel, keine Wolken, und Vollmond bei unberührtem Neuschnee. Das waren Nächte, an denen sich sogar Hoffmann ruhelose Geister und berittene Dämonen in den Buchenhainen im Wienerwald vorstellen konnte. Wie oft kamen solche Nächte vor? Alle zehn Jahre mal? An eine solche schneehelle Winternacht konnte er sich lebhaft erinnern. Diese eine magische Nacht hatte er sich im Lainzer Tiergarten um die Ohren geschlagen. Gemeinsam mit einem Regiment von Kollegen und einer Hundestaffel. Die Hunde hatten das 15-jährige Mädchen schließlich aufgespürt. Noch bevor die Jugendliche erfroren war, hatte sie sich mit Barbituraten ins Jenseits befördert. Alle hatten gefroren. Sogar die Hunde waren niedergeschlagen gewesen. Trotz des Nachtlichts. Hoffmann konnte sich glasklar an den Klang des Waldkauzes erinnern, der die Störung der nächtlichen Ruhe im Tierpark durch verirrte und lärmende Menschen beklagt hatte.

Warum dachte er ausgerechnet jetzt an diese Nacht? Raus aus dem Auto.

Hoffmann klappte die Tür seines Autos hinter sich zu und versperrte den Wagen. Es war nicht spät, er schaute auf die Anzeige seines Telefons. Sieben Uhr abends. Und doch war es in dieser Gasse so still wie weit nach Mitternacht. Die Menschen in den großen Villen mit den weitläufigen Gärten waren wohl an die Stille gewohnt. Er griff in die Jackentasche und zog den Müsliriegel hervor. Mit den Zähnen riss er die Verpackung auf und schob den Riegel hervor. Getreidekörner, Schokostücke, Honig, Energie in kleinen Dosen und stets parat. Knapp nach der Entlassung aus dem Krankenhaus hatte er im Supermarkt spontan eine Packung Müsliriegel in den Einkaufwagen gelegt. Seither kostete er sich durch das erstaunlich umfangreiche Sortiment an Müsliriegel, alle zwei Wochen eine andere Sorte. Diesmal ein Riegel mit Schokostücken. Sein Hausarzt hatte ihm nach der Chemotherapie geraten, über den Tag verteilt immer wieder kleine Happen zu essen. Der Gewichtsverlust musste Zug um Zug wieder ausgeglichen werden. Das hatte Hoffmann geschafft. Er wog wieder fast so viel wie in seinen besten Jahren.

Langsam schlenderte er die Gasse ein Stück hinab und dann wieder hinauf. In den meisten Häusern waren die Fenster erhellt. Nicht in der Villa der Familie Berg. Hoffmann stand vor dem Portal und ließ den Blick kreisen. Er leckte einen Rest von Honig von seinen Fingern und ließ die Verpackung des Riegels in der Jackentasche verschwinden. War die Alarmanlage eingeschaltet? Hoffmann drückte auf die Klingel. Nichts. Er wartete. Er drückte noch einmal. Die Fenster an der Vorderseite des Hauses blieben finster.

Hoffmann legte die Hand auf die Türklinke. Das Gartentor war nicht verschlossen. Er ging über die Steinplatten des Fußweges auf die Haustür zu. Ein Bewegungsmelder klickte, die Außenlampen sorgten für Helligkeit. Hoffmann klingelte. Und klopfte. Niemand öffnete ihm. Lag die Haustür im Blickwinkel einer Kamera? Da war das unvermeidliche Ding. Hoffmann winkte in die Kamera und klingelte. Er wartete. Dann griff er auch an diese Türklinke.

»Das darf ja wohl nicht wahr sein«, brummte er vor sich hin und tastete nach dem Lichtschalter.

Die Halle lag in elektrischem Licht. Er schaute sich um. Die Alarmanlage war nicht scharf gemacht worden, Einbrecher hätten nur hereinspazieren müssen. Was für ein Leichtsinn.

Oder Verwirrtheit. Schon in der Halle fand Hoffmann kostbare Möbelstücke und Einrichtungsgegenstände. Allein für den Kristallluster in der Halle würde sich ein Einbruch lohnen.

»Hallo! Guten Abend! Mein Name ist Hoffmann! Ist jemand zu Hause?«

Ein Geräusch? Hoffmann spitzte die Ohren.

36. SZENE

Kalt konnte ihm heute nicht werden. Zwei übereinander getragene lange Unterhosen, robuste Jeans, warme Socken und drei T-Shirts unter dem Pullover, Handschuhe und eine Mütze. Wer in ungeheizten Häusern übernachtete, lernte entweder schnell mit geeigneter Kleidung die Körpertemperatur zu regulieren oder landete mit einer Lungenentzündung im Krankenhaus. Viel dazwischen gab es nicht. Lukas bezog seinen Beobachtungsposten. Noch hatte er keine bessere Idee als einfach zu beobachten, zu warten und zu hoffen.

Wie immer war die Gasse still und dunkel. Lukas stand im Schatten eines Kastanienbaumes. Die Straßenlaternen reichten gerade für diffuse Beleuchtung. Die Zeit verstrich. Irgendwann griff er in die Innentasche seiner Thermoweste und zog die selbst gedrehte Zigarette heraus. Werner hatte Lukas eine Zigarette von seinem Tabak drehen lassen. Werner rauchte nur selbst Gedrehte. Schmeckte besser und war billiger, sagte er. Lukas zog ein paar Mal an der Zigarette. Sein Hals kratzte ein bisschen. Hoffentlich zog da keine Erkältung heran. Er zertrat die Kippe.

Ein Auto bog in die Bujattigasse ein. Lukas versteckte sich hinter dem Baumstamm. Der Wagen rollte langsam an ihm vorbei und hielt ein paar Meter entfernt an. Ein Mann stieg aus dem Wagen und schaute sich um. Dann zog er einen Müsliriegel hervor und knabberte daran. Der Mann schlenderte die Gasse auf und ab. Ganz klar, er beobachtete das Wohnhaus der Familie Berg. Lukas atmete kaum. Er blieb regungslos in der Finsternis hinter dem Baum. Als der Mann in die Nähe der Straßenlaterne kam und dort kurz inne hielt, erkannte Lukas das Gesicht. Der Mann vom Donaukanal. Tausend Gedanken durchzuckten seinen Kopf. Wie kam der Mann hierher? War er auf der Suche nach Corinne und Oscar? War er wirklich Polizist? War er auf der Suche nach Corinnes Mutter? War er bewaffnet?

Der Mann trat an das Portal heran und leckte seine Finger. Dann verschwand er im Garten. Lukas kniff die Augen zusammen. Hatte der Mann die Alarmanlage abgeschaltet? Oder gerade eben den Alarm ausgelöst? Lukas konnte von seinem Standplatz nicht in den Garten sehen, also huschte er näher. Die Außenlampen am Haus leuchteten. Lukas schlich bis an das Gartentor und lugte zur Haustür hinüber. Der Mann klopfte und wartete. Schließlich verschwand er im Haus. Lichter flammten auf.

Lukas schnappte nach Luft. Die Türen waren die ganze Zeit über unversperrt gewesen!

37. SZENE

Keinerlei Spuren eines Einbruches. Hoffmann trat durch die offen stehende Tür und knipste die Lampe an. Ein Salon. Sehr kostbar möbliert, aber Hoffmann war unwillkürlich an Alices Worte erinnert, sie würde seit Jahren vergeblich darum kämpfen, das Haus freundlicher und offener einzurichten. Dunkle Möbel, deren Aussehen, Alter und Geruch im Raumensemble trocken, spröde und unnahbar wirkten. Kein Raum, in dem er sich genussvoll einen Cognac oder eine Tasse Tee eingießen und in einem Buch lesend den Abend verbringen mochte. Wer machte es sich schon in Ausstellungsräumen bequem?

»Ist jemand zu Hause?«

Niemand meldete sich. Hoffmann klopfte an zwei verschlossene Türen. Nichts. Er kam zurück zur Halle und schaute zur Steintreppe in das Obergeschoss. Noch einmal ließ er den Blick kreisen, dann stieg er die Treppe hoch. Er öffnete den Reißverschluss der Jacke. Das Haus war zwar verlassen, aber dennoch beheizt. Das zuvor gehörte Geräusch musste wohl von oben gekommen sein. Hoffmann rief wieder. Die Beretta steckte im Holster. Er betätigte jeden Lichtschalter, an dem er vorbei kam. Das große alte Haus füllte sich mit Licht und Enge. So viele Quadratmeter Wohnfläche und doch so wenig Luft zum Atmen. Offenbar nutzte der Antiquitätenhändler Jürgen Berg sein Haus als erweitertes Warenlager. Hoffmann wischte über einen Schrank. Ein bisschen Staub. Vor geschätzten zwei Wochen war zuletzt Staub gewischt worden. Garantiert wurde die Hausarbeit von einer oder gar mehreren Putzfrauen erledigt. Hoffmann nahm sich vor, das bei Gelegenheit zu überprüfen und im Fall des Falles Kontakt zur Putzfrau aufzunehmen. Es schadete nie, mit Reinigungskräften zu sprechen. Diese Menschen mussten den Dreck der anderen entsorgen und wussten in der Regel umfassende Geschichten über ihre Auftraggeber zu berichten. Und häufig waren diese Menschen auch dankbar, wenn man ihnen mit offenen Ohren zuhörte.

Ein Rumpeln.

Hoffmann kniff die Augen zusammen und schaute zur Treppe in das Dachgeschoss. Er stieg zügig hoch. Ein kurzer

Flur und vier Türen. Der Spalt einer Tür war matt erleuchtet. Er klopfte.

»Guten Abend! Ist jemand hier?«

Hoffmann lauschte an der Tür. Hatte er da eben eine schwache Stimme gehört oder nicht? Er fasste an die Klinke. Ein Haus der offenen Türen. Hoffmann schob die Tür auf.

Gestank schlug ihm entgegen. Alte Möbel, Geruchsspuren verwitterten Lebens und mangelhafter Hygiene. Hoffmann fand sich in einem mit dunklem Holz getäfelten Raum, das Fenster war mit alten Vorhängen verdunkelt, ein breites Bett stand an der Wand, daneben ein Nachtkästchen mit einer Lampe, an der gegenüberliegenden Wand stand ein breiter Kleiderschrank. Er schaltete das Deckenlicht ein.

»Wer sind Sie?«

Die alte Frau klang hysterisch. Sie hatte Angst vor dem Eindringling in ihrem Zimmer.

»Guten Abend, gnädige Frau. Mein Name ist Hoffmann.«

»Wie kommen Sie hier herein? Was wollen Sie von mir? Ich rufe die Polizei!«

»Beruhigen Sie sich bitte, ich tu Ihnen nichts.«

»Sind Sie ein Einbrecher?«

»Nein.«

»Kommen Sie nicht näher!«

»Sind Sie Hildegard Berg?«

»Was? Ja. Wer sind Sie?«

»Ich bin ein Bekannter Ihrer Schwiegertochter.«

»Ein Bekannter von Alice? Was wollen Sie?«

»Nach dem Rechten sehen.«

»Hier gibt es nichts zu sehen für Sie. Verlassen Sie sofort mein Haus!«

Hoffmann trat an das Fenster, zog den Vorhang zur Seite und ließ frische Luft ein. Er blickte auf die verwahrloste Frau im Bett. Die Bettwäsche stank gewaltig.

»Sind Sie gehbehindert, Frau Berg?«

»Schließen Sie sofort das Fenster! Oder wollen Sie, dass ich erfriere?«

»Die Heizung ist eingeschaltet, und ein bisschen frische Luft wird Ihnen guttun.«

»Ich rufe die Polizei! Das ist Hausfriedensbruch.«

Hoffmann schaute nun in die Augen der alten Frau. Völlig entkräftet, gehetzt, verwirrt, hilflos. Er überlegte fieberhaft, was zu tun wäre. Rettung? Polizei? Gab es eine Alternative?

»Frau Berg, können Sie aufstehen?«

»Nein. Nicht alleine.«

Er sah den leeren Wasserkrug neben dem Bett.

»Haben Sie Durst?«

»Ja.«

Hoffmann hob den Krug und ein am Boden liegendes Glas hoch.

»Wo kann ich Wasser holen?«

»Ich werde schon verrückt vor lauter Durst.«

Hoffmann verließ den Raum und wurde in einem Nebenraum des Dachgeschosses fündig. Ein kleines Badezimmer mit Toilette in der Dachschräge. Hoffmann spülte Krug und Glas gründlich aus und füllte beide Gefäße. Zurück im Zimmer half er der alten Frau beim Aufsitzen. Er schob ihr einen Polster hinter den Rücken. Sie schluckte das Wasser gierig.

»Noch etwas?«

Sie nickte. Er füllte das Glas erneut, sie trank.

»Frau Berg, haben Sie keine Pflegekraft, die hier für Ordnung sorgt?«

»Und jetzt gehen Sie sofort!«

»Eine Altenpflegerin? Ein Hausmädchen? Wer hilft Ihnen normalerweise?«

»Ildiko. Ich hasse sie! Ja, sie putzt recht ordentlich, aber diese Befehle immer, und dann immer dieses Herumschnüffeln. Ein unmögliches Frauenzimmer! Ich habe Jürgen tausendmal gesagt, dass er Ildiko hinauswerfen muss, aber er will ja nicht.«

»Wann war denn Frau Ildiko zum letzten Mal hier?«

»Sind Sie ein Geschäftsfreund von Jürgen?«

Hoffmann seufzte.

»Frau Berg, hören Sie mir bitte zu.«

»Was?«

»Ihr Bett und Ihr Nachthemd sind verschmutzt. Wenn Sie nicht sehr bald baden und sich neu einkleiden, ist der Ausbruch von Infektionen wahrscheinlich. Und Sie müssen essen und trinken. Sie sind ganz schwach. Ich rufe jetzt einen Krankenwagen. Haben Sie mich verstanden?«

»Einen Krankenwagen? Ist etwas passiert?«

»Der Krankenwagen ist für Sie, Frau Berg. Sie müssen in ärztliche Aufsicht.«

»Ich gehe nicht ins Altersheim! Wenn ihr mich abschieben wollt, dann werdet ihr mich noch kennenlernen. Gesindel! Wo ist Alice, dieses Miststück? Ich werde ihr alles heimzahlen. Bare Münze. Da kann sie Gift darauf nehmen!«

Nun, die Stimme der Frau schlug Hoffmann auf den Magen. Da war dieser jahrzehntelang tief in den Felsen geschürfte stete Strom von Geringschätzung und Abscheu den Menschen gegenüber, der das Gesicht der Frau mit boshaften Falten überzogen und den Klang der Stimme zu einer unablässigen Anklage geformt hatte. Nein, nach nur ein paar Augenblicken im Zimmer dieser Frau war er von ihr schlicht und einfach angewidert. Was natürlich nicht hieß, dass er hier und jetzt nicht das Richtige tun musste. Hoffmann drückte sein Telefon an das Ohr.

»Der Krankenwagen ist unterwegs, Frau Berg. Wollen Sie noch einen Schluck Wasser?«

»Wollen Sie mich vergiften? Gehören Sie auch zu den Giftmischern, die mir das Leben zur Plage machen? In diesem Haus sind schon Menschen ermordet worden. Das ist ein alter Fluch.«

Böse Zeiten, die sie als Kind erlebt hatte. Nichts wurde für Hildegard Berg mit den Jahren besser, nur die Anzahl der

Sonnenuntergänge mehrte sich. Und der Sonnenuntergang drohte jedem Menschen. Wo war sie hier überhaupt? War das noch ihr Haus? In hellen Augenblicken erkannte sie, dass sie zusehends in ein weißes Rauschen tauchte. Sie konnte nicht dagegen halten, die Versenkung breitete sich aus. War das die geistige Umnachtung? Hildegard Berg akzeptierte sie. Raus aus der Mühsal.

Hoffmann lauschte in die Stimme der Frau.

»Wann war das?«

»Was?«

»Die Ermordungen. Wann sind die geschehen?«

»1945.«

»Ich verstehe.«

Hildegard Berg zeigte zum Fenster hinaus in den hinteren Teil des Gartens.

»Da draußen hat er sie erschossen. Ich habe alles gesehen. Mein Vater hat sie erschossen. Ich war ja noch ein Kind. Habe alles gesehen. Alles.«

»Wen hat er erschossen?«

»Die ukrainische Magd. Wie eine Sklavin hat er die Magd gehalten. Und den Gärtner. Ein Pole. Wie die Tiere haben die geschuftet. Der Gärtner ist fortgelaufen, als die Rote Armee Wien erreicht hat. Die Magd war schwanger. Der Vater hat sie erschossen. Damals sind so viele erschossen worden. So viele. Überall sind welche erschossen worden. In jeder Gasse lag ein Toter ...«

Die Frau verlor den Faden und starrte vor sich hin. Hoffmann verließ den Raum und schnappte nach Luft. Er stapfte hinunter in die Halle und wartete auf den Krankenwagen.

38. SZENE

Er hatte nicht erwartet, dass Alice abheben würde. Hoffmann steckte das Handy wieder ein. Alice hatte ihr Telefon außer Betrieb gesetzt. Natürlich hatte er dem Wachmann auch ihre Nummer gegeben. Die zwei uniformierten Polizisten, die den Abtransport der alten Frau überwacht hatten, löschten im Haus alle Lichter und schlossen von außen die Haustür. Einer der Wachmänner sperrte die Tür ab. Sie hatten einen Reserveschlüssel gefunden. Der Mann steckte einen Zettel mit einer Nachricht und der Adresse des Wachzimmers, wo der Schlüssel aufbewahrt wurde, in die Tür.

Hoffmann stand am Gartentor und wartete auf die beiden Polizisten.

»Und, alles dicht gemacht?«

»Na klar.«

Einen der Männer kannte er seit Langem, der zweite Mann war ein Jungspund und erst ein paar Wochen im Dienst.

»Sollen wir jetzt eine Vermisstenanzeige aufnehmen, Herr Chefinspektor?«, fragte der junge Mann.

Hoffmann wiegte den Kopf.

»Hört euch bitteschön um, ob sich der Sohn der alten Frau irgendwo finden lässt. Wäre nicht schlecht, mit dem Mann einmal ein ernstes Wörtchen zu reden. Und ruft mich bitte an.«

Der ältere Polizist verzog seine Miene.

»Die Alte war ja ziemlich ausgehungert. Und überall der Dreck. Ekelhaft. Ich beneide die Jungs vom Roten Kreuz jetzt nicht. Die müssen dann ihr Auto gründlich reinigen.«

»Klarer Fall von Vernachlässigung. Aber ich glaube, die Frau ist nicht ernsthaft in Lebensgefahr. Ein paar Tage aufpäppeln und sie kommt wieder zu Kräften.«

Der ältere Polizist machte noch einen Kontrollblick im Garten und hob auffordernd die Hände.

»Wir sind fertig hier. Gehen wir.«

Hoffmann nickte zustimmend, verließ den Garten und verabschiedete sich noch mit Händedruck bei den beiden uniformierten Männern. Er stand bei seinem Auto und sinnierte. Unklare Situation. Das dunkle Haus, die alte Frau, der verschwundene Ehemann, die Kinder, die Ehefrau auf unübersichtlichen Abwegen. Warum hatte Alice mit ihm geschlafen? Steckte da irgendein Plan dahinter? Wurde sie von jedem Windstoß durch die Stadt und die Zeit geweht? Warum hatte er mit ihr geschlafen? Hoffmann suchte in den Jackentaschen nach seinem Autoschlüssel. Immerhin diese Frage konnte er beantworten. Sie war schön, sie war in seiner Wohnung, er war hungrig, das eine hatte das andere ergeben. Er wäre ein Idiot, sich eine solche Gelegenheit entgehen zu lassen. Hoffmann dachte an die Berührungen, an die gemeinsamen Bewegungen, an die Küsse, an ihre Haut. Würde er es wieder tun? Sehnte er sich nach einer Liebesnacht mit Alice? Hoffmann verwarf die Fragen schnell, gerade weil er wusste, dass er eine Antwort darauf finden würde.

Der Streifenwagen fuhr ab, es senkte sich wieder Stille und Dunkelheit in die Gasse am Stadtrand. Hoffmann öffnete den Wagen und wollte schon einsteigen, da entdeckte er eine Person, die am Gartenzaun mit schnellen Schritten entlang ging und ihn scharf musterte. Hoffmann erhaschte nur einen kurzen Blick des jungen Mannes. Ein bekanntes Gesicht, das war sofort klar, aber woher kannte er es? Hoffmann brauchte nicht lange nachzugrübeln. Die Straßenbahn, der Donaukanal, der Jugendliche, der hinter Alice Berg her war. Hoffmann warf die Autotür von außen zu.

»He du! Warte! Lauf nicht fort! Warte!«

Der Jugendliche entfernte sich.

»Bleib da! Ich kann dir nicht nachrennen, so schnell bin ich seit Jahren nicht.«

Der Jugendliche hielt nicht an. Hoffmann überlegte, ob er mit dem Auto die Verfolgung aufnehmen sollte. Er verwarf den Gedanken.

»Du hast das Haus beobachtet, so viel habe ich schon verstanden!«, rief Hoffmann. »Suchst du nach Alice Berg? Vielleicht sollten wir gemeinsam suchen!«

Der Jugendliche blieb stehen. Würde er zurückkommen oder mit ein paar Schritten in die Dunkelheit abtauchen? Der Bursche schien über die Frage nachzudenken. Hoffmann wartete.

Lukas rammte seine Hände in die Taschen seiner Weste, näherte sich dem Mann, blieb aber in einiger Entfernung stehen.

»Hallo, Kumpel. Mein Name ist Wolfgang.«

Lukas' Miene war bewegungslos, er ließ sein Gegenüber nicht aus den Augen.

»Wie heißt du?«

»Lukas.«

»Hallo, Lukas.«

»Sind Sie wirklich Polizist?«

»Das ist mein Beruf.«

»Hat aber irgendwie komisch ausgeschaut.«

»Was hat komisch ausgeschaut?«

»Wie Sie da mit den zwei Uniformierten gesprochen haben.«

»Was war daran komisch?«

»Sie haben dazugehört und doch wieder nicht. Aus der Ferne hat das komisch ausgeschaut.«

»Du hast ein scharfes Auge.«

»Warum sind Sie in das Haus hineingegangen?«

»Normalerweise stelle ich die Fragen.«

»Ich beantworte aber nur die Fragen, die mir nicht auf den Geist gehen.«

»Na gut, dann will ich eine Frage riskieren.«

Lukas schaute Hoffmann nach wie vor geradewegs in die Augen.

»Warum hältst du das Haus unter Beobachtung? Geht dir diese Frage auf den Geist?«

»Mir geht auf den Geist, wenn Erwachsene auf die Fragen von Jugendlichen nicht antworten, selbst aber jederzeit eine Antwort auf ihre Fragen erwarten.«

Hoffmann verzog die Lippen. Kein Bursche, den man mit ein paar Groschen abfertigen konnte, da musste man schon tiefer in den Beutel greifen. Gut so, denn von solchen Burschen konnte man mit ein bisschen Glück und Geschick einiges erfahren.

»Ich habe einfach die Klinke angefasst. Die Türen waren allesamt nicht versperrt. Daher bin ich reingegangen. Hast du mich von Anfang an gesehen?«

»Ja.«

»Okay, dann weißt du ja Bescheid. Ich bin rein, habe die Lichter angeknipst, habe ins Haus gerufen und ich habe die alte Frau in ihrem Bett entdeckt.«

»Aber warum sind Sie reingegangen?«

»Ich bin auf der Suche nach Jürgen und Alice Berg. Und nach ihren Kindern.«

Hoffmann registrierte erstmals eine Bewegung in der Miene des Jugendlichen.

»Und wen suchst du, Lukas?«

»Corinne.«

»Ist Corinne deine Freundin?«

»Ja.«

Hoffmann nickte verstehend.

»Dann folgen wir der gleichen Spur.«

»Schaut so aus.«

»Wie alt ist Corinne eigentlich?«

»14.«

»Und da hat sie schon einen fixen Freund?«

»Na und?«

»Wie alt bist du?«

»17.«

Hoffmann wiegte den Kopf.

»Eine 14-Jährige und ein 17-Jähriger. Das ist okay. Ich mag es nur nicht, wenn Kerle um die 40 oder 50 14-jährigen Mädchen hinterher rennen.«

»Corinne und ich, wir kommen klar. Verstanden!«

Ein streitbarer junger Mann. So viel war nach ein paar Takten Gespräch klar. Hoffmann musterte Lukas noch einmal.

»Du klingst nicht wie ein Bursche aus einem der Häuser hier. Kein Oberschichtstreber. Du klingst wie ein Bursche von der Straße. Und du siehst auch so aus. Habe ich recht?«

»Na und?«

»Wie kommt ein Mädchen aus der Riesenvilla an einen wie dich? Oder wie kommst du an ein Mädchen wie Corinne?«

»Irgendwie halt.«

Ganz klar, aus diesem Burschen würde er nur mit größerem Aufwand einiges von seinem Wissen hervor kitzeln können. Vertrauensbildende Maßnahmen waren gefragt. Hoffmann wiegte den Autoschlüssel in der Hand.

»Wo wohnst du, Lukas?«

»In Wien.«

»Gut, genau da fahre ich heute noch hin. Willst du einsteigen?«

»Gehe zu Fuß.«

»Sportsfreund, du hast dich zu erkennen gegeben. Ich habe dich nicht gesehen, die zwei Polizisten haben dich nicht gesehen, die Sanitäter haben dich nicht gesehen, niemand hat dich gesehen, aber du hast alle gesehen. Wenn du einfach abgehauen wärst, hätte ich nie etwas von dir erfahren, aber du hast dich zu erkennen gegeben, du bist aus dem Schatten getreten. Das war dein Spielzug.«

Lukas trat von einem Bein auf das andere. Hoffmann setzte nach.

»Wenn du ins Auto einsteigst, erkläre ich dir, warum ich zwar Polizist bin, aber derzeit nicht in Dienst. Was meinst du,

Lukas? Sollten wir nicht unsere Wissensstände abgleichen? Könnte nützlich sein.«

Lukas zuckte mit den Schultern.

»Könnte sein.«

39. SZENE

»Da ist es.«

Lukas zeigte auf ein Gebäude in der Goldschlagstraße.

»Kenne ich eh. War schon mal drinnen.«

»Wirklich?«

»Aber ja, ich bin schon ein paar Jahre in diesem Viertel unterwegs. Ich kenne hier jede Ecke. Mein letzter Besuch hier ist aber schon ziemlich lang her. War wohl noch vor deiner Zeit.«

Hoffmann hatte für einen Parkplatz ein paar Gassen auf und ab fahren müssen. Sie waren ein Stückchen zu Fuß gegangen. Lukas hatte den Ausführungen Hoffmanns genau gelauscht. Hörte sich nicht nach Lügen an. Warum sollte der Mann lügen? Krebserkrankung, Behandlungen in der Klinik, Krankenstand, Heilung, zumindest derzeit kein medizinischer Befund, Riesenscheiße alles. Wozu so eine Geschichte erfinden? Sie betraten das Autonome Zentrum. Lukas ging voran. Im Sozialraum war gar nicht wenig Betrieb. Typisch für diese Tageszeit, abends trafen sich die Autonomen, tratschten, tranken ein Bier, qualmten einen Joint. Hoffmann roch sofort das unverkennbare Aroma von Cannabis. Für irgendetwas musste sein jahrelanger Dienst als Drogenfahnder wenigstens taugen. Die beiden traten an die Theke. Die Frau dahinter musterte Hoffmann genau.

»Hi, Iris. Das ist ein Kumpel von mir. Wolfgang, ein Ex-Kieberer. Er ist okay.«

Hoffmann lächelte die Frau freundlich an und reichte die Hand zum Gruß.

»Wolfgang Hoffmann, schönen guten Abend.«

»Hallo, Iris.«

Lukas schaute sich um und entdeckte in der hinteren Ecke noch freie Sitzplätze.

»Wir können uns da setzen. Du, Iris, ich mache für uns eine Kanne Tee. Ist das in Ordnung?«

»Logo in Ordnung. Mach nur.«

»Ich verschwinde mal kurz in der Küche.«

Hoffmann hob zustimmend den Daumen und bahnte sich einen Weg quer durch den Sozialraum. Die Anwesenden beobachteten jede seiner Bewegungen. Natürlich fiel er hier auf. Alleine seine Kleidung sorgte für Aufsehen. Er trug stinknormale Alltagskleidung wie Millionen andere U-Bahn-Fahrgäste auch, hier aber, bei den Autonomen, fiel er mit dieser Garderobe aus dem Rahmen. Hoffmann setzte sich selbstbewusst auf das ziemlich schmierige Sofa. Sollte er die Jacke ausziehen? Er überlegte. Richtig geheizt wurde der Raum nicht, aber dennoch war es wärmer als auf der Straße. Er schlüpfte aus der Winterjacke und legte sie neben sich auf das Sitzmöbel. Er hielt allen Blicken stand, den neugierigen, den eingeschüchterten, den streitbaren, er tat so, als wäre es das Normalste auf der Welt, dass er genau jetzt und hier saß und eine Kanne Tee mit einem 17-jährigen Autonomen leeren wollte. Ziemlich schnell widmeten sich die Leute wieder ihren Unterhaltungen. Zwei Männer saßen etwas abseits und vertieften sich erneut in ihr Schachspiel. Ein untersetzter Mann unbestimmbaren Alters unterhielt die Tischrunde mit seinen Anekdoten und drehte nach einiger Zeit völlig unbefangen einen Joint für sich und die Gruppe. Die Leute am anderen Tisch hielten sich lieber an das schäumende Getränk aus Hopfen und Gerste. Sie lachten viel und laut.

Lukas erschien mit einer Kanne und zwei Tassen in Händen. Er stellte seine Fracht ab und goss ein.

»Milch oder Zucker?«

»Weder noch. Was hast du aufgebrüht?«

»Eine Kräutermischung.«

»Wunderbar. Genau richtig für die vorgerückte Tageszeit.«

Lukas warf sich in den Fauteuil Hoffmann gegenüber. Hoffmann deutete mit dem Kopf in Richtung der Gruppe, die die Rauchschwaden im Raum erzeugte.

»Rauchst du viel Hasch?«

Lukas winkte ab.

»Nicht so viel. Ab und zu.«

»Und Zigaretten? Auf wie viele pro Tag kommst du?«

»Verschieden. Oft rauche ich ein paar Tage nichts. Ich steh eigentlich auf Sport. Da passt mir die Qualmerei nicht ins Konzept.«

»Und was betreibst du für Sportarten?«

»Laufen sowieso. Im Sommer auch Schwimmen. Ich war früher viel mit dem Skateboard unterwegs. Kam damit gut klar. Fußball ist okay. Tennis auf einem Sandplatz wäre geil. Hab bisher nur im Donaupark auf Asphalt gespielt. Ja, Tennis würde mich interessieren.«

»Kann mir gut vorstellen, dass du es beim Tennis weit bringst. Du hast den richtigen Körperbau dafür und du bist noch jung. Spiel Tennis! Halte ich für eine gute Idee.«

Lukas kaute auf seinen Lippen herum.

»Der Lungenkrebs. Kam der wegen der Raucherei?«

Hoffmann zuckte mit den Schultern.

»Wer kann das sagen? Krebs kriegt man in der Regel nicht wegen einer einzigen Ursache. Ich lebe in einer Stadt mit Hunderttausenden Autos und Schornsteinen, ich habe mit 13 zu rauchen begonnen und Jahrzehnte wie ein Schlot gequalmt, ich habe vielleicht eine genetische Schwäche in der Lunge, ich könnte noch eine Stunde weiter rätseln, was die Ursache war, und hätte trotzdem nicht alles gesagt. Aber eines ist ziemlich sicher: Die Qualmerei hat die Erkrankung nicht verhindert.«

»Verstehe.«

Hoffmann zwinkerte Lukas jovial zu.

»Darum mein Ratschlag: Spiel lieber Tennis und lass deine Kumpels dort drüben alleine ihr Zeug heizen. Sage ich auch als ehemaliger Drogenkieberer.«

Lukas schmunzelte.

»Eh klar. Du musst das sagen.«

Sie nippten an ihren Teetassen. Noch sehr heiß.

»Jetzt erzähl mir, wie du mit Corinne zusammengekommen bist.«

Lukas lehnte sich zurück und wärmte seine Hände an der Tasse. Er sinnierte ein Weilchen.

»So lange kennen wir uns nicht. Erst seit Sommer. Gut, ich habe sie schon im Frühling ein paar Mal gesehen, aber da haben wir uns noch nicht gekannt.«

»Wo war das? Wo hast du sie gesehen?«

»Im Skaterpark Hütteldorf. Da war ich heuer ziemlich oft. Geile Anlage. Dort kann man Skaten echt sportlich anlegen. Viele lässige Leute sind dort. Schon auch ein paar Arschgeigen, aber die findet man überall. Corinne ist nach der Schule da vorbeigekommen und hat mit ihren Freundinnen paar Mal den Jungs beim Skaten zugesehen. Da ist sie mir aufgefallen. Im Park hab ich sie angesprochen. Hab schon gewusst, dass sie eine Gymnasiastin ist und in einer der Villen wohnt, aber sie hat total nicht überdrüber hochnäsig gewirkt. Deswegen hab ich sie ja auch angesprochen. Und das war dann schwer in Ordnung. War total easy, mit Corinne ins Gespräch zu kommen. Keine Schnöselscheiße, kein Tussigehabe, einfach nur gute Gespräche. Na klar hab ich sie abgepasst. Habe im Park auf sie gewartet, und wenn sie von der Schule nach Hause gegangen ist, haben wir uns ein Weilchen auf die Bank gesetzt und geredet. Und knapp vor Schulschluss haben wir das erste Date gehabt. Wir sind den ganzen Nachmittag spazieren gegangen.«

»Hat sie gewusst, dass du obdachlos bist?«

»Logo. Verstehst du, Wolfgang, zwischen Corinne und mir war von der ersten Sekunde an klar, dass wir nicht lügen müssen, nicht lügen brauchen und nicht lügen wollen. Sie hat mir alles von sich erzählt, ich alles von mir. Ich habe von der Zeit mit meinen Pflegeeltern erzählt, von den Jahren in der Jugend-WG, von den Problemen, von den Raufereien, dem scheißverdammten Komasaufen. Und von den vielen Büchern, die mir Werner dauernd auf das Nachtkästchen legt.«

»Werner ist einer deiner Kumpel hier?«

Lukas zeigte über die Schulter.

»Einer der Schachspieler. Werner hat echt was drauf! Kannst mir glauben. Was der alles weiß. Unglaublich. Find ich geil. Will ich auch. Deswegen lese ich die Bücher.«

»Ich habe in der letzten Zeit auch viel gelesen. Historische Schmöker, das ist mein Metier. Spannend müssen die Bücher sein.«

»Geschichte ist geil. Werner versorgt mich mit historischen Büchern. Derzeit ist bei mir gerade die europäische Sozialdemokratie um 1900 in Arbeit.«

»Na, in den Büchern, die ich lese, geht es eher mehr um Intrigen, Liebe, Mord und Totschlag, weniger um historische Tatsachen. Mein Geschmack ist, sagen wir es so, recht landläufig. Ich lese, um mich zu unterhalten, nicht, um mich zu bilden.«

»Ich steh total auf Bildung. Oder eigentlich nicht auf Bildung, sondern auf Information. Bildung klingt immer irgendwie lulu. Politiker, Lehrer und Manager wollen Bildung für die Jugend. Da schrillen bei mir die Alarmglocken.«

Hoffmann lachte.

»Für einen 17-Jährigen hast du ein gesundes Selbstbewusstsein und eine recht schön ausgebildete rebellische Note.«

»Das hat auch Corinne gefallen. Wenn ich gegen die Banker und Bonzen geschimpft oder die Geldwirtschaft als Terrorregime für Mensch und Umwelt bezeichnet habe, hat sie immer herzlich gelacht. Ich glaube, ihr Vater war 100-prozentig anderer Meinung als ich. Mehr so ein stockkonservativer Besitzstandswahrer.«

»Jugendliche Trotzphase also.«

»Gehört auch dazu. Gerade für Jugendliche, die in superschicken Villen aufwachsen. Wenn die kritiklos alles reinfressen, was sie so hören, werden sie zur nächsten Generation von Ausbeutern und Umweltverschmutzern heranwachsen. Dann ändert sich nie was auf der Erde.«

»Darf ich eine persönliche Frage stellen?«

»Raus damit.«

»Habt ihr zwei, Corinne und du, schon mal miteinander geschlafen?«

Lukas schüttelte den Kopf.

»Ich will schon, sie will auch, aber sie will trotzdem noch warten. Sie ist noch nicht soweit, sagt sie.«

»Und wie geht es dir damit?«

»Ist okay. Miteinander schlafen ist eine Sache, die man ernst nehmen soll. Ist meine Meinung. So an jeder Ecke rummachen, das liegt nicht auf meiner Linie. Geschmust haben wir schon. Logo. Mehr noch nicht.«

Hoffmann kniff die Augen zusammen.

»Was hat denn Corinne so von ihrem Elternhaus erzählt?«

Lukas verdrehte die Augen.

»Bei manchen Geschichten hab ich gedacht, vielleicht ist es doch besser, keine Eltern zu haben. In der WG gab es immer irgendwelche Probleme, aber die meisten Betreuer haben das eh locker genommen. Das sind Profis. Merkt man schon. Der weiß, okay, der Jugendliche zuckt gerade aus, was habe ich für Möglichkeiten, ihn zu beruhigen und dabei trotzdem nicht mit dem Gesetz in Konflikt zu geraten. Und das wird dann halt getan. Ich bin mit allen Betreuern gut ausgekommen, die so eine Einstellung gehabt haben. Die Weltverbesserer waren lästig. Immer muss alles hübsch, grün gestrichen und politisch korrekt sein. Wenn ich gesagt habe, den Neonazis muss man die Nasen eindrücken, kommen die mit religiösem Zeug. Die andere Wange hinhalten und so. Oder sie kommen mit aufgeklärtem Humanismus. Ethik und Verantwortung! So einem Scheißnazi, der mit dem Benzinkanister eine Flüchtlingsbude abfackelt, soll man gut zureden? An sein Gewissen appellieren? Ich bin mehr für Nasenbeinbruch. Na ja, die Weltverbesserer eben. Sind eh lieb. Echt nervig waren nur die Neurotiker, die ihren Klopfer an den Kindern und Jugendlichen in betreuten Wohneinheiten abarbeiten wollen oder müssen. Wie sollen die mit ausgeflippten Teenagern klarkommen, wenn sie selbst pausenlos ausflippen? Scheiße war, dass Ilse, die Leiterin der WG, eine von diesen war. Schwer krank die Frau. Aber in der Regel lief in der WG eh vieles lässig ab. Das kann man von Corinnes Elternhaus nicht behaupten. Voll irre die Leute. Ich habe Corinne geraten, von dort abzuhauen.«

»Jetzt mal konkret. Was läuft da schief?«

»Bitte, der Vater, der Herr Antiquitätenhändler mit dem dicken Konto, der macht nur Terror. Die Kinder müssen dies lernen, die Kinder müssen das lernen, und ja keine Freizeit, alles muss terminmäßig durchorganisiert sein. Der spinnt komplett. Verstehst du, Corinne ist saugut in der Schule, echt jetzt, sie hat null Probleme, dem Stoff zu folgen, auf alle Fragen der Lehrer eine Antwort zu geben und ohne großen Stress die Schularbeiten positiv zu schreiben. Wo man sagt, sie kann die Schule locker nehmen und auch ein bisschen Spaß im Leben haben. Aber Spaß ist nicht bei dem Herrn Papa. Was, Corinne hat einen Zweier in Mathe? Da gibt's gleich Fernsehverbot und ein paar Tage Handyentzug. Bei einem Zweier! Terror, blanker Terror. Bei ihrem kleinen Bruder macht das der Vater auch. Und der Knirps hat überhaupt die Arschkarte gezogen, weil er offenbar beim Lernen ein bisschen langsamer ist, als sich der Obermacho das so vorstellt. Oscar braucht für seine Hausaufgaben nicht eine Stunde, sondern manchmal zwei. Und? Wo ist das Problem bitte? Katja aus der WG hat drei Jahre gebraucht, bis sie ihren Namen schreiben konnte. Okay, sie hat von Geburt was mitgekriegt, aber sie ist auch ein Mensch. Katja wird nicht Raumfahrerin mit Doktortitel werden, sondern beim Gemüsehändler Kisten sortieren und Fenster putzen. Und? Gibt's da ein Problem? Es muss nicht jeder gleichzeitig Olympiasieger, Professor der Medizin und Inhaber einer megafetten Internetfirma sein. Aber Corinnes Vater hat klargemacht, dass er Kinder nur dann als brauchbare Menschen akzeptiert, wenn sie keine Kinder sind, sondern brave Lernroboter. Wenn du mich fragst, wird Oscar seinem Vater irgendwann die Zähne einschlagen. Ich würde das tun. Oder er wird auch so ein kranker Freak, der seine Familie terrorisiert.«

Hoffmann lauschte genau in die Erzählung, in den Tonfall, in die Höhen und Tiefen der Stimme, er ließ die Miene seines jungen Gesprächspartners nicht aus den Augen. Da hatte sich eine Menge angestaut. Gut, dass etwas davon abfließen konnte.

»Und weißt du etwas über das Verhältnis zwischen Corinnes Eltern?«

Lukas verzog die Miene.

»Die Mutter ist nicht so übel. Sie bemüht sich schon, dass es ihren Kindern gut geht. Sie schaut auch total super aus. Hab sie mal aus der Ferne gesehen. Hui, frage nicht. Echt fesch. Corinne hat ihr tolles Aussehen von ihrer Mutter. Aber das ist nur der Verputz. Unten drunter ist sie, glaube ich, eine total unsichere Frau. Kennt sich im Leben irgendwie gar nicht aus. He, Wolfgang, ich weiß was ich sage, ich habe schon ein paar Kumpels, die voll schräg durchs Leben gehen. Ich erkenne so etwas. Und Corinnes Mutter ist so eine, die geht voll schräg durchs Leben. Wie gesagt, nicht ungut oder so, aber schon ziemlich krank, wenn sie so einen Mann nicht innerhalb von fünf Minuten in die Wüste schickt. Und Corinnes Oma? Ich sage nur ein Wort: Hausdrachen.«

»Was ist mit ihr?«

»Die macht ganz gezielt und planmäßig Corinnes Mutter das Leben zur Hölle. Würde ich mal so sagen. Reine Schikane. ›Schwiegertochter, hol mir einen Pullover. Nicht den gelben, den grünen. Du hast den Pullover zu heiß gewaschen, der ist nicht flauschig. Du musst viermal pro Woche den Staub saugen, dreimal pro Woche staubsaugen beweist nur, dass du ein schlampiges Luder bist und den Pflichten einer Hausfrau nicht im geringsten nachkommen willst …‹ Solche Sachen. Aber pausenlos. Und an Corinne hat die alte Hyäne auch dauernd herumgenörgelt.«

»Warum hast du Corinnes Mutter beschattet? Du weißt schon, in der Straßenbahn und danach am Donaukanal.«

»War wieder mal bei der Villa. Hab gehofft, irgendein Anzeichen von Corinne zu entdecken. Da ist sie aus dem Haus gegangen, und ich bin einfach an ihr drangeblieben. Ohne Plan, einfach so.«

Lukas ließ seinen Blick eine Weile in der Raumecke hängen. Hoffmann unterbrach das Grübeln nicht. Er wartete einfach. Es sprudelte ja, da brauchte er nicht nachzubohren.

»Weißt du, was für mich unglaublich ist?«, fragte Lukas nach einer Weile.

»Sag schon.«

Er schaute wieder Hoffmann an. Hoffmann war, obwohl er den jungen Mann schon ein wenig kennengelernt hatte, etwas überrascht von diesem schlauen und abgeklärten Blick. Interessanter Bursche.

»Dass Corinne trotz solcher Freaks in der Familie so … wie soll ich sagen? … so … keine Ahnung …«

»Lebensklug?«

Lukas war überrascht.

»He! Geiles Wort! Lebensklug. Klingt saugut. Und passt zu Corinne. Ja, lebensklug passt total.«

»Könnte man zu dir auch sagen.«

Lukas starrte Hoffmann an.

»Zu mir? Wieso das?«

Hoffmann zuckte mit den Schultern.

»Na ja, ein 17-Jähriger, der von einer Jugend-WG abgehauen ist, der seit Monaten auf der Straße lebt, der keine Lehrstelle oder keinen Schulplatz hat, der mit Drogen in Kontakt gekommen ist und der sein Leben doch irgendwie im Griff hat und eine Menge Bücher liest, muss über irgendeine Form der Klugheit verfügen. Meinst du nicht auch?«

»Kann sein. Hab noch nie darüber nachgedacht.«

»Du lebst dein Leben einfach.«

»Ich bin 17! Wann soll ich leben? Wenn ich 100 bin, oder wenn der Herr Bundespräsident mir eine SMS schickt? Los, lieber Lukas, jetzt darfst du drei Monate lang leben, danach musst du aber wieder fleißig arbeiten und ja nicht selbstständig denken!«

Hoffmann lachte. Er nahm einen Schluck Tee.

»Sag ich ja, lebensklug.«

»Drauf geschissen!«

40. SZENE

Ihre Hände zitterten. Nicht vor Kälte, der Mantel wärmte gut, überhaupt war sie gegen den Wintereinbruch gewappnet. Dicke

Schneeflocken fielen vom Himmel, durchquerten die von den Straßenlaternen geformte Lichtkuppel der Stadt und schmiegten sich lautlos auf den Asphalt. Und auf ihren Mantel und ihre Mütze. Sie hielt die Bankomatkarte in der Hand. Der Geldautomat stand betriebsbereit vor ihr. Verfügten solche Apparate nicht über eingebaute Kameras? Bestimmt war das so. Vor allem jene Apparate, die nicht in den hell erleuchteten Vorräumen von Bankfilialen, sondern auf offener Straße standen.

In welcher Stadt war sie überhaupt? Alice rang mit ausbrechender Panik. Sie wusste noch genau, dass sie in einem Zug gesessen hatte. Erste Klasse. Eine ruhige Fahrt. Scheinbar schwerelos war der Zug durch die Nacht gerollt. Welche Stadt, verdammt noch mal?

Sie musste es tun. Es gab keine Alternative. In ihrem Portemonnaie befanden sich nur noch ein einziger Geldschein und ein paar Münzen. Und sie hatte sich in einem Hotel der Innenstadt ein Zimmer genommen. Sie kniff die Lippen zusammen und schob die Karte in den Kartenschlitz des Apparates. Alice erschrak, als die Karte eingezogen wurde. Natürlich hatte sie schon tausendmal Geld von einem Automaten behoben, warum also hatte sie diesmal geradezu Panik vor dem Gerät? Sie wusste die Geheimzahl nicht!

Verdammt!

Wie lautete die Zahl? Alice dachte angestrengt nach. 1679? 7916? 9761? 5534? Sie hatte keine Ahnung. Jetzt zitterten nicht nur ihre Hände. Was sollte sie tun? Die Transaktion abbrechen? Fortlaufen? Um Hilfe schreien? Niemand war auf der Straße. Dunkelheit, Stille im dichten Schneefall, Einsamkeit. Welche Stadt? Sie brauchte Geld. Auf ihrem Konto lagen bedeutende Geldbeträge, in ihrer Geldbörse nicht. Sie musste es schaffen!

Alice tippte irgendeine vierstellige Zahl in die Tastatur. Wie oft konnte man die Eingabe wiederholen, bis die Karte von der Maschine unwiderruflich geschluckt wurde? Alice starrte fassungslos auf die Anzeige. Sie wurde aufgefordert, einen Betrag auszuwählen. Geschafft! Die Zahl war korrekt gewesen! Beim ersten Versuch schon. Wie hatte die Zahl gelautet? Sie hatte keine Ahnung. Sie behob den maximalen Betrag. Die Maschine spuckte die Karte aus. Und grüne Euronoten. Sie war gerettet.

Alice stapfte durch den Schnee. Wo lag das Hotel? Ging sie in die richtige Richtung? Da, diese Ecke kam ihr bekannt vor. Sie eilte weiter. Wie hatte sie das bloß geschafft? Das Hotel lag vor ihr.

Salzburg!

Jetzt war wieder alles klar. Sie befand sich in Salzburg. Sie war in Wien in den Zug gestiegen und in Salzburg wieder aus. Warum eigentlich? Was hatte sie in Salzburg zu suchen? Was war nur mit ihrem Leben geschehen? Alles löste sich in Millionen Fragen auf. Und nirgendwo kamen Antworten in Sicht.

Sie war müde. Die Strapazen der Reise waren gewaltig. Sie dachte nach. Obwohl eine Zugfahrt von Wien nach Salzburg nicht sehr strapaziös sein konnte. So weit war die Strecke nicht, und die verkehrenden Zuggarnituren waren bequem, schnell und sauber, sie hatte am Bahnhof eine Zeitschrift gekauft und darin geblättert, vom freundlichen jungen Mann des mobilen Bordservices hatte sie sich einen Becher Tee servieren lassen und war sogar ein Viertelstündchen eingenickt. Da konnte man wohl nicht von einer strapaziösen Reise reden. Das Leben als solches forderte sie. Das Leben war die Strapaze.

Alice tauchte in die Helligkeit des Hotelfoyers. Ein kleines Haus, aber komfortabel.

»Jetzt hat es sich richtig eingeschneit.«

Alice riss sich aus ihrer Versenkung und schaute um sich. Hatten die Worte ihr gegolten? Ihr war so, als ob sie angesprochen worden wäre. Die Empfangsdame an der Rezeption schaute sie an.

»Wie bitte?«

»Der Schneefall. Jetzt geht es richtig los. Der Wetterbericht hat es angekündigt.«

Genau, es schneite ja in Salzburg! Hatte sie gar nicht bemerkt. Alice klopfte sich den Schnee vom Mantel und schüttelte ihre Mütze aus. Mit Entsetzen sah sie, dass sie den Teppichläufer im Foyer bespritzt hatte. Sie starrte die Empfangsdame mit weit aufgerissenen Augen an.

»Kein Problem, gnädige Frau. Wenn es so schneit, dann wird es nass. Wir machen das gleich sauber.«

»Vielen Dank. Und entschuldigen Sie bitte.«

»Es gibt keinen Grund, sich zu entschuldigen. Soll ich Ihre Schuhe und den Mantel über Nacht zur Reinigung bringen?«

Alice dachte angestrengt nach, was diese Frage bedeuten konnte.

»Nein danke, das ist nicht nötig.«

»Kann ich sonst noch etwas für Sie tun?«

»Ist es möglich, eine Tasse Tee auf mein Zimmer bringen zu lassen?«

»Selbstverständlich.«

»Zimmer 416.«

»Ich weiß. Was hätten Sie denn gerne für einen Tee? Assam, Darjeeling, Kräutertee, Pfefferminztee?«

Alice überlegte.

»Am liebsten Schwarztee mit Rum. Den Rum doppelt.«

Die Empfangsdame nickte. Alice stand im Fahrstuhl. Wie eng hier alles war. Sie hasste Fahrstühle. Warum hatte sie nicht die Treppe genommen? Immer diese Fragen.

DIENSTAG

41. SZENE

Walter Kaltenegger stand im Fahrstuhl und schaute auf die Anzeige. Erdgeschoss, erster Stock, zweiter Stock. Die Tür glitt auf, er trat aus der Kabine. Ein Schatten flog an ihm vorbei. Er stockte kurz und verzog seine Miene.

»Wenn du mich schon halb umrennst, könntest du dich auch entschuldigen, Frau Kollegin!«

»Entschuldige, Öltank!«, rief Caroline Stranek über die Schulter und winkte lässig mit der rechten Hand.

Wie immer rannte die Frau durch das Kommissariat. Sie trat ohne zu klopfen in das Büro Kalteneggers und Körners. Kaltenegger zog seine Stirn in Falten. Da waren zwei Frauen in der Gruppe beschäftigt, aber keine war der wirklich weibliche Typ. Also so wie er weiblich verstand, kuschelig, rundlich, häuslich. Nein, die eine war eine militante Amazone, und die andere befand sich auf dem Weg dahin. Caroline Stranek hatte die Tür zum Büro offen stehen lassen. Kaltenegger trat ein.

»Guten Morgen, die Damen.«

Stranek stand vor Körners Schreibtisch. Die beiden Frauen besprachen etwas Fachliches. Kaltenegger hörte gar nicht hin, er stellte seine Tasche auf den Tisch und packte die Jause aus. Seine Frau hatte ihm wie meist zwei Wurstbrote eingepackt.

»Und grüßen könnt ihr auch nicht.«

Vorerst keine Reaktion.

»Was hast du gesagt?«, fragte Körner mit einiger Verzögerung.

Kaltenegger brummte vor sich hin.

»Ich habe gesagt, dass ihr nicht grüßen könnt.«

»Guten Morgen, Walter.«

»Guten Morgen, Walter.«

Kaltenegger stutzte, er blickte hinüber. Die beiden Frauen schauten ihn mit großen Augen und breit lächelnd an. Er stemmte seine Fäuste in die Hüften.

»Na, wenn ihr zwei Grazien mich so anschaut, dann ...«

»Dann was?«, hakte Stranek keck nach.

»Dann gibt es Arbeit für mich.«

Die beiden Frauen nickten einhellig mit dem Kopf.

»Walter, du bist so clever. Wir haben da wirklich etwas für dich.«

Wie immer die Stranek. Immer eine rotzfreche Lippe. Kaltenegger verdrehte die Augen.

»Darf ich mich zuerst setzen oder soll ich gleich aus dem Fenster springen?«

»Setzen ist okay.«

Kaltenegger ließ sich theatralisch auf den Schreibtischstuhl fallen. Ein kleines Ächzen, kurz einmal Luft holen, und schon war er bei der Sache. Er fasste seine Kollegin Stranek scharf ins Auge.

»Caroline.«

Sie hob das Papier von Körners Schreibtisch und legte es vor Kaltenegger ab.

»Der erste Bericht vom Tatort.«

Am Vortag hatte Kaltenegger Stranek gebeten, der Spurensicherung auf den Zahn zu fühlen. Das hatte sie getan.

»Sehr gut.«

»Sicher ist jetzt schon mal, dass das Opfer mithilfe einer Wolldecke durch das Dickicht gezogen worden ist. Es gibt eindeutige Schleifspuren. Die Decke war grün und rot.«

»Es sind also Fäden gefunden worden.«

»An einer Wurzel ist ein Stückchen hängen geblieben.«

»Na, eine rot-grüne Decke haben wir im größeren Umfeld nicht gefunden. Der Täter hat sie wieder mitgenommen.«

»Wahrscheinlich hat er die Gegend und die Wege gut gekannt. Oder gründlich ausgekundschaftet. Das Gebüsch ist dort ja sehr dicht, und der Täter ist mit dem Auto so weit wie möglich den Wanderweg entlang gefahren.«

»Reifenspuren?«

»Keine wirklich verwertbaren, das Opfer lag ja schon ein paar Tage im Wald.«

»Klingt alles gut organisiert.«

»Entweder ein Profi oder ein Einzeltäter mit hoher krimineller Energie.«

Kaltenegger schaute zu Körner hinüber.

»Wie schaut es mit den Vermisstenanzeigen aus?«

Körner hob vier Finger von ihrer rechten Hand.

»Vier Kandidaten. Ein Wiener, ein Mann aus Krems, ein Ungar aus Győr und ein Russe aus einem Vorort von Moskau.«

Kaltenegger zog die Augenbrauen hoch.

»Aus Moskau?«

»Geschäftsmann auf Reisen, der zuletzt in Wien war, aber von seiner Reise nicht mehr in die Heimat zurückgekehrt ist. Rückflug verpasst, Hotelrechnung nicht bezahlt, keine Nachrichten an seinen russischen Dienstgeber. Von der Familie habe ich bisher nichts gehört. Der Mann ist mit hoher Wahrscheinlichkeit in Wien oder Umgebung vor ein paar Tagen spurlos verschwunden. Die äußere Beschreibung der Leiche passt bisher auf alle verfügbaren Daten über den Mann.«

»Na viel Spaß, ein toter Russe am Kahlenberg. Das hat uns gerade noch gefehlt.«

»Die Abklärung des Zahnbefundes dauert noch.«

»Das glaub ich gerne. Von den russischen Behörden Infos zu bekommen, ist ein Glücks- und Geduldspiel.«

Stranek mischte sich ins Gespräch.

»Aber *Russe* wäre doch schon mal ein Ansatz. Die Ausführung des Mordes könnte von einem Profikiller der russischen Mafia begangen worden sein. Drei Kopfschüsse, Hände ab, tief ins Gebüsch.«

Kaltenegger wiegte den Kopf.

»Würde auf jeden Fall ins Schema passen. Sigrid, schau dir diesen Russen genau an. Alles, was du kriegen kannst.«

»Klar. Mach ich.«

Kaltenegger überdachte das Gesagte. Er runzelte skeptisch die Stirn.

»Und was soll ich jetzt für euch tun?«, fragte er.

»Du musst mit der Chefetage reden.«

Kaltenegger verzog seine Miene.

»Irgendetwas ist passiert. So viel ist sicher.«

Stranek zog die Lippen breit, Körner kratzte sich am Kopf.

»Mein Dienstauto braucht eine Politur.«

Kaltenegger gaffte Stranek mit weit aufgerissenen Augen an.

»Hast du dein Auto schon wieder ruiniert?«

»Pech. Echt, diesmal war es reines Pech.«

»Erzähl.«

»Die Straße war glatt.«

»Im Winter kein Wunder.«

»Der Streudienst war säumig.«

»Riecht ihr das? Das ist der Mief der faulen Ausrede.«

»Ich bin nicht faul!«

»Mehr Hintergrundinformation bitte.«

Stranek würgte das Geständnis hervor.

»Die Sigrid und ich sind gestern noch unterwegs gewesen. Bei der Heimfahrt hab ich eine Kurve nicht richtig gekriegt. Der Wagen hat keinen Totalschaden, aber ein paar kleine Kratzer von einer Hausecke. Na ja, vielleicht nicht so klein.«

Kaltenegger schüttelte den Kopf.

»Ihr zwei seid unterwegs gewesen?«

»Ja.«

»Nachts?«

»Abends. Ich habe noch ein paar Dinge abklären müssen. Sigrid hat mich begleitet.«

»Ich habe abends Zeit gehabt und bin bei Caroline einfach eingestiegen.«

Kaltenegger runzelte die Stirn.

»Wenn ich die dunklen Andeutungen richtig verstehe, dann seid ihr von Bar zu Bar gezogen?«

»Ja.«

»Na, wenn ihr zwei gemeinsam auf Aufriss geht, dann muss die Männerschaft in Deckung gehen. Achtung, hier wird scharf geschossen! Nur die Automechaniker freuen sich.«

»Blödsinn! Wir waren nicht auf Aufriss. Lass deine sexistischen Bemerkungen, sonst beschwere ich mich bei der Gleichbehandlungsstelle. Wir haben ein Bierchen getrunken«, keifte Stranek.

»Ich sehe klar. Ihr habt euch volllaufen lassen und seid dann in die nächstbeste Mauer gekracht.«

Körner winkte energisch ab.

»Volllaufen nicht! Wir sind doch keine Säuferinnen.«

»Habe ich bis jetzt auch gedacht.«

»Aber ein bisschen alkoholisiert war ich schon. War ja außer Dienst. Caroline nicht, und sie ist gefahren.«

Kaltenegger starrte Stranek überrascht an.

»Du willst mir sagen, du warst nicht alkoholisiert, aber zerschrammst deinen Dienstwagen? Die Frau, die mit dem Motorrad durch brennende Feuerringe springen kann, erwischt eine simple Kurve nicht? Willst du mich für blöd verkaufen?«

»Niemals, Walter, niemals. Aber ich habe einen Alkotest gemacht. Null Promille. Das ist amtlich.«

»Hast du nicht gesagt, ihr habt ein Bierchen getrunken?«

»Meine Leber arbeitet einwandfrei. Die Zehntelpromille waren gleich wieder weg.«

»Vertuschung und Verschleierung!«

»Die Kollegen vom Streifendienst haben eine korrekte Amtshandlung durchgeführt. Bitte keine haltlosen Unterstellungen gegen nicht anwesende Kollegen.«

»Caroline, du gehst mir auf die Nerven!«

»Ich weiß. Und manchmal tut mir das auch leid.«

»Und was soll ich da jetzt tun? Ich bin nicht euer Vorgesetzter.«

Stranek und Körner schauten ihn treuherzig an. Ja, auf einmal taten sie Hilfe suchend weiblich. Und die Körner ganz mädchenhaft und zuckersüß.

»Kannst du bitte mit dem Gerald zuerst reden? Schonend.«

Kaltenegger seufzte schwer.

»Weiberbande verflixte. Ja sicher, ich rede mit dem Gerald. Mir bleibt eh nichts anderes übrig.«

42. SZENE

Er trat aus der Zuggarnitur und marschierte im Menschenstrom in Richtung Ausgang. Die Lage des Büros hatte eine Fahrt mit der U-Bahn nahegelegt. U-Bahn-Station Reumannplatz im 10. Bezirk. Er tauchte in die lebhafte Fußgängerzone im Wiener Außenbezirk. Das Wetter war trüb, nicht sehr kalt, und es schien, als ob die Schneefälle, die Westösterreich erfasst hatten, heute nicht den Osten erreichen würden. Vielleicht spätnachts oder morgen. Hoffmann bog in eine Seitengasse und kam zu einem Bürogebäude. Mehrere Firmen hatten hier ihre Niederlassungen. Hoffmann stand vor einem Schild mit einem Lageplan des Gebäudes und einer Firmenliste. Dritter Stock.

Die Firma nahm den gesamten dritten Stock ein, Hoffmann tippte überschlägig auf 30 Büros. Die Produktionsanlage und das Lagerhaus der Firma aus dem Anlagenbau lag im Industriegebiet am Stadtrand, hier war nur die Verwaltungseinheit. Hoffmann meldete sich im Sekretariat an und wartete ein Weilchen, bis er von einer blutjungen Sekretärin abgeholt wurde. Er las den Namen auf dem Türschild. Ing. Richard Burgstaller, Leitung Technischer Verkauf. Die Sekretärin führte ihn in das Büro.

Hell, übersichtlich, modern und funktional eingerichtet, drei kleine Topfpflanzen, der Ausblick aus den Fenstern war völlig uninteressant. Nur die Fassade des Nachbarhauses.

»Guten Tag.«

»Guten Tag. Wolfgang Hoffmann.«

Richard Burgstaller schüttelte Hoffmann die Hand und wies auf den Stuhl vor dem Schreibtisch.«

»Herr Hoffmann, nehmen Sie bitte Platz.«

»Danke sehr.«

Genauso hatte sich Hoffmann den Mann vorgestellt. Ein tatkräftiger Mann Mitte 40, übergewichtig und gut gekleidet, ein Mann, der es gewohnt war, an seinem Arbeitsplatz Instruktionen zu geben. Ganz bestimmt ein Vollprofi in seinem Beruf. In jungen Jahren hatte er wohl ziemlich gut ausgesehen, jetzt war er Führungskraft in einem mittelständischen Industrieunternehmen.

»Wollen Sie eine Tasse Kaffee? Mineralwasser? Apfelsaft?«

»Ein kleiner Brauner wäre nicht schlecht.«

Burgstaller nickte zustimmend und griff zum Tischtelefon. Er bestellte zwei kleine Braune, setzte sich schließlich und fixierte Hoffmann genau.

»Ich hoffe, Sie hatten eine angenehme Rückreise aus Regensburg.«

Burgstaller verdrehte die Augen.

»Leider nicht so ganz. Von Passau bis nach Linz hat es gestern Nacht ergiebig geschneit. Bevor der Räumdienst durchgekommen ist, gab es schon ein paar Blechschäden. Ich bin teilweise im Schritttempo gefahren. Ab Linz war die Fahrbahn trocken.«

»Und jetzt sind Sie schon wieder im Büro.«

»So ist das nun mal. Arbeit, Arbeit, Arbeit! Zum Glück bin ich jetzt nicht mehr so viel auf Reisen wie früher. Gut, da war ich ja auch noch jünger. Und die Reisetätigkeit hat mir damals auch Spaß gemacht.«

Es klopfte an der Tür. Die junge Sekretärin brachte ein Tablett mit zwei kleinen Tassen. Die beiden Männer bedankten sich bei der jungen Frau. Hoffmann nippte an der Tasse. Burgstaller hielt die Sekretärin im Blick, bis diese die Bürotür von außen geschlossen hatte.

»Also Herr Hoffmann, was können Sie mir zum Verschwinden meines Bruders sagen?«

»Leider nicht viel. Aber bevor wir hier ins Detail gehen, muss ich Ihnen mitteilen, dass ich nicht in dienstlichem Auftrag hier bin.«

Burgstaller runzelte die Stirn.

»Nicht dienstlich? Was soll das heißen?«

Hoffmann zog eine seiner Visitenkarten und reichte sie über den Schreibtisch.

»Ich bin Polizist, das stimmt schon, aber ich bin derzeit wegen gesundheitlicher Angelegenheiten nicht im Dienst. Ich bin ein privater Bekannter von Alice Berg. Sie hat mich gebeten, nach ihrem Mann Ausschau zu halten. Bei meinen Erkundigungen bin ich auf Ihren Bruder gestoßen, also eigentlich vielmehr auf die Abwesenheit Ihres Bruders.«

»Ich verstehe noch immer nicht, was das überhaupt soll. Zuerst sagen Sie, Sie suchen nach Bernhard, und jetzt ist das alles nur eine Privatangelegenheit. Wollen Sie mich verschaukeln?«

Warum war der Mann so schroff? War er immer so? Was reizte seine Stimmung?

»Nein, Herr Burgstaller, ich will Sie nicht verschaukeln, ich will Ihre und schon gar nicht meine Zeit unnötig strapazieren. Ich will ein paar Antworten. Und es geht um das Verschwinden von vier Menschen.«

»Vier? Wieso jetzt auf einmal vier?«

»Ihr Bruder Bernhard, Jürgen Berg und dann noch Corinne und Oscar Berg. Das sind die schulpflichtigen Kinder Jürgen Bergs.«

»Die sind auch verschwunden?«

»Ich habe keinerlei Anhaltspunkte für deren gegenwärtigen Aufenthalt.«

»Vermuten Sie ein Verbrechen?«

»Sobald ich einen begründeten Verdacht habe, wende ich mich an meine Kollegen im Kommissariat und übergebe denen meine Rechercheergebnisse.«

»Und warum tun Sie das? Sie sind doch außer Dienst.«

»Weil ich Frau Berg einen Gefallen erweisen will und wissen will, wo Corinne und Oscar sind.«

Burgstaller verschränkte seine Arme und sinnierte ein Weilchen. Seine distanzierte Miene glättete sich.

»Okay, jetzt sehe ich klar.«

»Herr Burgstaller, ich wäre Ihnen dankbar, wenn Sie mir sagen würden, weswegen Sie eine Vermisstenanzeige aufgegeben haben.«

»Also gleich mal zur Klarstellung. Ich habe den Verdacht, dass meinem Bruder irgendetwas zugestoßen ist. Ich weiß nicht, was, aber irgendetwas muss da passiert sein.«

»Ich bin ganz Ohr.«

»Bernhard führt sein eigenes Leben, er ist erwachsen und nur er selbst ist für seine Handlungen verantwortlich, aber ich habe ihm in den letzten zehn Jahren mehrmals gesagt, dass seine Frauengeschichten ziemlich verrückt sind. Ich will da nicht den prüden großen Bruder spielen, ganz und gar nicht, soll jeder sein Leben führen, wie es ihm passt. Und wenn er alle paar Monate eine andere Flamme hat? Na warum nicht? Wenn zwei erwachsene Menschen miteinander ins Bett gehen, sollen sie das halt. Das ist Privatsache.«

»Was war an den Frauengeschichten so verrückt?«

»Na die Frauen! Und damit eigentlich auch Bernhard. Er ist ein intelligenter Mann, sein Studium hat er souverän gemeistert, in seinem Beruf ist er eine Kapazität und im alltäglichen Umgang ist er vollkommen normal. Verlässlich. Pünktlich. Höflich. Es gibt an meinem Bruder eigentlich nur einen Punkt, den ich als etwas außergewöhnlich bezeichnen würde. Und das ist seine Wahl an Partnerinnen. Bernhard war immer schon ein Mädchenschwarm. Und wie er im Gymnasium und danach auf der Uni angehimmelt worden ist! An jeder Hand zwei potenzielle Freundinnen. Und er hat diese Gunst der Natur auch weidlich ausgenützt. Aber irgendwann habe ich mir gedacht, so, jetzt ist die Studienzeit vorbei, jetzt könnte Bernhard schön langsam etwas reifer werden. Leider nicht. Es ist noch schlimmer geworden. Nach dem Studium hat er Beziehungen zu verheirateten Frauen angefangen. Und sich dabei meist, ich will das jetzt höflich sagen, die etwas anspruchsvolleren Damen ausgesucht.«

»Anspruchsvoll? Sie meinen wohlhabende Frauen?«

»Anspruchsvoll bezieht sich nicht so sehr auf deren Geld, sondern eher mehr auf den Umgang mit ihnen.«

»Mir ist noch nicht ganz klar, was Sie meinen.«

»Durchgeknallte Hausfrauen! Das meine ich mit anspruchsvoll. Da war eine irrer als die andere. Neurotikerinnen, wenn Sie so wollen. Offenbar macht ihn das irgendwie an, wenn eine Frau ein bisschen neben der Spur geht. Und offenbar macht ihn auch an, irgendwelchen Männern Hörner aufzusetzen. Ich weiß nicht, ob man das eine Perversion nennen kann, aber ganz gesund ist das nicht. Meiner Meinung nach.«

»Ich verstehe.«

»Aber er ist ein Gentleman! Zum Glück. Wenn eine Frau klar macht, dass sie seine Komplimente und Einflüsterungen nicht hören mag, dann lässt er sie auch in Ruhe. Wie gesagt, Bernhard ist wirklich ein höflicher Mensch. Vielleicht hat er gerade deswegen so viel Erfolg bei den Frauen.«

»Ihr Bruder ist ja seit mehreren Jahren in Jürgen Bergs Firma beschäftigt.«

»Ich weiß gar nicht so genau, wie lange. Ungefähr seit vier oder fünf Jahren arbeitet er dort. Der Antiquitätenhandel passt gut zu ihm. Er liebt schöne Möbel. Er hat einen Sinn für das Kostbare und das Schöne in alten Dingen.«

»Glauben Sie, dass Bernhard auch mit Alice Berg ein Verhältnis angefangen hat?«

Richard Burgstaller starrte Hoffmann für eine Sekunde scharf an.

»Ich *glaube* nicht, ich *weiß*, dass er mit Alice ein Verhältnis hatte.«

»Eine Affäre oder eine längere Beziehung?«

»Vorerst war das eine Affäre. Bernhard hat sich mit ihr mehrmals in der Schweiz getroffen. Alice ist ja Schweizerin, ihre Eltern haben irgendwo eine riesige Villa, und sie ist mit ihren Kindern des Öfteren dort gewesen. Ihre Eltern haben auf die Kinder aufgepasst, der Ehemann hat in Wien gearbeitet, und sie hat sich mit Bernhard in Zürich oder St. Gallen für ein Stelldichein im Hotel getroffen.«

»Und das wissen Sie genau?«

»Bernhard hat mir davon erzählt.«

»War das vor Kurzem?«

»Nein. Das war vor etwa anderthalb Jahren. Ein paar mal haben sie sich getroffen. Damals hat mir Bernhard davon erzählt. Er war total verschossen in die Frau. Ich kenne die Dame nicht persönlich, aber was mein Bruder so sagt, ist sie sehr attraktiv. Dann dürfte sie ihn gemieden haben, vielleicht weil der Ehemann misstrauisch geworden ist. In letzter Zeit hat Bernhard nur in dunklen Andeutungen den Namen Alice in den Mund genommen. Er war sogar bereit, von seinem Leben als Junggeselle Abschied zu nehmen, wenn sie sich für ihn entscheidet. Hat er zumindest so gesagt.«

Hoffmann kratzte sein Kinn.

»Sie wissen aber sehr gut über das Liebesleben Ihres Bruders Bescheid.«

»Er besucht mich regelmäßig. Wir spielen gemeinsam Tennis oder machen Radtouren, gehen gemeinsam ins Restaurant oder er ist bei mir zu Hause zu Gast.«

»Ich sehe einen Ehering an Ihrem Finger.«

»Allerdings. Ich bin seit 14 Jahren verheiratet. Anni und ich haben einen Sohn. Er ist elf. Bernhard kommt etwa alle vier bis sechs Wochen in mein Haus zum Sonntagstisch. Seit unsere Eltern tot sind, halten wir bewusst Kontakt zueinander.«

»Kommen wir zur Vermisstenanzeige.«

»Ja. Vor knapp zwei Wochen war er zum Essen eingeladen. Meine Frau hat gekocht, ich habe den Tisch gedeckt. Aber Bernhard ist nicht aufgetaucht. Kein Anruf, keine SMS, keine E-Mail. Und sein Telefon ist seit damals stumm, ich erreiche ihn einfach nicht.«

»Sie sagten, Ihr Bruder sei verlässlich.«

»Absolut. Wenn er eine Abmachung nicht einhalten kann, dann ruft er an oder schickt mir eine SMS. Und er macht bei seinen vielen Terminen keine Fehler. Management, das hat er auf der Uni gelernt.«

»Sie haben also die Vermisstenanzeige aufgegeben, weil ihr Bruder einmal nicht zum Essen erschienen ist.«

»Nicht nur deswegen.«

»Sondern?«

»Wegen des Eklats vor knapp drei Wochen. Oder ist es vier her? Weiß ich nicht im Detail, da müsste ich in meinem Kalender nachschauen.«

Hoffmann spitzte die Ohren.

»Was für ein Eklat?«

Burgstaller holte tief Luft.

»Jürgen Berg hat herausgekriegt, dass sein Mitarbeiter sich an seine Frau herangemacht hat.«

»So etwas kann passieren.«

»Bernhard hat mit dem Feuer gespielt.«

»Die beiden Männer sind aufeinander geknallt.«

»Und haben Blitze geschlagen. Angeblich hat Jürgen Berg meinen Bruder mit dem Tod bedroht.«

Hoffmann verzog seine Miene.

»Jetzt wird die Sache unlustig.«

»Allerdings. Ich kenne diesen Jürgen Berg nur aus der Distanz, aber ich glaube, der Mann ist verrückt. Zumindest auf eine unangenehme Art gefährlich. Ich möchte kein Möbeldieb sein und im Lagerhaus vom Eigentümer auf frischer Tat ertappt werden.«

»Wissen Sie etwas von Waffen?«

»Nichts Konkretes. Aber es würde mich wundern, wenn ein schwerreicher Möbelhändler nicht mindestens eine Pistole im Schrank hat.«

»Die Annahme liegt nahe.«

»In jedem Fall hat mir Bernhard in einem irgendwie wirren Telefonat von dem Streit erzählt. Dann ist er nach Belgien abgereist.«

»Eine Geschäftsreise?«

»Sozusagen. Jürgen Berg hat Bernhard gekündigt. Oder Bernhard hat selbst gekündigt? Das weiß ich nicht. In jedem Fall musste Bernhard sich beruflich neu ausrichten. Er hat gute Kontakte in Brüssel und wollte sich dort mit einigen Bekannten aus der Branche treffen.«

»Und nach dieser Geschäftsreise hätte er in Ihr Haus zum Mittagessen kommen sollen?«

»Genau. Und er war ja auch in Wien. Kurz zumindest. Ich habe ihn in der U-Bahn gesehen.«

»Schildern Sie die Situation.«

»Sie sehen ja, wo ich arbeite. Wenn ich im Büro bin, nehme ich die U-Bahn. Einmal um die Ecke, und ich bin im Büro. In der Haltestelle Südtiroler Platz habe ich ihn gesehen. Mein Zug ist gerade abgefahren, und Bernhard war an einer Rolltreppe. Ich habe ihn sofort angerufen, aber er hat den Anruf nicht entgegengenommen.«

»Wann war das?«

»An einem Freitag. Tags darauf, am Samstag, war das Essen geplant. Seither habe ich keinen Kontakt mehr zu ihm.«

»Sehr undurchsichtige Situation.«

»Und jetzt kommen Sie mit der Aussage, dieser Herr Berg sei auch verschwunden. Ich bin beunruhigt.«

Hoffmann legte kurz seinen Kopf in den Nacken und schaute dann zum Fenster.

»Berechtigterweise, Herr Burgstaller. Ich bin auch ganz unrund.«

»Meine schlimmste Befürchtung ist, dass Jürgen Berg meinem Bruder etwas angetan hat. Ich bin mir fast sicher, dass da etwas passiert ist. Oder umgekehrt. Ein Streit, eine Tat im Affekt, alles ist möglich.«

»Wir müssen herausfinden, was wirklich passiert ist.«

»Was werden Sie jetzt unternehmen?«

»Ich bin noch am Pläneschmieden, aber eines scheint unerlässlich.«

»Und zwar?«

»Ich werde meinen Kollegen im Kommissariat einen Besuch abstatten und ein bisschen Dampf machen. Mal sehen, was sich ergibt.«

»Halten Sie mich bitte auf dem Laufenden.«

Hoffmann nickte dem Mann zu.

»Das ganz bestimmt. Und Sie rufen mich bitte an, wenn sich Ihr Bruder doch noch melden sollte.«

»Einverstanden.«

Hoffmann leerte die Tasse und erhob sich.

»Vielen Dank für den Kaffee und das Gespräch.«

Die beiden Männer schüttelten einander die Hände. Sie lächelten nicht.

43. SZENE

»He, Alter, was machst du für Sachen?«

Lukas trat an das Krankenbett heran. Kevin lächelte ihn gequält an. Sein Kopf war bandagiert und der linke Arm eingegipst.

»Hi.«

Sie stießen ihre rechten Fäuste aneinander. Vorsichtig diesmal.

»Dass ich dich so bald wieder treffe, war nicht geplant.«

»Der Scheiß hier war nicht geplant.«

Lukas schaute sich im Krankenzimmer um. Vier Betten, alle waren belegt. Zwei ältere Männer, einer mittleren Alters. Und ein Jugendlicher.

»Ist überhaupt schon Besuchszeit?«

»Keine Ahnung.«

Lukas wandte sich an den älteren Mann neben Kevins Bett. Dieser las in der druckfrischen Zeitung.

»Entschuldigung, ist jetzt schon Besuchszeit?«

Der Mann schaute über den Rand seiner Lesebrille.

»Das ist nicht so genau. Wenn der Arzt die Visite macht, musst du halt raus.«

Lukas schaute auf die Wanduhr im Raum.

»Und wann kommt die Visite?«

»Meist gegen elf.«

»Na, da bleibt ja noch Zeit.«

Er zog einen Stuhl heran und setzte sich neben Kevin ans Bett. Unfallstation.

»Jetzt erzähl mir mal, wie das abgegangen ist, verdammt noch mal.«

Kevin verzog seine Miene.

»Na, ich steige aus der Schnellbahn aus, gehe über die Straße, und peng. Scheißautofahrer. Hat während der Fahrt eine SMS geschrieben. Oder gelesen. Oder, fick dich, ein paar Pornobilder auf dem Smartphone angeschaut. Arschloch. Ich war auf dem Zebrastreifen. Scheißkerl.«

Kevin war verdammt heiß. Als Kevin frühmorgens Lukas eine SMS geschrieben und ihm mitgeteilt hatte, dass er im Krankenhaus lag, war Lukas sofort aufgebrochen. Iris hatte ihm sogar Geld für einen Fahrschein mitgegeben. Lukas hatte sich durchgefragt und schließlich in dem riesigen Krankenhaus das richtige Zimmer gefunden.

»Und was hast du?«

»Unterarmbruch. Von der Randsteinkante. Und eine Platzwunde über dem Ohr. Musste genäht werden. Hab geblutet wie eine Schlachtsau. Die Hüfte ist total blau, und beide Knie sind zerschrammt. Das ist nicht ernst.«

Lukas pfiff durch die Zähne.

»Gehirnerschütterung?«

»Nein. Zum Glück.«

»Und das ist gestern Abend passiert?«

»Ja. Nachdem wir uns am Praterstern verabschiedet haben, bin ich rein in die Schnellbahn, raus in Floridsdorf. Und zack.«

»So ein Scheißdreck aber auch.«

»Selbe Meinung.«

»Und Schmerzen?«

»Geht so. Bin auf Droge.«

»Konntest du schlafen?«

»Ja. Nach der Operation war ich eh noch voll groggy, aber sie haben mir trotzdem etwas gegeben. Irgendetwas ganz Leichtes. Hat die Schwester so gesagt. War aber eher ein Killer. Geschlafen wie ein Toter.«

»Eh besser.«

»Warum werde immer ich von allen durch die Mangel gedreht?«

»Von allen nicht.«
»Doch.«
»Ich hab dich nicht durch die Mangel gedreht.«
»Hast du wohl.«
»Hab ich nicht.«
»Doch.«
»Scheiße! Einmal.«
»Eben. Einmal.«
»Dreh mir keinen Strick. Damals hast du es gebraucht.«
»Dir dreh ich den Strick nicht. Mir aber. Irgendwann.«
»Red keinen Scheiß.«
»Immerhin fällt die Schule für die nächsten paar Tage aus.«
»Hat also auch Vorteile.«
Kevin hob seinen eingegipsten Arm.
»Vorteil schaut bei mir anders aus.«
»Scheiß dich nicht an! Armbruch heilt ruckzuck. In Nullkommanichts kannst wieder beidhändig wichsen.«
Die beiden lachten. Auch der ältere Mann vom Nebenbett schaute schmunzelnd über den Rand seiner Brille zu den beiden Jugendlichen rüber.
»Darfst du aufstehen?«
»Keine Ahnung. Meine Beine sind halbwegs okay. Nur Kratzer. Aber die verbläute Hüfte schmerzt massiv bei falschen Bewegungen.«
Kevin zog die Decke von den Beinen. Beide Knie waren leicht bandagiert, auf der Hüfte klebte ein großflächiges Pflaster.
»Ich hole einen Rollstuhl. Sicher ist sicher. Nicht, dass sich da ein Verband löst. Dann machen wir eine Runde.«
»Rollstuhl ist eine gute Idee.«
Lukas verließ das Zimmer und kam wenig später mit einem Rollstuhl zurück. Er half Kevin auf den Stuhl. Zum Glück war Kevin ein Leichtgewicht. Und so schlimm hatte es ihn scheinbar wirklich nicht erwischt. Lukas schob den Rollstuhl den

Gang entlang. Sie kamen zu einem überdachten Balkon, auf dem zwei Männer standen und sich vor Kälte schlotternd an ihre Zigaretten klammerten.

»Hast du Tschik?«, fragte Lukas.

»Nein. Die Packung haben sie mir abgenommen. Bin nicht 16.«

»Das war klar. Krankenhaus ist die Vorstufe für Gefängnis.«

Lukas und Kevin schauten sich verstohlen um. Das Personal beachtete sie nicht. Lukas griff in die Tasche seiner Thermoweste und schob Kevin unauffällig eine Schachtel und eine Packung Kaugummis zu.

»Lass dich nicht erwischen.«

»Ich pass auf.«

»Und teile sie dir ein. Wer weiß, wie lange du hier bleiben musst.«

»Wird nicht so lange sein.«

»Ein paar Tage könnten es schon werden.«

»Ich will gleich eine heizen.«

Kevin zog die Kunststoffverpackung von der Schachtel ab. Lukas öffnete die Tür zum Balkon und schob Kevin raus. Er zog seine Thermoweste aus und reichte sie seinem jungen Kumpel. Kevin rauchte in schnellen Zügen. Die Zigarette glühte.

»Kalt. Rollen wir wieder rein«, sagte Lukas.

Kevin nickte. Er nahm einen Kaugummi. Der Pfefferminzgeschmack linderte den Tabakgeruch. Lukas schob Kevin den Gang hinab. Jens trat aus dem Fahrstuhl. Lukas stockte in der Bewegung. Abhauen? War Jens alleine? War Ilse dabei? Jens entdeckte die beiden Jugendlichen und ging auf sie zu. Lukas und Kevin rührten sich nicht.

»Na ihr zwei.«

»Hallo.«

»Lukas, lange nicht gesehen.«

»Detto.«

»Und du, Kevin, wie geht es dir?«

»Alles senkrecht.«

Peinliche Situation. Jens war Anfang 30, schlank, groß und irre drahtig. Ein Radfahrer und Langstreckenläufer. Blonder Kinnbart und langer Zopf. Vor ein paar Jahren war er aus Ostsachsen fortgegangen und hatte sich in Wien niedergelassen. Wegen einer Beziehung und wegen des Jobs. Jens war diplomierter Sozialpädagoge und verrichtete seit drei Jahren in der WG seine Arbeit. Lukas war heilfroh, dass er Jens begegnet war. Jens war kein Prinzipienreiter, mit Jens konnte man immer reden.

»Wart ihr eine rauchen?«

»Wie kommst du drauf?«, fragte Kevin mit Unschuldsmiene.

»Riecht man ja.«

»Sag der Schwester nichts.«

Jens zuckte mit den Schultern.

»Ihr wisst, was ich von Rauchen halte.«

»Klar, Mister Marathon-Mann.«

»Wenn ihr euch das Zeug unbedingt reinziehen wollt, ist das eure Sache. Aber die Krankenschwestern sollten nichts davon spitzkriegen. Du bist noch zu jung.«

Lukas verzog anerkennend den Mund. Ja, Jens war in Ordnung. Er wusste einfach, wie der Hase lief. Lukas konnte sich erinnern, dass Jens einmal von seiner eigenen nicht ganz unproblematischen Jugend an der deutsch-polnischen Grenze erzählt hatte.

»Und wie geht es dir so, Lukas?«

»Geht so.«

»Wo wohnst du?«

»Bei den Autonomen.«

Jens musterte Lukas.

»Die Kleidung passt schon mal. Kommst du klar?«

»Ja.«

»Hat mir leid getan, dass du abgehauen bist.«
»Musste dort raus.«
»Wie lange noch, bis du 18 bist?«
»Zehn Monate.«
»Doch noch so lange.«
»Wirst du die Polizei rufen?«
Jens boxte Lukas an der Schulter.
»Schau ich aus, als ob ich vorschnell zum Telefon greife?«
»Das nicht.«
»Finde ich super von dir, dass du Kevin gleich besucht hast.«
»Und was machst du hier?«
»Nach Kevin sehen. Papierkram. Alles, was nötig ist. Ilse hat mich geschickt.«
»Zum Glück ist sie nicht selbst gekommen.«
»Ilse wird bald versetzt werden.«
Kevin und Lukas starrten Jens perplex an.
»Echt jetzt?«
»Habe ich euch schon mal blöde Geschichten erzählt?«
»Das nicht.«
»Sie hat einen Schreibtischjob in der Zentrale gekriegt. Ist ab heute offiziell.«
»Und wer wird die WG dann leiten?«
»Ich.«
Die Gesichter der beiden Jugendlichen zeigten breites Grinsen.
»Du bist der Richtige.«
»Danke. Ich freue mich, mehr Verantwortung zu übernehmen. Spornt mich an.«
»Das ist gut.«
»Und Lukas, willst du nicht für die zehn Monate wieder zu uns kommen?«
Lukas verzog seine Miene.
»Steh lieber auf eigenen Beinen. Außerdem ist ja mein Bett bald wieder belegt. Die Tschetschenin.«

»Du bist also informiert.«

»Kevin hat es mir gesagt.«

»Gefällt mir wirklich, dass ihr zwei Kontakt haltet. Aber eines muss ich dir schon noch sagen, Lukas.«

Lukas wusste, was jetzt kommen würde. Jens war okay, Jens war kein Weichei, kein Hosenscheißer, Jens war cool und locker, aber Jens vergaß nie etwas. Und Lukas war just in einer Nacht, in der Jens Dienst gehabt hatte, von der WG abgehauen.

»Die 300 Euro sind noch offen.«

Lukas trat von einem Bein auf das andere.

»Echt, Jens, tut mir leid. Ich mache so etwas normal nicht. Ist eine Scheiße.«

»Ich weiß, dass das nicht dein Stil ist. Aber du hast in die Kasse gegriffen und 300 Euro mitgehen lassen. Solche Sachen finde ich nicht okay.«

»Ich zahle es zurück. Garantiert!«

»Du hast fast ein Jahr Zeit gehabt, es zurückzuzahlen.«

»Scheiße, Jens, geh mir nicht auf die Nerven! Wie soll ich 300 Euro beschaffen? Ich verchecke kein Zeug auf der Straße, ich geh nicht in Einkaufszentren zum Klauen und halte meinen Arsch nicht auf den Strich hin. Ich habe keinen Job. Sobald ich das Geld habe, gebe ich es zurück.«

Jens zeigte auf Lukas.

»Freundchen, ich nehme dich beim Wort. 300 Euro. Du weißt, dass ich das Minus in der Kassa aus meiner Tasche gedeckt habe. Ilse weiß bis heute nichts davon.«

»Ja. Kevin hat es mir gesagt.«

»Enttäusche mich nicht.«

»Garantiert nicht. Und danke.«

»Glaube ich auch, dass da ein kleines Dankeschön fällig ist.«

»Ich regle das.«

»Du weißt, wo du mich finden kannst«, sagte Jens und wandte sich nun Kevin zu. »Wie geht es der Birne?«

»Halbwegs.«

44. SZENE

Ein gutes Gefühl. Ja, er konnte es nicht leugnen, er hatte ein gutes Gefühl. Hoffmann trat durch das Portal in das Gebäude. Sein Kommissariat, seine Wirkungsstätte der letzten Jahre. Wie lange war er schon nicht mehr hier gewesen? Es erschien ihm irreal. Gestern noch hatte er an seinem Schreibtisch gesessen und mit seinem damaligen Zimmerkollegen Gerhard Assmann über dies und das gestritten, dieser oder jener Sache hinterher recherchiert, bei einer Tasse Kaffee einen Bericht der Kriminaltechnik studiert, und doch war es ihm so, als ob all das in einer anderen Epoche stattgefunden hatte. Und was war danach gekommen? Hatte er nicht gestern oder in einer anderen Zeit auch im Krankenhaus gelegen? Verwirrend, das Leben konnte verwirrend und unklar sein. Hoffmann lächelte ein bekanntes Gesicht an, er schüttelte eine Hand und wechselte ein paar Worte. Alle kannten ihn hier, alle wussten um seine Lage Bescheid, allen war er hier als Gast willkommen. Als Gast. Er war kein Polizist. Zumindest derzeit nicht. Warum tat er dann so, als ob er ein Polizist wäre, und mischte sich da in Angelegenheiten, die ihn eigentlich gar nichts angingen? Na gut, Alice hatte ihm den Kopf verdreht, das ja, aber musste er da gleich deren gesamte Lebensgeschichte aufrollen? Hoffmann schüttelte noch einem anderen Kollegen die Hand, scherzte mit dem Mann am Gang, nahm die besten Wünsche für eine baldige Genesung entgegen.

Ja. Er musste. Und er tat es bereits. Gut so. Schnüffeln, das war es, was er konnte, das war es, was er tun musste.

Hoffmann klopfte an die Tür seines alten Freundes Gerald Windisch. Major war er geworden, der gute Gerald, 43 Jahre alt und im Rang eines Majors. Windisch würde es wohl noch ein paar Schritte die Karriereleiter empor schaffen. Hoffmann wünschte es ihm. Gute Vorgesetzte wuchsen nicht auf Bäumen. Die Arbeit ganzer Abteilungen konnte darunter leiden, wenn unfähige Abteilungsleiter am Werke waren. Da machte sich Hoffmann keine Gedanken, Windisch war der Aufgabe garantiert gewachsen. Er klopfte erneut. Nichts. Vorsichtig öffnete er die Türe einen Spalt.

»Hallo, Gerald, bist du zu Hause?«

Das Büro stand leer. Hoffmann schloss die Tür wieder und stapfte den Gang hinab. Er stand vor einer weiteren geschlossenen Tür. Stranek und Assmann. Er klopfte, wartete, klopfte wieder. Alle ausgeflogen? Er hätte vorher anrufen sollen. Hoffmann blickte zur nächsten Tür. Diese stand offen. Er trat in den Türstock und klopfte laut und vernehmlich. Die beiden Polizisten guckten hinter ihren Bildschirmen hervor.

»Himmelherrgott! Der Wolfgang! Da schau ich aber!«

»Hallo, Walter. Servus, Sigrid.«

Kaltenegger katapultierte sich hoch, ging mit ausgebreiteten Armen auf Hoffmann zu und umarmte ihn. Auch Körner erhob sich. Sie reichte Hoffmann die Hand. Dieser war nicht gering verlegen über den herzlichen Empfang, zuerst die joviale Bärbeißigkeit Kalteneggers, dann ein aufwühlender Blickkontakt mit Körner. Meine Güte, wie hübsch sie ist, schoss es Hoffmann durch den Kopf. Warum noch einmal haben wir zwei Blödeln unsere Beziehung beendet?, wollte er schon fragen, verkniff sich aber jeden Ton. Körner hatte Hoffmann um Diskretion gebeten. Sie wollte nicht, dass die Kolleginnen und Kollegen im Kommissariat sich die Mäuler zerrissen.

»Servus, Wolfgang. Länger nicht gesehen.«

»Das stimmt. Und Sigrid, in der Zeit bist du noch schöner geworden.«

Kaltenegger lachte, fasste Hoffmann unterm Arm und schob ihn auf den Stuhl vor seinem Schreibtisch. Mit einer raschen Handbewegung warf er die Bürotür zu.

»Wie geht es dir, altes Haus?«

»Danke der Nachfrage, eigentlich eh nicht schlecht.«

»Eh nicht schlecht klingt ein bisschen ausweichend.«

»Na ja, krebstechnisch geht's mir sehr gut. Den Onkologen bin ich noch mal entwischt.«

»Super! Das ist ganz großartig. Ich habe ja schon gehört, dass die Operation gut verlaufen ist.«

»Auch das stimmt. Die Medizin ist die Wissenschaft mit dem Glücksfaktor. Wie sehr man sich um routinierte Arbeitsabläufe und erprobte Techniken auch bemüht, ohne Glück kann ein Arzt am OP-Tisch einpacken. Und erst recht der Patient.«

»Na dann sind wir heilfroh, dass dir die Glücksgöttin Fortuna hold gewesen ist. Was ist, Wolfgang, willst du einen Kaffee?«

Hoffmann wiegte den Kopf.

»Habe heute schon Kaffee getrunken. Ein Glas Wasser, mehr brauche ich nicht.«

Kaltenegger erhob sich und stellte ein Glas Wasser vor Hoffmann ab.

»Danke.«

Körner hielt sich im Hintergrund und ließ die beiden Männer schwatzen. Sie beobachtete Hoffmann. Ein bisschen grau war er an den Schläfen geworden, und ein bisschen schmal sah er aus. Aber sonst? Alles an ihm war noch dran. Der ruhige Blick, diese gewisse Gelassenheit in seiner Miene, die Intelligenz, mit der er anderen Menschen zuhören konnte, seine kessen Lippen. Ja, als Hoffmann plötzlich zwischen Tür und Angel gestanden hatte, hatte eine heiße Woge sie erfasst, ja, sie war nach wie vor aufgewühlt.

»Der Gerald ist bei einer Sitzung«, gab Kaltenegger Antwort auf Hoffmanns Frage. »Großer Kriegsrat der Häuptlinge. Ich weiß ja, warum ich mir nie eine Führungsfunktion angetan habe. Jetzt stellt euch vor, ich müsste just in diesem Moment an einer todlangweiligen Sitzung teilnehmen, anstatt mit euch zwei Zuckerpüppchen zusammenzusitzen und Schmäh zu führen.«

Hoffmann hob schmunzelnd seine Hand.

»Du hast völlig recht, Walter, ich sehe das genauso wie du. Sollen die Politiker politisieren, wir Kieberer sitzen lieber im Büro und trinken Kaffee. Oder wenn es sein muss, dann halt auch Wasser.«

»Du hast ja meinen Luxuskaffee ausgeschlagen!«

Hoffmann lachte.

»Luxuskaffee?«

»Ja, neue Marke. Aus biologischem Anbau und Fair Trade. Politisch völlig korrekt. Ausgezeichneter Geschmack. Die Sigrid hat den Stoff einmal angeschleppt, und seitdem kaufe ich keine andere Marke mehr. Bin mir nicht sicher, ob wir das Zeug nicht auf die Liste süchtig machender Stoffe setzen sollten.«

»Überredet. Ich nehme doch einen kleinen Braunen.«

»Na siehst du, geht ja! Ein Wiener Kieberer, der nicht rund um die Uhr Kaffee trinkt, ist entweder ein ignorantes Arschloch oder liegt im Sterben.«

»Na, mit dem Sterben lass ich mir noch Zeit. Man soll solche Sachen nicht überstürzt angehen.«

Die drei lachten. Rauer Polizistenhumor.

»Kommst du wieder zurück?«

Hoffmann und Kaltenegger starrten Sigrid Körner an. Sie kannte Kaltenegger mittlerweile lang genug, dass sie wusste, wann sie durch sachlich angeschlagenen Ton seine ausschweifende Neigung zum Schmähführen bremsen musste.

Hoffmann zuckte mit den Schultern.

»Tja, das ist noch nicht entschieden. Ende Jänner gehe ich noch Mal zur Kontrolle. Röntgen, Blutbild, Urin, alles wird da noch einmal gecheckt. Wenn das gut läuft, dann fängt mein Spiel von vorne an.«

»Hör ich gerne.«

»Jede weitere berufliche Entscheidung treffe ich erst danach.«

Kaltenegger erhob sich und trat an die Kaffeemaschine.

»Hast eh recht. Nichts übereilen. Schau, dass du deine sieben Zwetschken beieinander hast, und dann kommt der ganze Rest.«

Hoffmann erhob sich und trat neben Kaltenegger. Er warf einen Zuckerwürfel in eine leere Schale.

»Aber, Walter, ich bin nicht nur zum Plaudern gekommen.«

Kaltenegger setzte die kleine Maschine in Gang. Duftender Kaffee tropfte in die Schale.

»Weiß du was, Wolfgang? Den Satz hab ich schon fast befürchtet.«

»Blöde Geschichte.«

»Setzen wir uns zuerst einmal.«

Hoffmann schnupperte an der kleinen Tasse. Ein großartiges Aroma. Er setzte sich wieder und schaute abwechselnd Körner und Kaltenegger an.

»Ich bin auf der Suche nach vier Menschen. Erstens suche ich den Antiquitätenhändler Jürgen Berg, wohnhaft Bujattigasse. Zweitens die Kinder des Mannes, Corinne und Oscar Berg, 14 und acht Jahre alt. Die beiden Kinder stammen aus der Ehe von Jürgen Berg mit Alice Berg, geborene Ruehli. Die Frau ist Schweizer Staatsbürgerin, lebt aber seit 15 Jahren in Wien-Hütteldorf. Ich habe die Frau zuletzt kennengelernt, und sie hat mich gebeten, nach ihrem Mann und den Kindern Ausschau zu halten.«

»Eine familiäre Entführungsgeschichte?«, fragte Kaltenegger.

»Möglich. Vielleicht mehr. Vielleicht dunkler.«

»Wer ist die vierte Person?«, fragte Körner.

Hoffmann begegnete ihrem Blick. Ja, die Frau Inspektor hatte diesen ganz eigenen Glanz in den Augen, den Vollblutpolizisten kriegen, wenn sie einer Sache hinterher sind.

»Ein Mann namens Bernhard Burgstaller, 41 Jahre alt und Angestellter in der Antiquitätenhandlung Jürgen Bergs. Der Mann hat vor ungefähr anderthalb Jahren ein Verhältnis mit

Alice Berg angefangen. Offenbar ist Jürgen Berg mit einiger Verspätung, schließlich aber doch dahinter gekommen. Es kam zu einer Auseinandersetzung mit Morddrohungen.«

»Okay, jetzt wird die Sache für uns interessant«, brummte Kaltenegger und schaute Körner mit verkniffenen Augen an.

»Ich habe am Vormittag mit Richard Burgstaller gesprochen. Das ist der ältere Bruder von Bernhard. Der Mann macht sich Sorgen, dass seinem seit einiger Zeit verschollenen Bruder etwas zugestoßen sein könnte. Der Mann hat auch eine Vermisstenanzeige aufgegeben.«

Hoffmann wartete. Seine kurze Ausführung schien bei den beiden Kriminalisten im Raum nicht gerade für gute Stimmung gesorgt zu haben. Kalteneggers Miene war wie aus Stein gemeißelt. Er lehnte sich zurück.

»Geh Sigrid, wie heißen deine vier Kandidaten? War da nicht der Name Burgstaller dabei?«

Sigrid zog zwei Papierblätter aus einem Aktenordner und brachte sie Kaltenegger. Dieser beugte sich über die Papiere.

»Da haben wir den Salat. Doch nicht der Russe, sondern der Wiener. Schöne Scheiße aber auch.«

Hoffmann nickte Kaltenegger zu.

»Zeig mir das, Walter.«

Kaltenegger schob die Kopie der Anzeigeschrift, die Richard Burgstaller in einem Wachzimmer in Wien Favoriten unterzeichnet hatte, und eine kurze Zusammenstellung der biografischen Daten Bernhard Burgstallers über den Tisch.

»Hast du nichts in den Nachrichten gehört?«, fragte Kaltenegger.

»Leider nein. Seit Wochen höre und sehe ich keine Nachrichten, und in Zeitungen lese ich nur den Sportteil. Was ist passiert, Walter?«

»Leichenfund am Kahlenberg. Drei Kopfschüsse und Amputation beider Hände. Wir haben noch nicht die Identität des Toten.«

»Ich rufe den Zahnarzt an«, sagte Körner.

Kaltenegger nickte.

»Liebe Sigrid, darum würde ich dich in aller Höflichkeit fast auf der Stelle bitten.«

Körner eilte wieder an ihren Schreibtisch und langte nach ihrem Tischtelefon. Die drei warteten, bis eine Verbindung zustande kam.

»Guten Tag, Körner mein Name, Kriminalpolizei Wien. Ich habe heute Vormittag schon mit Ihnen telefoniert. Ja. Genau. Vielen Dank. Verbinden Sie mich bitte mit Doktor Hausleitner. Ja, ich warte.«

Die beiden Männer schauten die Frau mit dem Telefonhörer an. Körner verdeckte die Sprachmuschel.

»Der ist gerade in einer Behandlung. Wir müssen warten.«

Hoffmann nippte an seiner Tasse. Kaltenegger saß mit stoischer Miene und schwieg. Die Arme hielt er über seinen runden Bauch verschränkt.

»Ist das der Zahnarzt von Burgstaller?«, fragte Hoffmann.

Kaltenegger nickte zustimmend.

»Guten Tag, Herr Doktor. Körner, Kriminalpolizei. Ja. Konnten Sie inzwischen das Röntgenbild, das ich Ihnen geschickt habe, ansehen? Ja. Das ist gut. Und Ihre Aussage?«

Körner notierte mit dem Bleistift auf einem Notizblock die Worte des Arztes.

»Sie sehen also keinen Grund für eine andere Meinung. Das ist der Unterkiefer von Bernhard Burgstaller. Keine medizinischen Zweifel beim vorliegenden Datenmaterial. Okay, ich verstehe. Selbstverständlich, Herr Doktor, wir werden eine Gegenprüfung durch einen anderen Arzt veranlassen. Na klar. In Wahrheit wird sich ein Sachverständiger von Gericht die Sache ansehen müssen. Es handelt sich hier um eine Straftat, so viel kann ich Ihnen sagen. Gut. Alles klar. Vielen Dank für diese klare Aussage, Herr Doktor Hausleitner. Ja, Sie hören von uns.«

Körner legte den Hörer auf.

»Ihr habt ja mitgehört.«

»Damit ist die Identität geklärt.«

Hoffmann fasste sich ans Kinn und schaute zum Fenster hinaus. Üble Sache, und er steckte mitten drinnen. Seine Nase hatte ihn nicht getrogen, er hatte Witterung aufgenommen und stand nun vor einer Leiche. Ein Weilchen sinnierte er vor sich hin, bis er bemerkte, dass sowohl Kaltenegger als auch Körner ihn erwartungsvoll anschauten.

»Verzeiht, ich war kurz in Gedanken.«

»Kennen wir von dir«, sagte Kaltenegger. »Wolfgang, bitte, wir hören zu.«

Hoffmann nickte.

»Ich war im Haus von Jürgen Berg, ich habe seine Mutter kennengelernt, ich habe seine Frau kennengelernt, ich habe den Freund der Tochter kennengelernt, ich war im Büro des Mannes. Ich habe mir schon gedacht, dass es in dieser Familie zu unschönen Szenen kommen kann, und scheinbar ist da etwas eskaliert. Jürgen Berg ist verschwunden, die Kinder sind weg, der ehemalige Geliebte der Ehefrau liegt mit Kopfschüssen am Kahlenberg. Also Walter, wenn du mich fragst, dann würde ich an deiner Stelle gleich mal eine Fahndung nach Jürgen Berg rausgeben.«

»Du bist dir also sicher, dass Jürgen Berg als Täter infrage kommt?«

Hoffmann klatschte sich auf die Stirn.

»Ich Rindvieh! Der Revolver! Ich habe den Revolver zu Hause!«

Kalteneggers Miene verdüsterte sich.

»Welchen Revolver?«

»Habt ihr ballistische Daten?«

»Ja. Eine Kugel steckte im Schädel. Kaliber 38.«

Hoffmann zog seine Lippen breit.

»Und ich hab die Tatwaffe im Tresor liegen. Also wahrscheinlich ist das die Tatwaffe. Muss natürlich geprüft werden.«

»Langsam, Wolfgang, das musst du mir jetzt aber erklären. Wie kommst du zu einer Tatwaffe?«

»Ich habe die Waffe Alice Berg am Donaukanal abgenommen. Sie ist nachts am Ufer gestanden. Das war bei der Friedensbrücke. Entweder wollte sie die Waffe verschwinden lassen oder selbst ins Wasser gehen. Ich tippe auf die zweite Möglichkeit.«

»Und woher kennst du die Frau?«

»Von dieser Begegnung am Donaukanal. Ich habe gesehen, wie eine Frau die dunkle Uferböschung hinuntergeht, und bin ihr gefolgt. Ich habe sie angesprochen, vom Wasser weggeholt und ihr die Waffe abgenommen.«

Kaltenegger runzelte die Stirn.

»Hast du die Polizei gerufen?«

»Nein, Walter, habe ich nicht.«

»Eine Frau steht mit einem Revolver am Donaukanal, und du rufst nicht die Polizei?«

»Zugegeben, aus der jetzigen Perspektive war das ein Fehler, aber damals habe ich ja nichts von Vermisstenanzeigen, Familientragödien und einer Leiche mit Schussverletzungen gewusst. In jedem Fall habe ich verhindert, dass die Frau ins Wasser geht und mit ihr die Waffe ein für allemal verschwindet. Und ich habe sie in die Klinik am Steinhof gebracht. Sie war sehr verwirrt.«

Kaltenegger wiegte den Kopf.

»Das ist schon eine Menge.«

Hoffmann erhob sich.

»Fahrt ihr mich bitte nach Hause? Ich bin mit der Straßenbahn unterwegs. Holen wir die Waffe.«

Kaltenegger hob die Hand.

»Sigrid, du fährst mit dem Wolfgang. Ich bleib hier und leite die Fahndung nach Jürgen Berg ein. Und diese Alice Berg schau ich mir auch gleich an.«

Sigrid Körner sprang hoch.

»Okay, Walter. Wir sind so schnell wie möglich wieder hier.«

Kaltenegger zog die Tastatur seines Computers heran.

45. SZENE

Das Frühstück war heute üppig ausgefallen. Sie hatte unbedingt essen müssen. Rührei mit Speck, ein Käsebrot, eine Schale Müsli, ein Kipferl mit Marmelade, dazu zwei Tassen Tee und ein Glas Orangensaft. Nach dem Essen hatte sie eine heiße Dusche genommen und war wieder ins Bett gefallen. So hatte sie den Vormittag verbummelt, ein wenig dösen, in der Zeitung blättern, durch das Vormittagsfernsehen zappen. Alice fühlte, wie ihre Kräfte wiederkehrten, wie die Erschöpfung der letzten Tage oder Wochen von ihr abfiel. Eine andere Stadt, ein anderes Leben.

Langsam strampelte sie die Decke zur Seite und setzte sich auf. Sie hatte sich nach der Dusche nicht angekleidet. Nackt kramte sie in ihrem Koffer. Sie brauchte bald frische Unterwäsche. Oder sollte sie die Wäscherei des Hotels bemühen? Der Gedanke gefiel ihr. So brauchte sie das Zimmer nicht verlassen. Ein Anruf in der Rezeption würde genügen, das fleißige Hotelpersonal würde sich um alles kümmern. Sie würde sich Mahlzeiten auf das Zimmer bringen lassen. Obwohl der Weg in den Speisesaal nicht zu anstrengend war. Nur, was sollte sie anziehen? Wieder dasselbe wie gestern und beim Frühstück? Sollte sie sich in den vornehmen Boutiquen Salzburgs neu einkleiden? Dafür brauchte sie Geld. Mehr, als sie bar bei sich hatte. Wie lautete der verflixte Zahlencode ihrer Bankkarte? Gestern Nacht hatte sie die Nummer noch gewusst. Oder eher glücklich erraten.

Sie hob den Koffer auf den kleinen Tisch und klappte ihn auf. Die getragene Kleidung musste noch einmal herhalten. Alice zog sich an. Ein Smartphone mit rosa Blümchen lag zwischen den Kleidungsstücken im Koffer. Ihr war klar, dass sie an Gedächtnislücken litt, jetzt aber wusste sie sofort, wem dieses Telefon gehörte. Sie griff danach. Alice schnappte nach Luft. Tränen standen in ihren Augen. Sie wischte sie schnell fort. Alice musste sich setzen. Sie hielt zwei Smartphones in der Hand. Ein elegantes in schwarzem Design und ein mädchenhaft-buntes, ihr Telefon und Corinnes. Was sollte sie bloß mit zwei Telefonen? Noch dazu waren die Geräte nicht eingeschaltet. Sie hatte das Telefon für Corinne ausgesucht. Ein Geschenk zu Corinnes 14. Geburtstag. Sie vermisste ihre Kinder schmerzlich. Wo waren sie nur? Wo?

Sollte sie Corinne jetzt anrufen?

Alice lachte auf. Wie dumm sie war! Wie sollte sie Corinne anrufen, wenn deren Telefon in ihrer Hand lag? Verrückt. Vielleicht hatte Jürgen doch recht, vielleicht war sie verrückt. Oscar besaß kein Telefon. Noch nicht. Ein paar Burschen in seiner Klasse hatten schon ihre ersten Mobiltelefone. Jürgen war dagegen gewesen, Oscar eines zu kaufen. Warum eigentlich? Sie hatte die Regeln und Vorschriften ihre Mannes noch nie verstanden.

Eine Zeitlang war es bequem und auch irgendwie tröstlich gewesen, sich an seine Regeln zu halten. Später hatten sich die Regeln in einen Kerker verwandelt. Eine bedrückend enge Gefängniszelle, das war aus ihrer Ehe geworden. Wo war ihr Mann? Warum war er verschwunden? Was hatte sie falsch gemacht? Die Affäre mit Bernhard? Sie hatte für Bernhard nichts empfunden. Er war attraktiv, galant, er verstand es, einer Frau das Gefühl zu geben, sie sei etwas Besonderes.

Und nach mehreren Jahren kargem Liebesleben mit Jürgen waren die Begegnungen mit Bernhard anregend gewesen. Sie hatte sich auf einmal wieder attraktiv gefühlt. Und jung. Wie eine lebendige Frau, nicht wie eine Mumie in einem steinernen Sarkophag. Aber in Wahrheit war Bernhard ein Fremder für sie geblieben.

Ja, sie hatte sich nach Bernhard noch auf weitere Affären eingelassen. Sie wusste nicht mehr genau, wie viele es waren, zwei oder drei. Nichts, was ihr in Erinnerung geblieben wäre. Und am letzten Wochenende dieses überraschende Liebesspiel mit Wolfgang. Kein fescher Galan in einem schicken Anzug und mit einem dicken Wagen, ein echter Mensch. Seine Ehrlichkeit hatte sie erschüttert. Deswegen war sie vor ihm fortgelaufen. Ehrliche Menschen irritierten sie. Mehr noch, sie machten ihr Angst. Vielleicht weil sie fürchtete, von deren Ehrlichkeit angesteckt zu werden. War sie das nicht längst? Gerade eben hatte sie ihr Leben als Kerker bezeichnet. Das war eine Ehrlichkeit, zu der sie mindestens ein Jahrzehnt lang nicht imstande gewesen war.

Alice setzte Corinnes Smartphone in Betrieb. Sie starrte auf die bunten Bilder der Startroutine. Das Telefon begann zu leben. Alice erschrak. Klingeltöne. Sie kannte sich in der Benutzung des Telefons aus, sie selbst besaß das gleiche Modell. Die beiden Telefone unterschieden sich nur im Design. So viele SMS-Nachrichten! Sie tippte auf das entsprechende Icon und schaute sich die Liste an. Vier SMS von Bianca, sieben von Frieda. Sie kannte die Namen. Corinnes Schulkolleginnen. Wer war Lukas? Zehn SMS von Lukas. Ein Klassenkamerad? Sie konnte sich nicht erinnern, dass einer von Corinnes Schulkollegen Lukas hieß.

Ein Verehrer?

Eine heiße Woge durchflutete Alice. Hatte ihre kleine Tochter tatsächlich einen Verehrer? Sie war doch noch ein Kind! Na ja, sie hatte sich in den letzten beiden Jahren schnell entwickelt. Was schrieb Lukas an ihre Tochter? Sie las die Nachrichten. Eine merkwürdige Sprache. Die eigene SMS-Sprache der Jugend. Voller Zärtlichkeit. Alice kontrollierte die gesamte Liste der Eingänge. Unzählige SMS. Seit Monaten schrieb er ihr. Sie kontrollierte nun auch die Liste der Ausgänge. Ebenfalls ungezählte SMS an Lukas. Sie las ein paar Texte ihrer Tochter und war erschüttert. Lukas war kein Verehrer, Lukas war der Freund ihrer Tochter. Ein echter Freund. War Corinne wirklich schon so weit? War sie bereit für die Hölle auf Erden, genannt Liebe?

Dieser Tonfall!

Sowohl Corinne als auch Lukas schlugen einen Alice völlig verwirrenden Tonfall an. Zärtliche Liebe. Anders konnte man es nicht nennen. Er würde warten, schrieb er, bis an sein Lebensende würde er auf sie warten. Sie würde bis in alle Ewigkeit nur ihn lieben. Solche Dinge. Echte Liebe! Alice konnte sich nicht mehr halten. Mit zitternden Händen legte sie das Telefon wieder in den Koffer und klappte den Deckel zu. Sie warf sich der Länge nach auf das Bett. Kein Halten mehr. Sie weinte. Sie heulte jahrelange Verzweiflung aus sich heraus.

Wo war nur ihre süße Corinne? Wo war ihre Tochter? Wo war ihr Sohn? Wo war ihr kleiner Oscar? Wie sie Jürgen auf einmal hasste. Und wie sie Lukas liebte, der versprochen hatte, Corinne mit all seinen Kräften zu beschützen. Auch vor den verrückten Eltern. Seine Worte.

Wo war für sie Schutz in diesem harschen Frost? In welchem Leben steckte sie fest? War das überhaupt ein Leben?

Auf den Dächern der Salzburger Altstadt lag blütenweißer Schnee.

46. SZENE

Körner wartete, bis die Ampel umschaltete. Sie fuhr bei Gelb los. Ihr Wagen flitzte durch den Stadtverkehr. Hoffmann sah die an ihm vorbeihuschenden Schaufenster und Kreuzungen, die durch die Straßen marschierenden Menschen in ihren Winterjacken. Kein Schneefall, aber dunkle Wolken hingen über der Stadt. Hoffmann hielt sich am Haltegriff über der Tür fest.

»Du hast ein nagelneues Auto gekriegt.«

Körner schaute kurz zu Hoffmann hinüber.

»Eigentlich hat der Walter ein nagelneues Auto gekriegt. Ich darf halt fahren.«

»Das habe ich an Walter immer geschätzt. Er mag Autofahren nicht.«

»Du ja auch nicht.«

»Wenn ich es mir aussuchen darf, sitze ich lieber auf einem Fahrgastplatz.«

»Immerhin werde ich als Taxifahrerin halbwegs gut bezahlt.«

Hoffmann schmunzelte.

»Und wie geht es dir so?«, fragte er.

Körner ließ sich mit der Antwort Zeit.

»Alles okay. Viel Arbeit.«

»Na klar, du bist neu im Team, musst alles kennenlernen, musst dich bewähren, musst den Anforderungen gewachsen sein. Aber eines weiß ich.«

»Und zwar?«

»Du packst das. Garantiert.«

»Danke.«

»Habe mal mit dem Gerald telefoniert. Er glaubt auch, dass du die Richtige für den Job bist.«

»He, das höre ich gerne! Mir hat das der Gerald so noch nicht gesagt.«

»Wird schon noch kommen.«

Sie erreichten den 20. Bezirk, bald auch die Wasnergasse. Körner fuhr nun mit geringer Geschwindigkeit. Parkplatzsuche.

»Alles dicht.«

»Unüblich für die Zeit.«

Sie umrundeten ein paar Blocks. Kein Parkplatz.

»Ich nehme die Einfahrt.«

»Lange steht der Wagen ja nicht da.«

Körner stellte den Wagen im Halteverbot vor einer Hauseinfahrt ab. Die Türen klappten, sie stiegen die Treppe hoch. Hoffmann sperrte die Tür auf und ließ Sigrid eintreten. Sie schaute sich um.

»Du hast neue Vorhänge.«

»Dem scharfen Blick der Kriminalistin entgeht nichts.«

»Sehr proper. Eine fleißige Putzfrau?«

»Nein. Echte Männerarbeit. Ich habe viel Zeit, und irgendwann habe ich bemerkt, dass ich mit dem Putzlappen in der Hand talentiert bin.«

Körner lachte.

»Ein tüchtiger Hausmann also.«

»Stets bereit, den Staub zu saugen und die Fenster zu putzen.«

Die beiden standen vor dem zentralen Möbelstück des Wohnzimmers. Unwillkürlich tauchten Erinnerungen in Hoffmann auf. Eine blonde Frau bog ihren Rücken ihm entgegen, trank dürstend Küsse von seinen Lippen, öffnete ihre Beine. Alice hatte ihm gründlich den Kopf verdreht. Jetzt aber stand eine brünette Frau in seinem Wohnzimmer, eine Frau, mit der er auch einmal auf dieser Couch geschlafen hatte. Hoffmann war aufgewühlt. War er jetzt ein Herzensbrecher? Ein echter Don Juan? Nein. Jahrelang hatte er alleine gelebt, jahrelang würde er vielleicht wieder alleine leben. Er erhaschte einen Blick Körners. Dachte sie jetzt auch gerade an diesen Abend vor knapp einem Jahr, als sie beide nackt auf der Couch gelegen hatten? Das war noch vor Beginn der Therapien. Also eigentlich in einem anderen Leben für ihn. War es auch ein anderes Leben für sie?

»Hast du einen Freund?«

Sie hatten zu tun, die Arbeit wartete. Er hatte den Tresor zu öffnen und der diensthabenden Polizistin eine Waffe auszuhändigen. Und sie hatte die Waffe der Kriminaltechnik für ballistische Untersuchungen zu übergeben. Vielleicht eine Mordwaffe. Dennoch standen sie regungslos im Raum.

»Na ja.«

»Unsichere Sache?«

»Er will schon. Ich weiß noch nicht.«

»Netter Kerl?«

»Nett ja.«

»Offenbar nicht die große Liebe.«

»Ich warte noch.«

»Vielleicht gibt es die große Liebe nicht. Sondern nur die kleine, die alltägliche.«

»Vielleicht.«

Sie standen beisammen. Ein wenig ratlos, irgendwie in der Welt verloren. Hoffmann griff in Ermangelung einer besseren Idee zu seinen Schlüsseln.

»Ich hole jetzt den Revolver.«

Körner nickte und zog aus ihrer Jackentasche einen Kunststoffbeutel.

»Genau. Her damit.«

Hoffmanns Fingerabdrücke waren zwar auf der Waffe, dennoch zog er den Ärmel seines Pullovers über seine Hand und beförderte Revolver und Munition in den Kunststoffbeutel. Körner hob die Waffe vor ihre Augen.

»Kaliber 38. Das würde passen.«

»Ich habe ein ganz mieses Gefühl, was die Puffen betrifft.«
»Wir werden es erfahren.«
Hoffmann versperrte den Tresor. Seine Beretta befand sich darin. Und einige vertrauliche Dokumente sowie einiges Bargeld. Keine Riesensummen, er war einfacher Beamter, also nicht reich, aber er war auch nicht arm. Für alle Fälle lagen 3.000 Euro im Tresor.
»Und hast du eine Freundin?«
»Nein.«
»Was ist mit dieser Alice Berg?«
Hoffmann schaute Körner überrascht an.
»Wie kommst du auf Alice Berg?«
Sie zuckte mit den Achseln.
»Ach nur so. Mir ist aufgefallen, wie du ihren Namen in den Mund nimmst.«
»Wie nehme ich ihren Namen in den Mund?«
»Wie Schweizer Schokolade.«
Hoffmann musterte Körner. Gute kriminalistische Menschenkenntnis? Weibliche Intuition? Eifersucht? Eine Mischung aus allem? Er fühlte sich ertappt. Hoffmann schwieg.
»Läuft da etwas zwischen dir und dieser Frau?«
»Ich bin mir noch nicht sicher, was es ist.«
Körner gestikulierte.
»Wenn sich die Verdachtsmomente verdichten und das wirklich die Tatwaffe ist, wirst du darüber reden müssen.«
»So viel ist schon mal klar.«
»Natürlich. Du bist ja der Chefinspektor.«
Eine Dissonanz. War Sigrid wirklich eifersüchtig? Oder war es etwas anderes? Unklar. Hoffmann nickte mit dem Kopf zur Tür.
»Lassen wir Walter nicht warten.«
»Auf geht's.«
Sie verließen schweigend die Wohnung.

47. SZENE

Die österreichisch-ungarischen Sozialdemokraten hatten geschlossen für den Eintritt in den Krieg gestimmt. Mit einem Mal war das sorgsam gehegte Pflänzchen namens Pazifismus wie Unkraut gejätet worden. Und all die anderen im politischen System relevanten Parteien waren sowieso für den Krieg. Serbien muss sterbien! Jeder Schuss ein Russ! Jeder Tritt ein Brit! Jeder Stoß ein Franzos! Diese blöden Sprüche. Lukas blätterte die Seite um. Fast gierig las er Seite um Seite des Buches, fraß sich wie ein Holzwurm durch das Gehölz an Informationen. Weit mehr als zwei Drittel des fetten Buches hatte er schon gelesen. 500 Seiten geballte historische Information, dicht bedruckt und gut lesbar geschrieben. Er fühlte, wie er Kapitel um Kapitel im Kopf stärker wurde. Es war wie beim Skateboarden, zuerst musste man die leichten Figuren üben, dann erst die schweren. Die Aufmerksamkeit und das Gedächtnis mussten ebenso wie die Muskeln und die Bewegungskoordination trainiert werden. Werner hatte ihm das erklärt. Meine Güte, was für ein Riesenglück er gehabt hatte, Werner getroffen zu haben. Sein Trainer. Nicht Tennis, sondern historisch-politische Bildung. Jetzt das große Kapitel über das Jahr 1914. Der Beginn der Urkatastrophe des 20. Jahrhunderts. Lukas fühlte sich richtig angewidert von der herrschenden Klasse dieser Zeit, die mit politischer Idiotie und Selbstgefälligkeit Millionen Arbeiter und Bauern in die blutgetränkten Schützengräben geschickt hatte. Und er fühlte eine sonderbare Form der Verzweiflung über die Dummheit der jungen Männer, die sich mit vertrottelten Sprüchen für die verbrecherischen Zwecke der adeligen Großgangster als Kanonenfutter abrichten hatten lassen. Er war 17. Bald würde man ihn auch zur Musterung für das österreichische Bundesheer einberufen. Für ihn stand fest, dass er den Dienst an der Waffe kategorisch ablehnen würde. Nicht, weil er ein so zartes Pflänzchen war und sich vor knallenden Gewehren in die Hose pinkelte, sondern weil er sich von irgendwelchen halblustigen Unteroffizieren nicht herumkommandieren lassen wollte. Er würde Zivildienst leisten. Besser mit alten Leuten im Krankenwagen fahren als Übungen im Handgranatenwerfen. Die blödeste Erfindung, seit es die Menschheitsgeschichte gab, war das Militär. Affenbande. 1914 war die Militärscheiße richtig hochgekocht. Und 25 Jahre später noch einmal. Meine Güte, war er froh, nicht in diese verdammte Zeit hineingeboren worden zu sein.

Lukas blickte hoch und ließ seinen Blick durch die U-Bahn schweifen. Es war nicht die Rushhour, der Zug war nicht vollgepfropft mit Leuten, trotzdem waren viele Menschen unterwegs. An der nächsten Station musste er aussteigen. Er steckte das Buch in seinen Rucksack und erhob sich. Der Zug bremste und rollte in die Haltestelle. Die Türen glitten auf. Lukas marschierte wie immer flott, aber ohne Eile zum Aufgang.

Sein Mobiltelefon klingelte und vibrierte kurz. Eine SMS.

Lukas mied die Rolltreppe, er nahm die Stiege. Leichtfüßig überholte er die auf der Rolltreppe stehenden Menschen. Er trat ins Freie und marschierte in Richtung Goldschlagstraße. Jetzt erst zog er das Telefon aus der Hosentasche und blickte auf die Anzeige.

Er stockte. Ein Mann lief fast in ihn hinein. Er traute seinen Augen nicht. Eine SMS von Corinne! Sofort brachte er die Nachricht zur Anzeige.

Will dich treffen. Bin in Salzburg. Ruf bitte nicht an. Nur SMS.

Lukas runzelte seine Stirn. Wieso Salzburg? Er stellte sich in eine Hauseinfahrt und tippte.

Endlich meldest du dich! Bin voll happy. Wie geht es dir?

Er versendete die Nachricht. Lukas konnte gar nicht stillstehen, trat von einem Bein auf das andere. Er starrte auf sein Telefon und wartete. Da kam schon die Antwort.

Es geht mir gut. Bin bei einer Tante. Komm bitte und hol mich ab. Will bei dir sein!

Tausend Gedanken jagten durch seinen Kopf. Abholen? Also konnte es Corinne bei ihrer Tante doch nicht so gut gehen. Warum hatte sie sich so lange nicht gemeldet? Lukas zog seine Geldbörse und kontrollierte deren Inhalt. 22 Euro und 40 Cent besaß er. Nicht viel für eine Fahrt nach Salzburg. Er musste Geld beschaffen. Auf der Straße betteln? Das ging gar nicht. Betteln war nicht seines.

Ich fahre gleich los. Wie kann ich dich finden?

Er wartete gar nicht lange auf Antwort.

Treffen wir uns vor dem Bahnhof in Salzburg. Schreib mir, wann du ankommst.

Hastig tippte er.

Okay, sobald ich im Zug sitze, schreibe ich meine Ankunftszeit. Liebe dich!

Er hielt das Telefon weiter in der Hand. Und wartete. Sie hatten selten telefoniert. Corinne wollte immer lieber simsen, Gespräche konnten belauscht werden.

Liebe dich auch! Bis bald.

Lukas war glücklich.

Bis bald.

Vielleicht konnte er von Iris noch etwas Geld borgen. Er rannte los.

48. SZENE

Körner und Hoffmann traten durch die offen stehende Tür ins Büro. Manche Kolleginnen und Kollegen zogen es vor, die Türen ihrer Büros in der Regel geschlossen zu halten, bei Kaltenegger stand die Tür normalerweise offen. Er schloss die Tür nur für vertrauliche Gespräche. Für einen alten Recken, der seinen Polizeidienst noch vor der großen Zeit der Computer begonnen hatte, war Kaltenegger erstaunlich fix im Umgang mit Tastatur, Maus und Datenbank. Er war in seine Arbeit vertieft, riss sich förmlich vom Bildschirm, als die beiden eintraten.

»Und, habt ihr die ominöse Waffe?«

»Schau her.«

Körner legte den Kunststoffbeutel auf Kalteneggers Schreibtisch. Er hob den Beutel hoch und besah die Waffe von allen Seiten.

»Nichts Auffälliges.«

»Ich leite sie gleich an die Technik weiter.«

»Warte noch, setzt euch erst einmal.«

»Hast du was ausgegraben?«

»Ein paar Sachen.«

Hoffmann setzte sich vor Kalteneggers Schreibtisch, Körner an ihren Platz. Kaltenegger griff zum Drucker und nahm ein paar Papiere an sich.

»Erstens. Vor sieben Jahren hat es eine Anzeige gegen Jürgen Berg gegeben. Ein Nachbar hat beobachtet, wie der Mann seine Ehefrau im Garten der Villa geschlagen hat. Angeblich nicht nur eine Ohrfeige, sondern eine richtige Tracht Prügel. Die Frau hat der Polizei gegenüber alles abgestritten und die blauen Flecken mit einem Sturz erklärt, und weil der Nachbar ziemlich kurzsichtig ist, zum besagten Zeitpunkt keine Brille getragen hat und sich darüber hinaus in seinen Aussagen selbst widersprochen hat, wurde kein Verfahren eingeleitet. Also im Zweifel für den Angeklagten, aber wir dürfen uns ruhig selbst Gedanken machen, das ist die Freiheit der Polizisten.«

Kaltenegger legte das oberste Papier zur Seite und betrachtete kurz das zweite.

»Frau Berg war Ende November eine Woche lang im Sozialmedizinischen Zentrum Baumgartner Höhe. In der Psychiatrie.«

»Ja, sie hat mir gesagt, dass sie dort stationär war. Deswegen bin ich ja in der besagten Nacht auch gleich hingefahren.«

»Welche Diagnose?«, fragte Körner.

»Schizoaffektive Störung mit depressiver Episode. Sie war in den letzten acht Jahren dreimal stationär. Immer nur kurze Aufenthalte. Sie wurde medikamentös eingestellt und dann wieder entlassen.«

Hoffmann wiegte den Kopf.

»Also nicht nur Depression. Das würde die Gedächtnislücken erklären.«

Kaltenegger legte das zweite Blatt Papier zur Seite und schaute auf das dritte.

»Jürgen Berg besitzt einen Waffenpass. Auf seinen Namen sind drei Faustfeuerwaffen und zwei Langwaffen registriert. Darunter ein Revolver Kaliber 38.«

»Wirklich ein Waffenpass? Nicht nur eine Waffenbesitzkarte?«, hakte Körner nach.

»Nein, ein Waffenpass. Berg darf seine Puffen tatsächlich jederzeit bei sich tragen. Ob er das getan hat, weiß ich natürlich nicht. Noch in der Zeit, als der Vater von Jürgen Berg den Antiquitätenhandel geführt hatte, war im Laden dreimal eingebrochen worden. Bei einem Einbruch gab es sogar eine Schießerei. Das war vor 18 Jahren. Albert Berg, der Vater von Jürgen Berg, ist dabei am Bein getroffen worden und hat bleibende Schäden davongetragen. Seit damals besitzt Jürgen Berg einen Waffenpass.«

»Das heißt, der Mann weiß genau, wie man mit einer Puffen umgeht. Und wenn er jemanden ausknipsen möchte, dann weiß er, wie er es anstellen muss.«

Die beiden Männer schauten die junge Polizistin an. Kaltenegger nickte mit düsterer Miene.

»Davon können wir ausgehen. Drei Kugeln in den Kopf, zwei frontal in der direkten Konfrontation, der Mann stürzt zu Boden, dann noch eine Kugel von der Seite, um die Sache abzuschließen. So könnte es abgelaufen sein. Sicher kein Sonntagsschütze.«

»Und dann noch die abgehackten Hände. Hast du die Fahndung schon rausgegeben?«

»Sowieso.«

Hoffmann sinnierte.

»Es passt alles zusammen.«

»Der Verdacht erhärtet sich mit jeder Info.«

»Das Abhacken der Hände fügt sich ins Bild.«

»Na klar, Berg hat gewusst, was er tat, und er wollte der Polizei die Arbeit schwer machen. Der ist verdammt abgebrüht an die Sache herangegangen.«

Hoffmann schüttelte den Kopf.

»Glaube ich nicht, dass das der Grund ist.«

Kaltenegger runzelte die Stirn.

»Was meinst du?«

»Dieser Bernhard Burgstaller hat ja ein Verhältnis mit der Ehefrau von Jürgen Berg angefangen. Bin mir sicher, dass Jürgen Berg gewusst hat, dass sein Mitarbeiter ein passionierter und auch sehr erfolgreicher Herzensbrecher war.«

»Weiß schon, was du meinst, Wolfgang. Hände weg von meiner Frau!«, brummte Kaltenegger.

»Und das knallhart umgesetzt. Eine letzte Züchtigung des Opfers durch den Mörder.«

»Wir müssen Berg so schnell wie möglich finden.«

»Nicht zu vergessen, auch die Kinder müssen auf dem schnellsten Weg gefunden werden.«

Kaltenegger zog seinen Notizblock heran.

»Das tangiert den vierten Punkt meiner Recherche. Ich habe Jutta Ruehli angerufen und sie zum Glück gleich erreicht. Jürgen Berg ist nicht bei seiner Schwiegermutter in der Schweiz. Auch die Kinder sind nicht dort.«

Hoffmann verzog das Gesicht.

»Mir wird regelrecht schlecht, wenn ich an die Kinder denke.«

Die beiden Männer verfielen in dumpfes Brüten. Körner räusperte sich.

»Und was machen wir jetzt?«

Kaltenegger wuchtete sich hoch.

»Jetzt schauen wir uns die Wohnung von Burgstaller an. Und für das Haus von Jürgen Berg brauchen wir einen Durchsuchungsbefehl.«

Hoffmann erhob sich ebenfalls.

»Was dagegen, wenn ich euch begleite?«

Kaltenegger schüttelte den Kopf.

»Deine Entscheidung, Wolfgang. Von mir aus fährst du mit. Sigrid, was meinst du?«

Körner griff nach dem Autoschlüssel.

»Meine Herren, folgt mir bitte. Ich fahre.«

49. SZENE

Er besaß zwei Rucksäcke, einen großen Tramperrucksack und einen kleinen für den Alltag. Lukas kniete vor seiner Bettstatt und stopfte Wäsche in den kleinen Rucksack. Zwei Unterhosen, ein Paar Socken, zwei T-Shirts, seine Zahnbürste. Was brauchte er noch? Das Ladekabel für sein Telefon. Er packte es ein. Sein großer Rucksack konnte bleiben, darin befanden sich seine Sommerkleidung und sonst alles, was er an Hab und Gut besaß. So wenig brauchte der Mensch. Der Schlafsack und die Wolldecke blieben natürlich auch in der Kammer.

Lukas erhob sich und verließ sein Zimmer. Im Sozialraum saßen Iris, Ottfried und Sarka beisammen. Lukas trat in die Runde. Die drei erhoben sich. Iris umarmte ihn. Ottfried reichte Lukas die Hand. 70 Euro hatten die drei zusammengekratzt. 50 von Ottfried. Ottfried war der Wohlhabendste von allen im Zentrum, weil er von einem Kumpel immer wieder Jobs zugeschanzt bekam. Schwarzarbeit natürlich. Ottfried hatte eine Lehre als Installateur abgeschlossen. Super Handwerker. Wenn im Zentrum irgendetwas kaputt ging, reparierte es Ottfried. Ottfried hatte immer ein paar Euro eingesteckt.

»Und, bereit?«

»Startklar.«

Sarka bekam so einen süßen Blick. Frauen. Bei Liebesgeschichten wurde ihnen ganz warm ums Herz. Sie umarmte Lukas und drückte ihm Küsschen auf die Wange.

»Ich hoffe, Corinne geht es gut.«

»Bestimmt.«

»Ruf an, wenn du etwas brauchst.«

»Ich komme klar.«

»Ruf trotzdem an. Ich will wissen, wie es euch beiden geht.«

»Corinne hat gesagt, ich soll sie abholen. Wir werden spätestens morgen wieder hier sein.«

Sarka wiegte den Kopf.

»Na ja, wird man sehen. Du darfst nicht vergessen, Corinne ist noch nicht volljährig. Sie kann nicht so einfach mit dir losfahren.«

Lukas verzog seine Miene.

»Aber sich von ihren Eltern terrorisieren und bei irgendwelchen Tanten einsperren lassen, das kann sie?«

»Du weißt schon, was ich meine.«
Lukas bereute seinen scharfen Tonfall.
»Ja klar. Sorry, wollte dich nicht anschnauzen.«
»Kein Stress.«
»Bin unterwegs.«
»Tschüss, Lukas. Und ruf an, wenn du etwas brauchst.«
Lukas fiel in leichten Trab. Er rannte zur Felberstraße und diese dann stadteinwärts. Rechts neben ihm lagen die Bahngleise. Nach ein paar Minuten erreichte er den Westbahnhof. Wie immer war die Halle belebt. Er trat an einen Fahrkartenautomaten und zog seine Geldbörse. Einfache Fahrt von Wien Westbahnhof nach Salzburg Hauptbahnhof. Der Geldschein verschwand im Automaten. Restgeld klimperte im Ausgabefach. Die Maschine druckte die Fahrkarte. Lukas schaute auf die Anzeigetafel in der Halle. Vor zwanzig Minuten war ein Zug abgefahren. Dutzende Züge verkehrten täglich zwischen Wien und Salzburg, lange musste er nicht warten. Lukas zog seine Mütze vom Kopf. Durch das Laufen war ihm warm geworden. Leichtfüßig nahm er die Treppe hoch zu den Bahnsteigen. Er marschierte den Bahnsteig auf und ab. Unmöglich, auch nur eine Sekunde ruhig zu stehen. So leicht war es, Wien zu verlassen, ein Ticket, ein Zug und los. Er war nicht oft aus der Stadt rausgekommen. Ja, in der Schule hatte er die Schullandwoche mitgemacht. Fünf Tage im Ötscherland in Niederösterreich. War toll gewesen. Irre viel Grünzeug überall. Und der Ötscher. Ein geiler Berg. Viel hatte er von seinem Heimatland noch nicht gesehen. Wien kannte er in- und auswendig, das ja, aber sonst nicht viel. Er war gespannt auf Salzburg. Vor allem aber freute er sich auf Corinne. Lukas war fast am Ausflippen. Endlich! Warum hatte sie sich so lange nicht gemeldet? Wahrscheinlich hatte die Tante Corinnes Handy einkassiert. Bestimmt auch so ein Hausdrachen. Verdammte Tyrannei. Er musste sie da raus holen. Sarka war immer so, Lukas suchte nach den richti-

gen Worten, so vorsichtig, so angepasst, so regelkonform. Obwohl sie eine Autonome war.

Lukas sah zu, wie der Zug langsam in den Bahnhof rollte. Er war der Erste, der sich einen Sitzplatz suchte. 17 Minuten noch bis zur Abfahrt. Ging das nicht schneller? Er schickte Corinne eine SMS mit der Ankunftszeit.

50. SZENE

Sie standen im Dachgeschoss eines Neubaues im Bezirk Währing nahe der Stadtgrenze. Sie warteten. Der Mann vom Schlüsseldienst war schwer damit beschäftigt, die Sicherheitstür zu öffnen. Selbst für einen bestens ausgerüsteten Profi war das kein leichtes Unterfangen. Niemand sprach. Körner tippte auf ihrem Smartphone herum, Kaltenegger hatte seine Hände in die Jackentaschen gesteckt, Hoffmann stand einfach nur da.

»Jetzt aber!«, rief der Mann und stieß die Tür auf.

Auf dem Türschild stand nur der Nachname Burgstaller. Kein Vorname.

»Sehr gut.«

Kaltenegger, Körner und Hoffmann streiften sich Überzieher über die Schuhe und Latexhandschuhe über die Hände. Der Mann vom Schlüsseldienst trat zur Seite und lugte an der Tür stehend neugierig den dreien hinterher. Die Wohnung war auf den ersten Blick in Ordnung. Hoffmann bückte sich und besah den Boden im Vorzimmer.

»Da ist eine Blutspur.«

Körner hockte sich neben Hoffmann.

»Nicht gründlich genug weg geputzt.«

Sie hörten Kaltenegger aus der Tiefe der Wohnung.

»Kommt mal ins Schlafzimmer!«

Kaltenegger zeigte auf die Wand neben dem Bett. Blutspritzer. Der Boden war zwar gereinigt worden, aber offenbar hatte der Täter die Spuren an der Wand übersehen.

Kommentarlos griff Kaltenegger zu seinem Telefon und rief das Tatortteam.

Hoffmann schaute sich in der Wohnung um. Sie war geräumig und hell. Große Fenster öffneten sich dem Sonnenlicht, selbst wenn es an Wintertagen nur fahl schien. Die Heizung war eingeschaltet. Das Interieur war sehr geschmackvoll zusammengestellt, natürlich bestand es aus antiken Möbeln. Hoffmann erinnerte sich an die Worte Richard Burgstallers, wonach sein Bruder Bernhard alte Möbel liebte. Und ganz zweifellos hatte Bernhard Burgstaller ein Auge dafür gehabt, kostbare Antiquitäten mit neuen Einrichtungsgegenständen stilvoll zu kombinieren. Die Küche etwa schien erst neulich direkt aus dem Designstudio in die Wohnung integriert worden zu sein. Hoffmann war beeindruckt. Zweifellos hatte die Einrichtung der Wohnung ein kleines Vermögen gekostet.

»Nicht ohne.«

Hoffmann drehte sich um und schaute Körner an.

»Allerdings. Geschmack hat er gehabt.«

»Und das nötige Kleingeld offenbar auch.«

Die beiden beendeten ihren Rundgang durch die Küche und kehrten in das Wohnzimmer zurück.

»Also was seht ihr, Leute?«, fragte Kaltenegger.

Körner zog Notizblock und Bleistift aus ihrer Jacke.

»Wahrscheinlich hat kein Kampf stattgefunden. Es liegen keine Scherben auf dem Boden, die Stellung der Möbel schaut geordnet aus«, sagte Hoffmann.

Körner und Kaltenegger schauten sich noch einmal um.

»Gut möglich. Das Opfer hat also den Täter eingelassen.«

»Wenn es Jürgen Berg war, dann hat er ihn ja gekannt.«
»Wir müssen die Verbindungsdaten der Handys kontrollieren. Wann haben sie zuletzt miteinander gesprochen?«
»Und sich möglicherweise den Ort und die Zeit für eine Aussprache vereinbart.«
»Vielleicht ist Jürgen Berg ohne Ankündigung gekommen.«
»Möglich. Burgstaller war in jedem Fall salonfähig gekleidet. Anzug und Krawatte. Entweder war er zum Ausgehen gekleidet oder er kam von unterwegs.«
»Oder er hat sich für die Aussprache in Schale geworfen.«
»Vielleicht trug er auch zu Hause elegante Kleidung.«
»Das lässt sich eruieren.«
Kaltenegger trat an den Kleiderschrank im Schlafzimmer. Körner und Hoffmann standen am Türstock.
»Was siehst du?«
»Hm, eine Menge Hemden, mehrere Anzüge. Da. Freizeitwäsche. Eins, zwei, drei Jogginganzüge. Ein warmer Pullover. Zwei Morgenmäntel.«
Sie trafen sich wieder im Wohnzimmer.
»Keine Einschusslöcher an der Wand«, setzte Hoffmann fort.
Körner notierte.
»Das heißt, drei Schüsse, drei Treffer. Alle drei Schüsse wurden wahrscheinlich im Schlafzimmer abgegeben.«
»Wir müssen die Nachbarn befragen.«
Hoffmann wiegte den Kopf.
»Drei Schüsse. Wenn die Nachbarn etwas gehört hätten, hätten sie bestimmt die Polizei benachrichtigt. In einem solchen Haus leben in der Regel Menschen, die massive Störungen der Normalität melden.«
»Hier unterm Dach gibt es nur diese eine Wohnung. Und wenn die Leute in der Wohnung einen Stock tiefer gerade nicht zu Hause waren, dann hat wahrscheinlich niemand die Schüsse gehört.«
»Rekonstruieren wir. Drei Schüsse im Schlafzimmer. Der

Mann stirbt an Ort und Stelle. Der Täter nimmt eine Decke oder einen Teppich und schleift die Leiche durch die Wohnung. Er versucht, die Spuren in der Wohnung zu verwischen. Mit dem Fahrstuhl geht es runter. Er kann einen 80 Kilogramm schweren Toten nicht so einfach zum Flur hinaus schaffen, über die Gasse ziehen und in das Auto heben. Das ist ein dicht bewohntes Viertel, er muss damit rechnen, auch um vier Uhr früh von irgendjemandem gesehen zu werden.«

»Das Haus hat eine Tiefgarage. Wir sind an der Einfahrt vorbeigefahren.«

»Stimmt. Die Einfahrt habe ich auch gesehen.«

»Wenn der Täter nicht über einen Schlüssel zur Garage verfügt, kommt er da nicht hinein.«

»Aber Burgstallers Auto stand bestimmt in der Garage. Und der Autoschlüssel hat garantiert hier irgendwo herumgelegen.«

»So kann es gewesen sein. Der Täter bringt die Leiche mit dem Fahrstuhl in die Tiefgarage, dort packt er den Körper in das Auto des Opfers, fährt los, wirft den Körper in den Wald, kehrt in die Stadt zurück, stellt das Auto irgendwo ab und kehrt zu seinem Wagen zurück.«

»Plausibel. Vielleicht steht Burgstallers Wagen ja gleich um die Ecke.«

»Vielleicht. Wenn der Täter clever ist, hat er ihn ganz woanders geparkt.«

»Wichtig ist auch, dass allfällige Spuren im Flur, im Aufzug und in der Garage beseitigt werden.«

»Was natürlich eine riskante Sache ist. Also hier oben im Dachgeschoss ist die Gefahr, beim Bodenputzen gesehen zu werden, relativ gering. Ebenso im Aufzug. Die Garage ist gefährlich.«

»Wir müssen prüfen, ob die Garage per Video überwacht wird.«

»In Wohnhäusern ist das eher selten der Fall, aber ich schau mir das gleich an.«

Kaltenegger nickte Körner zu. Er trat ans Fenster und schaute in die Gasse.

»Wo bleiben denn unsere Freunde?«

Körner trat neben ihn.

»Keine Sorge, die werden schon noch kommen.«

»Eines fällt mir noch auf.«

Das Ermittlerduo schaute Hoffmann an.

»Was?«

»Weder im Wohnzimmer noch in der Küche stehen Gläser, Tassen oder Teller herum. Irgendwie glaube ich, dass Burgstaller vom Besuch überrascht worden ist. Wenn Berg der Täter ist, dann war die Begegnung für Burgstaller bestimmt unangenehm. Die beiden hatten zuvor immerhin eine heftige Auseinandersetzung. Vielleicht stand Berg schon mit angeschlagener Waffe vor der Tür. Oder zumindest mit der klaren Absicht, heute und hier endgültige Fakten zu schaffen.«

»Die Art der Tötung würde darauf schließen lassen.«

»Walter, du musst den Leuten von der Spurensicherung sagen, dass sie nach einer Hacke oder Machete suchen müssen.«

Die drei schauten noch einmal in das Schlafzimmer.

»Vielleicht hat er die Hände hier abgesetzt. Oder im Wald.«

»Tippe auf den Wald. Die Hände auf einen Baumstumpf legen, ein- oder mehrmals kräftig zugeschlagen. Fertig.«

»Verdammte Scheiße aber auch.«

Hoffmann kämpfte gegen die aufsteigende Übelkeit.

»Leute, entschuldigt mich. Ich brauche ein bisschen frische Luft. Und ein paar Schritte muss ich auch gehen. Mein Magen rebelliert.«

Kalteneggers Telefon läutete. Er schaute auf die Anzeige.

»Der Gerald. Schau, wie schnell sich herumspricht, dass ich die Spurensicherung angefordert habe. Gehen wir aus der Wohnung raus.«

Körner und Hoffmann nickten Kaltenegger zu. Dieser drückte sein Handy ans Ohr.

»Hallo, Chef. Ja. Genau. Ja, wir haben den Tatort gefunden. Die Wohnung des Opfers. Na klar, Gerald, ich rufe dich an. Bis später.«

51. SZENE

So viel Wasser. Ein mächtiger Fluss. Alice stand am Brückengeländer und schaute in die schwarze Salzach. Bei einem ihrer früheren Besuche in Salzburg hatte sie irgendwo gelesen, dass die Salzach der wasserreichste Nebenfluss der Donau ist. Das mochte wohl so sein. Ihr Leben hatte sich immer in der Nähe von mächtigen Flüssen ereignet. In Schaffhausen der Rhein, in Wien die Donau. Salzburg käme somit als Wohnort auch infrage. Allerdings lag ja das Haus in Wien Hütteldorf nicht direkt an der Donau, sondern am Wienerwald. Auch eine schöne Gegend. Die Städte Mitteleuropas waren so reich an wertvollem Umland, egal ob in der Schweiz oder in Österreich, Wald, Wasser, Platz zum Erhängen, Gerinne für das endgültige Eintauchen. Hatte sie nicht zuletzt Gedanken an den Freitod gewälzt? Ja, da war doch diese Situation am Donaukanal. Alice war so froh, dass sie sich daran erinnern konnte. Sollte sie kopfüber das Geländer hinter sich lassen? Immer die Dunkelheit des Winters. War es hier niemals hell? Nicht das erste Mal erwog sie die Möglichkeiten, die ihr die ewige Stille bieten konnte. Gute Möglichkeiten, lohnende Aussichten.

Alice erschrak ein bisschen, als wieder einer dieser Busse an ihr vorbei rollte. In Wien gab es keine Trolleybusse. Obus, so wurden sie hier in Salzburg genannt. Elektrisch angetriebene

Autobusse im Innenstadtverkehr. Sie schaute dem Bus hinterher. Diese Fahrzeuge flüsterten sich flott und sicher durch die Stadt. Und sie stanken nicht. Der unbändige Wunsch, mit einem dieser Busse zu fahren, erfasste sie.

Alice erschrak. Wie spät war es mittlerweile? Sie zog das Smartphone mit den rosa Blümchen aus ihrer Manteltasche und schaute auf die Zeitanzeige. Sie musste sich sputen. Wo war sie noch mal? Sie versuchte sich zu orientieren. Ein bisschen Panik stieg hoch. Wie sollte sie in der kurzen Zeit zum Bahnhof kommen, wenn sie nicht wusste, wo sie sich überhaupt befand.

Da vorne! Eine Bushaltestelle.

Alice eilte über die Brücke und suchte bei der Bushaltestelle nach einem aushängenden Fahrplan. Ein Bus rollte heran. War das die richtige Linie? Wie konnte man nur von einem herannahenden Bus so in Angst und Schrecken versetzt werden? Lächerlich. Eine junge Frau trat in ihr Blickfeld. Sie trug eine lustige Strickmütze und eine kuschelig warme Winterjacke. Vielleicht eine Studentin. In Salzburg lebten viele Studenten. Vielleicht studierte sie Literatur. Oder Medizin. Vielleicht Informatik. Wurden diese Fächer an der Salzburger Universität überhaupt gelehrt? Alice fand das Gesicht der jungen Frau sympathisch. Irgendwie vertrauenerweckend. Eine geerdete Frau, kein Hirngespinst wie sie selbst. Bestimmt würde sie eine liebevolle Mutter sein. Wenn sie denn einen guten Mann finden würde. Geerdete Frauen fanden immer gute Männer. Und sie gebaren gesunde Kinder. Auch ihre Kinder waren gesund. Kerngesund sogar. Sie konnte so glücklich darüber sein.

»Entschuldigen Sie bitte. Eine Frage.«

Die junge Frau schaute Alice an.

»Bitte sehr.«

»Fährt dieser Bus zum Hauptbahnhof?«

»Ja.«

Alice atmete erleichtert auf.

»Vielen Dank.«

Schon bremste das Fahrzeug, die Türen öffneten sich. Viele Sitzplätze waren frei. Sie nahm Platz. Alice zog erneut das Smartphone heraus und schaute auf die Zeitanzeige. Wann würde der Zug ankommen? Sie tippte sich in das Menü mit den eingegangenen SMS-Nachrichten.

Ankunft 18:48h. Kanns kaum erwarten!!! :-)

Ein Lächeln legte sich in ihr Gesicht. Dieser liebe Junge. Würden Corinne und Lukas sie zur Großmutter machen? Ein verwirrender Gedanke. Großmutter! Sie war doch selbst nicht einmal erwachsen. Verrückte Welt.

Der Bahnhof. Alice stieg aus. Der in der letzten Nacht gefallene Schnee formte sich zusehends zu Matsch. Moment. Hatte Lukas nicht 18.48 Uhr gesimst? Sie schaute noch einmal. Wie dumm von ihr. Sie hatte sich um eine halbe Stunde vertan. Zeit genug also, um einen guten Platz zu suchen. Ja, sie würde warten. Sie würde nicht nur eine halbe Stunde auf Lukas warten, sie würde einen Tag warten, eine Woche, ein ganzes Leben. Traurige Prinzessinnen warteten oft ein ganzes Leben auf ihren Prinzen. Nur im Märchen kam er auf einem prächtigen Pferd angeritten. Im wahren Leben gab es keine Prinzen, sondern nur brutale Kerkermeister, die in den dunklen Verliesen die ihnen ausgelieferten Frauen auf alle nur erdenklichen Arten quälten. Wie Jürgen. Wie ihr Mann. Alles nur Realität.

Alice biss sich auf die Lippen.

Keine bösen Gedanken jetzt, schon gar nicht, wenn sie endlich ihrem Prinzen gegenübertreten würde. Nein, nicht *ihrem* Prinzen! Corinnes Prinz. Ihre kluge und schöne Tochter hatte es wahrlich verdient, von einem tapferen Prinzen gerettet zu werden. Sie selbst, Alice Berg, geborene Ruehli, hatte es nicht verdient, sie hatte bekommen, was ihr zustand. Einen alternden Bösewicht mit gefährlichen Waffen. Hatten Frauen nicht das Recht, sich gegen die ihnen angetane Gewalt zu wehren?

Notwehr! Ja, sie hatten das Recht. Mit den Waffen einer Frau. Und diese konnten tödlich sein. Warum auch nicht?

Sie betrat das Bahnhofsgebäude und schaute sich um. Wo würde sie sich verstecken können? Sie hatte eine halbe Stunde Zeit, ihren nur vage gefassten Plan reifen zu lassen. Zeit genug.

52. SZENE

Hoffmann stand vor dem offenen Kühlschrank und dachte nach. Irgendetwas würde er zu sich nehmen müssen, so viel war klar. Nur was? Sein Magen schrie förmlich nach Füllung. Warum hatte er tagsüber nichts gegessen? Ein seltsamer Tag. Der Abend war wie immer im Dezember schnell gefallen, nach Einbruch der Dunkelheit war er nach Hause gegangen. Er griff nach dem Glas mit Essiggurken, nach der Butter, dem Käse und dem Senf. Mit diesen Zutaten belegte er zwei Brote. Er sparte nicht mit Butter und Käse, auch die Brotscheiben waren dick geschnitten. Wasser blubberte im Kocher. Bald dampfte Kräutertee in der Kanne.

Hoffmann biss in ein Käsebrot. Sehr gut, genau das Richtige zur vorgerückten Tageszeit. Er schaute auf die Küchenuhr. Halb sieben. Gute Zeit für ein Abendessen. Wie sollte er den Tag ausklingen lassen? Fernsehen? Wozu er den Apparat überhaupt noch besaß? Staubfänger. Er würde weiter in dem dicken Buch lesen. Auch wenn die Lektüre nicht gerade erheiternd war. Der Roman passte gut zu seiner Stimmung und zur Jahreszeit. Dunkel. Er unterbrach sein Mahl und schnappte das Buch. Am Küchentisch klappte er es auf, füllte die Tasse und griff zum angebissenen Brot. Sein Blick verfing sich in den Zeilen. Er versank in einer anderen Welt.

53. SZENE

Die nächste Haltestelle wurde durchgesagt. Er lugte durch das Fenster. Bald tauchten die ersten Lichter der Stadt auf. Lukas sprang hoch und schnappte seinen Rucksack. Als Erster stand er vor der Tür. Noch rollte der Zug durch die Randbezirke. Der Zug bremste, Lukas hielt sich am Haltegriff neben der Tür fest. Der Bahnsteig, Lichter, ein pneumatisches Zischen. Die Tür öffnete sich, Lukas sprang auf den Bahnsteig und schaute sich um. Wo war der Ausgang? So schnell war man mit der Bahn in einer anderen Stadt. Wenn er ein bisschen Geld hätte, würde er mit der Bahn herumfahren und sich verschiedene Städte ansehen.

Er war richtig aufgewühlt. Klar doch, eine neue Stadt, viel mehr aber fieberte er dem Treffen mit Corinne entgegen. Mit flotten Schritten marschierte er den Bahnsteig entlang, durchquerte die Bahnhofshalle. Vor einer halben Stunde hatte Corinne eine SMS geschickt. Sie würde vor dem Bahnhof beim Taxistandplatz auf ihn warten. Voll freudiger Erwartung trat er aus dem Gebäude und schaute sich nach den Taxis um. Ein Wagen fuhr ab, ein anderer fuhr heran. Schon während der Bahnfahrt hatte er gesehen, dass hier in der Gegend, anders als in Wien und Umgebung, Schnee lag. Auch auf dem Bahnhofsplatz lag Schnee. Eigentlich Schneematsch. Lukas stellte sich auf das Trottoir vor der Taxischlange. Jetzt trafen die Fahrgäste des

Zuges aus Wien ein, zwei Taxis fuhren hintereinander ab. Ein drittes. Noch eines. Viel Bewegung hier. Lukas ließ den Blick kreisen. Wo war Corinne? Er wartete. Bestimmt würde sie gleich auftauchen. Bestimmt würden sie einander gleich in die Arme fallen. Bestimmt. Er konnte kaum stillstehen. Wo war sie?

54. SZENE

Sie näherte sich dem Café, trat ein, steuerte den kleinen Tisch an der Fensterfront an. Zum Glück hatte in der Zeit, als sie das Café verlassen und sich im Kiosk durch Zeitschriften geblättert hatte, niemand den Tisch besetzt. Alice setzte sich nicht, sie trat an den Tisch und schaute durch das Fenster hinaus auf den Südtiroler Platz. Sie hatte einen direkten Blick zum Taxistandplatz. Auf dem Gehsteig vor den Autos entstand Bewegung. Ein Taxifahrer hob einer älteren Dame den Koffer in den Kofferraum, der Wagen fuhr ab. Ein Mann mit Aktentasche und hochgeschlagenem Mantelkragen setzte sich neben den Fahrer. Der nächste Wagen fuhr ab. Alice starrte auf den Rucksack. War das Lukas? Der junge Mann stieg nicht in ein Taxi, er schien zu warten. Sie sah ihn nur von hinten. Alice stand hinter der Säule zwischen den breiten Fenstern und beobachtete. Sie hatte zuvor genau an diesem Tisch gesessen, eine Tasse Tee getrunken und den Ort als geeignet befunden. Dann hatte sie Lukas eine SMS geschickt. Knapp vor Ankunft des Zuges hatte sie bezahlt und war in den Kiosk gegangen.

Der junge Mann schaute sich auffällig um, lief ein paar Schritte in die eine Richtung, ein paar in die andere. Kein Zweifel, das war er, das war der Freund ihrer Tochter, das war Lukas. Er war gekleidet wie … Alice dachte nach. Sie rätselte, kam aber nicht dahinter. In jedem Fall war er nicht gekleidet wie ein Gymnasiast vor dem ersten Ball. Eher wie ein Kerl von der Straße. Nun, die Jugend, Alice hatte keine Ahnung, was gerade bei den Jugendlichen modern war, was angesagt, was hipp war. Vielleicht kleideten sich die Burschen derzeit so. Was wusste sie schon vom Leben außerhalb ihrer Gefängnismauern? Der Bursche zog eine Mütze aus der Tasche seiner Thermoweste. Würde er sich vermummen? Würde ihr Plan völlig scheitern? Noch hatte sie das Gesicht des jungen Mannes nicht gesehen.

Jetzt!

Er drehte sich um die eigene Achse, schaute zum Bahnhofsportal hinüber. Sein Gesicht! War sie enttäuscht? Begeistert? Wie ein Backfisch verliebt? Alice wusste es nicht. Was tat sie hier eigentlich? Das war verrückt! Sie schämte sich. Und war doch von einem stillen Glück erfüllt. Ein attraktiver Bursche. Noch sehr jung und doch überaus männlich. Wie alt mochte er sein? Wie 14 sah er nicht aus. Nun, Corinne sah auch nicht wie 14 aus. Also zumindest nicht so wie Alice dachte, dass 14-jährige Mädchen aussahen.

Sollte sie hinaus gehen, an Lukas herantreten und ihn in die Arme nehmen. Sich an seiner Schulter ausweinen? Sollte sie vor ihn hintreten, sich zu erkennen geben, ein Messer ziehen und ihn an Ort und Stelle erstechen? Sie kniff die Augen zusammen. Kannte sie ihn nicht von irgendwo? Sie war sich nicht sicher. Vielleicht war er ihr schon einmal zu einer Zeit begegnet, als sie noch nicht gewusst hatte, dass er der Freund ihrer Tochter war.

Hatten die beiden schon miteinander geschlafen? Hatte sie ihre süße Tochter schon an diesen Burschen verloren? Hasste sie ihn deswegen? Ein bisschen. Liebte sie ihn deswegen? Auch ein bisschen. Warum hatte sie nie einen mutigen Prinzen wie Lukas getroffen? Einen, der für seine Liebe alles liegen und stehen ließ und in den nächstbesten Zug stieg.

»Haben Sie etwas vergessen?«

Alice schrak aus ihrer Grübelei. Eine dezent geschminkte Frau um die 40 stand ihr gegenüber, sie trug ein Tablett. Alice verstand. Was sollte sie tun? Die Kellnerin des Cafés hatte sie entlarvt. Schnell hob sie ihre Handschuhe hoch.

»Mir muss einer davon aus der Tasche gefallen sein.«

Die Kellnerin runzelte die Stirn.

»Beim Abräumen ist mir der Handschuh nicht aufgefallen.«

»Er hat da am Boden gelegen.«

Die Frau nickte verstehend.

»Dann ist ja gut, dass Sie ihn wieder haben.«

»Das ist sehr gut. Danke. Auf Wiedersehen.«

Fluchtartig verließ Alice das Lokal. Die Kellnerin trat an das Fenster und warf einen Blick hinaus. Sie entdeckte nichts Ungewöhnliches, zuckte mit den Schultern und widmete sich wieder ihrer Arbeit.

Alice trat in das Portal, schaute hinüber zum Taxistandplatz, entdeckte Lukas in der Ferne und huschte los. Schnell fort von hier, schnell fort von diesem Ort der Niederlage. Sie eilte eine Straße entlang. Bei einem Haustor hielt sie inne und griff zu Corinnes Handy.

Verspäte mich leider. Wurde aufgehalten. Halbe Stunde. Sorry!

Dann hetzte sie weiter in Richtung Altstadt. Sollte sie sich eine Flasche Cognac auf das Zimmer bringen lassen? Vielleicht. In jedem Fall brauchte sie eine heiße Dusche. Kaum hatte sie die SMS abgeschickt, kam schon Antwort.

Kein Problem. Ich warte. Freu mich riesig!!!

Sollte sie umkehren und diesem Mädchenschänder die Augen auskratzen? Dieser liebe Junge. Dieses Drecksschwein. Er wirkte sportlich, war groß gewachsen, seine Miene war klar und offen gewesen. Sehr sexy. Wahrscheinlich war er ein Drogendealer. So wie er gekleidet war. Musste man ins Gefängnis, wenn man Drogendealer tötete? Cognac, ganz gewiss Cognac.

Warum nur hatte Jürgen die Kinder entführt? Oder waren die Kinder aus einem Haus fortgelaufen, in dem sie wie Häftlinge gehalten worden waren? Hänsel und Gretel im dunklen Wald. Die Welt war dunkel. Wann kam der nächste Schneefall? Unter ihr der Fluss. Sie blickte über das Brückengeländer auf das dahinziehende schwarze Wasser. Sollte sie sich ins Wasser stürzen? Hatte sie vor Kurzem auch vor dahinziehendem Wasser gestanden? Ja doch, am Donaukanal. Sie hatte vorgehabt, Jürgens Revolver ins Wasser zu werfen. Hatte sie es getan oder nicht? Sie wusste es nicht mehr. War da nicht etwas dazwischen gekommen? Oder jemand? Es fiel ihr wieder ein. Warum hatte sie den einzigen Mann, der ihr jemals geholfen hatte, es zumindest versucht hatte, so schnöde versetzt? Wolfgang war Polizist, er hätte bestimmt die Kinder finden können. Warum war sie fortgelaufen, anstatt sich noch eintausend Mal mit ihm zu lieben?

Alice schnappte nach Luft. Sie war verwirrt. Völlig konzeptlos. Sie war am Ende ihrer Kräfte. Weg von hier! Ihr wurde nun klar, dass auch diese Stadt ihr keine Sicherheit bot. Fort zur nächsten Stadt. Und dann keine Kontakte mehr zum alten Leben.

MITTWOCH

55. SZENE

»Hallo.«

»Guten Morgen. Leonhard, Ambulanz für Notfallmedizin, Wilhelminenspital.«

Hoffmann stellte die Kaffeetasse ab und richtete sich unwillkürlich auf. Mit der linken Hand presste er das Mobiltelefon an sein Ohr.

»Guten Morgen.«

»Spreche ich mit Wolfgang Hoffmann?«

»Ja.«

»Sind Sie ein Angehöriger von Frau Hildegard Berg?«

»Nein.«

Hoffmann sah förmlich vor sich, wie die mit routinierter Telefonstimme sprechende Mitarbeiterin stockte und mit skeptischem Blick noch mal auf ihre Unterlagen schaute.

»Nicht? Ich habe da eine Notiz mit Ihrem Namen und Ihrer Telefonnummer.«

»Ich bin kein Angehöriger, aber ein Bekannter der Familie.«

»Ach so. Na gut. In jedem Fall geht es um Frau Hildegard Berg. Sie ist ... sie war bei uns in der Abteilung stationär. Die Polizei hat Frau Berg am ...« Hoffmann hörte raschelndes Papier im Hintergrund. »... am Montagabend hier in der Notaufnahme abgeliefert. Die Polizisten haben Ihren Namen und Ihre Nummer angegeben. So zumindest sehe ich das hier in meinen Aufzeichnungen.«

»Das ist korrekt, Frau Leonhard. Ich habe die Polizei verständigt, um Frau Berg in medizinische Pflege zu übergeben.«

»Alles klar. Herr Hoffmann, ich will Ihnen als Kontaktperson nur mitteilen, dass Frau Berg jetzt das Krankenhaus verlassen hat. Gegen die ärztliche Anordnung. Frau Berg hat einen Revers unterschrieben.«

Hoffmann runzelte die Stirn.

»Hm, ich verstehe diese Information nicht ganz.«

Im Hintergrund hörte Hoffmann Stimmen und Geräusche. Zweifellos telefonierte die Angestellte des Krankenhauses vom Schwesternzimmer oder dem Ambulanzschalter, und um halb acht Uhr an einem Mittwoch war in einer Ambulanz immer viel los.

»Frau Berg hat gestern Abend schon bekannt gegeben, dass Sie nicht länger in Spitalspflege sein möchte. Heute früh hat sie in Anwesenheit des Arztes und der Stationsschwester den Revers unterzeichnet und ist mit dem Taxi fortgefahren. Angeblich in ihr Haus.«

»Na gut, sie ist also fort. Danke für den Anruf und die Information.«

»Bitte.«

Gewiss setzte die Frau einen Haken auf ihre Liste. Wieder ein Punkt abgearbeitet.

»Sie sagten, Frau Berg wäre mit dem Taxi gefahren.«

»Ja.«

»Wurde sie von einem Pfleger begleitet? Oder ist ein Angehöriger aufgetaucht, der ihren Rollstuhl geschoben hat?«

»Ein Rollstuhl war nicht nötig. Sie ist einfach gegangen.«

Irritation stieg in ihm hoch.

»So, jetzt kenne ich mich gar nicht aus. Frau Berg ist doch gehbehindert.«

»Nicht wirklich, wie sich herausgestellt hat. Sie hat Osteoporose, erhebliches Untergewicht und einen geschwächten Bewegungsapparat, aber sie kann gehen. Sie hat ihre Kleidung, die von uns gereinigt und Frau Berg wieder zur Verfügung gestellt wurde, angezogen, hat zu Fuß das Haus verlassen und hat ein Taxi genommen.«

In Hoffmanns Stirn pochten die Arterien. Was sollte er davon halten?

»Frau Berg war mit einem Nachthemd bekleidet, als sie von der Rettung abgeholt worden ist.«

»Deswegen hat die Stationsschwester ihr einen Morgenmantel und Strümpfe gegeben. Sie ist dennoch nicht der Jahreszeit entsprechend gekleidet.«

»Und da lassen Sie die Frau einfach so gehen?«

Die Frau am Telefon schnaufte verärgert.

»Ich rufe ja Sie als Kontaktperson an und informiere Sie! Wir haben keine rechtliche Handhabe, Frau Berg mit Zwang im Haus zu behalten. Es liegen keine akuten körperlichen Erkrankungen vor, die Osteoporose ist in dem Alter normal, und das Untergewicht ist nicht gesundheitsgefährdend.«

»Entschuldigen Sie den schroffen Tonfall. Mir ist klar, dass Sie tun, was in der Situation möglich ist.«

»Ja eben. Mehr als Sie anrufen kann ich nicht.«

Hoffmann überlegte.

»Ist Frau Berg aus einem bestimmten Grund aufgebrochen?«

»Sie sagt, sie braucht keine ärztliche Kontrolle mehr, sie kommt alleine bestens zurecht. So wie es für uns aussieht, hat die Frau die Station verlassen, weil der Oberarzt gestern bei der Visite eine psychiatrische Abklärung verordnet hat. Heute Vormittag hätte der Psychiater diese durchführen sollen. Frau Berg hat das nicht zugegeben, aber für uns ist klar, dass sie deswegen den Revers unterschrieben hat.«

»Ich verstehe.«

»Bis auf ganz normale Alterserscheinungen und die Mangelernährung ist die Frau körperlich gesund. Sie ist kein Fall für einen stationären Aufenthalt. In Bezug auf ihren körperlichen Zustand hätten wir sie jederzeit ohne Revers gehen lassen, aber der Oberarzt hat die psychiatrische Abklärung vorgeschrieben. Wir empfehlen, die Abklärung frühestmöglich nachzuholen.«

»Okay.«

»Das musste ich Ihnen mitteilen.«

»Besten Dank, Frau Leonhard.«

»Wenn Sie noch Fragen haben, rufen Sie bitte die Nummer der Notaufnahme an. Ich gebe Sie Ihnen durch.«

»Das ist nicht nötig. Ich kenne die Nummer.«

»Gut. Danke für das Gespräch.«

»Ich danke für die Info.«

»Auf Wiederhören.«

»Auf Wiederhören.«

Hoffmann legte das Telefon auf den Tisch. Sie kann gehen, sie ist gesund, sie ist vor dem Psychiater abgehauen, geisterte es durch Hoffmanns Kopf. Schon wieder Rätsel, schon wieder die Familie Berg. Langsam nervte diese Bande. Er stieß einen Fluch aus, erhob sich und räumte das Frühstücksgeschirr ab. Wenig später hatte er sich rasiert, die Zähne geputzt und sich angezogen. Hoffmann öffnete den Tresor. Er langte nach der Beretta.

56. SZENE

Die beiden Wachleute hatten ihn im Visier. Zum wiederholten Male gingen sie auffällig langsam am Warteraum vorbei und gafften ihn unverhohlen an. Lukas ließ sich nicht aus der Ruhe bringen. Es war nicht verboten, in einem öffentlichen Warteraum auf einer Bank zu sitzen, eine Semmel zu essen und Buttermilch zu trinken. Gleich als der Backshop im nahe gelegenen Einkaufszentrum geöffnet hatte, hatte Lukas eine Semmel und einen halben Liter Buttermilch gekauft. Sein Frühstück. Die ofenfrische Semmel hatte ausgezeichnet geschmeckt, aber richtig satt war er dadurch nicht geworden. Dafür füllte die Buttermilch seinen Magen. Schön fett und sauer. Mit einer Packung Buttermilch konnte er im Notfall den ganzen Tag überstehen. Hatte er schon das eine oder andere Mal getan.

Na klar hielten die Hilfssheriffs ihn unter Beobachtung. Der Warteraum wurde, wie jede Ecke und jeder Winkel im Bahnhof, von Videokameras überwacht. Natürlich war den Berufsparanoikern der Jugendliche mit Rucksack aufgefallen, der die Nacht auf einer Bank sitzend verbracht hatte, natürlich hatte die Bande schon Pläne gewälzt, den heruntergekommenen Anarcho zu filzen, ihn in ein Hinterzimmer ohne Videokamera zu zerren, dort in alle seine Körperöffnungen zu gaffen und ihn bei Bedarf mit den Schlagstöcken kaputt zu knüppeln. Lukas wusste, wie der Hase lief. Und er hatte sich der Situation entsprechend verhalten. Er saß ruhig und unauffällig, wartete, machte keinen Dreck im Warteraum, sondern warf seinen Abfall vorschriftsgemäß in den Mülleimer. Nachts hatte er sich zum Schlafen nicht über mehrere Sitze gelegt, obwohl genug Plätze frei gewesen wären, er hatte es sich nicht auf dem Boden bequem gemacht, er war einfach nur sitzen geblieben, hatte seinen Kopf an die Wand gelehnt und so ein paar Stunden Schlaf geholt. War nicht das erste Mal, dass er eine Nacht in unbequemer Position verbracht hatte. Er gab dem Wachdienst einfach keine Handhabe, ihn in die Kälte hinauszuwerfen.

Lukas trank den letzten Rest der Buttermilch, erhob sich und warf die leere Packung in den Mülleimer. Halb acht war es geworden. Er hatte genau verfolgt, wie Leben in den Bahnhof gekommen war, wie sich Minute für Minute die Halle und die Gänge mehr und mehr gefüllt hatten. Jetzt war längst Vollbetrieb, Regionalzüge, Fernzüge, Busse, die Menschenschleuder warf die Leute in alle Richtungen. Gut, dass er seine Zahnbürste eingesteckt hatte. Lukas packte seinen Rucksack und verließ den Warteraum. Er schlenderte durch das Bahnhofsgebäude, verrichtete auf der Toilette die Morgenhygiene, schlenderte auf der Suche nach einer zündenden Idee weiter umher. Tausend Geräusche, Stimmen, von irgendwoher Popmusik, eine Gruppe lärmender Schüler drängte durch die Halle von den Bahnsteigen in Richtung Bushaltestelle, vorbeiziehende Gesichter. Keine Idee.

Warum war er nicht zurück nach Wien gefahren? Bis spätnachts verkehrten Züge zwischen Salzburg und Wien. Mit dem Geld von Ottfried hätte er die Rückfahrkarte gerade noch bezahlen können. Er hatte eine Stunde gewartet. Eine SMS geschrieben. Eine halbe Stunde gewartet. Noch eine SMS geschrieben. Wieder eine halbe Stunde gewartet. Die dritte SMS. Gewartet. Das Viertel rund um den Bahnhof war still geworden. Er hatte gewartet. Klar hatte er ein paar Runden gedreht und sich die Gegend angesehen. Gegen Mitternacht hatte er die letzte SMS geschrieben. Es war zu kalt geworden, um draußen zu übernachten, dafür hätte er eine warme Decke oder einen Schlafsack gebraucht. Also hatte er sich in den Warteraum zurückgezogen.

Warum hatte Corinne ihn versetzt? Was ging da vor? Irgendeine schwerkranke Scheiße, darin war sich Lukas sicher.

Mit eiserner Disziplin blieb er unauffällig, er arbeitete verdammt hart daran, innerlich kochte er, in seinem Kopf liefen ein paar Prozesse auf Hochtouren, er wusste ganz genau, wenn er jetzt einen Fehler beging, wenn er jetzt irgendwie auffiel, wenn er die strikte Ordnung am Bahnhof irgendwie störte und die zwei Wachleute ihn jetzt anmachen würden, würde er hochfahren wie eine Rakete, unter lautem Knall explodieren und den Scheißkerlen ein Feuerwerk der Extraklasse liefern. Verdammte Arschgeigen. Warum verfolgten sie ihn? Glaubten die zwei Trottel ernsthaft, dass er sich eine ganze Nacht von den Videokameras filmen lassen und danach für beschissene 200 Euro Beute den Zeitungsladen überfallen würde?

Lukas brauchte nicht über die Schulter zu schauen, in den Spiegelungen der Schaufenster sah er mehr als genug. Sie hingen an ihm dran.

Raus hier! Genug von diesem Scheißspiel. Er brauchte Luft zum Atmen.

Lukas warf sich herum und ging zielstrebig durch das Portal. Mit schnellen Schritten ließ er den Bahnhof hinter sich. Er ging stadteinwärts. Irgendwann hielt er an, stellte sich in eine Hauseinfahrt und starrte nirgendwohin. Was sollte er nur tun? Noch eine SMS schreiben? Anrufen? Corinne hatte ihn gebeten, nicht anzurufen. Sollte er die Regel brechen? Schließlich hatte sie auch die Regel gebrochen und ihn versetzt. Mitten in Salzburg! Was hatte er hier überhaupt verloren?

Ein roter Mantel.

Lukas brauchte eine Sekunde, um zu kapieren.

Sein Ärger und seine Verzweiflung waren schlagartig verschwunden. Fort. Wie vom Erdboden verschluckt. Er trat aus der Einfahrt und schaute genauer.

Corinnes Mutter. Da ging sie. Auf der anderen Straßenseite. Ein Bus kreuzte sein Blickfeld, Autos zogen auf der Hauptverkehrsstraße dahin. Sie hatte ihn nicht bemerkt. Eine Sonnenbrille saß auf ihrer Nase. Diesmal trug sie kein Kopftuch, sondern eine warme Wintermütze. Das war der rote Mantel, den sie auch am Donaukanal getragen hatte. Sie zog einen Koffer hinter sich her. Sie marschierte in Richtung Bahnhof.

Irgendetwas passierte mit ihm, das fühlte Lukas ganz genau, aber er wusste nicht, was es war. Er kannte das Gefühl, konnte es aber nicht zuordnen. Er ging langsam los, hielt die Frau im Blickfeld. Wohin war sie so zielstrebig unterwegs? Zum Bahnhof. Lukas folgte ihr in sicherer Entfernung. Sie kaufte an einem Schalter ein Ticket. Wohin? Sie ging in Richtung Bahnsteig. Er blieb dran. Sie wartete auf einem Bahnsteig. Lukas schaute auf die Anzeige. Der Zug nach Zürich. Er fluchte in sich hinein. Zürich war schlecht, verdammt schlecht, sie verließ

Österreich. Er besaß keinen Reisepass. Und wo war Corinne? Noch in Salzburg bei der Tante?

Ein irrer Verdacht stieg in ihm hoch. Corinne hatte viel von ihrer Familie erzählt, so gut wie alles eigentlich, niemals aber eine Tante oder sonst irgendwelche Verwandten in Salzburg erwähnt. In der Familie von Corinnes Mutter waren die meisten Schweizer, irgendeine Linie verwies nach Deutschland, nach Konstanz am Bodensee, die Familie von Corinnes Vater war seit Generationen in Wien und Niederösterreich beheimatet, niemand kam aus Salzburg. So weit er wusste.

Hatte Alice Berg ihn verarscht? Hatte sie irgendein beschissenes Spiel mit ihm getrieben?

Jetzt wusste Lukas wieder, woher er das Gefühl kannte, das ihn beim Anblick des roten Mantels erfasst hatte. Es war wie damals vor dem Fußballstadion, knapp vor der Schlägerei, als er diesem Kerl das Nasenbein zerfetzt hatte.

Lukas verfloss mit dem Hintergrund. Der Bahnsteig füllte sich, der Zug würde in zehn Minuten eintreffen. Er hatte kein Ticket. Scheiß drauf, ihm würde schon etwas einfallen. Lukas lauerte.

57. SZENE

Hoffmann zog die Handbremse an und wuchtete sich aus dem Wagen. Schmerzte seine linke Schulter? Er griff danach. Keine guten Erinnerungen tauchten hoch, Erinnerungen an bohrende Schmerzen, an nackte Angst, an das Gefühl, ratlos vor einer Weggabelung zu stehen, sollte er links oder rechts abbiegen, sollte er umkehren und den Weg einfach zurückgehen? Aussichtslos, der Weg zurück war vom mächtigsten aller Riegel versperrt, von der Zeit. Links wartete der Tod, rechts wartete auch der Tod, die Frage des Lebens war einzig, welche Stolpersteine, Hürden und Untiefen er hinter sich zu bringen hatte. Links oder rechts? Die ewige Frage des Menschen, die Erblast der Verstandestätigkeit. Bäume, Insekten, Mollusken dachten nicht nach. Nein, kein Schmerz. Zumindest kein körperlicher. Ein Phantom. Vielleicht lag es am Wetter, dass die Narbe an der Schulter schmerzte.

Ich habe das Schlimmste hinter mir. Der Krebs ist besiegt!

Mit diesem Satz hatte er sich im Krankenhausbett aufzurichten versucht. Es hatte funktioniert, er hatte funktioniert.

Er konnte sich an Alice gar nicht mehr erinnern. Wie hatte sie ausgesehen? Hatte er wirklich mit dieser Frau geschlafen? Oder war das nur ein erotischer Traum, eine nächtliche Schimäre gewesen? Nein, es war Wirklichkeit. Er schmeckte noch ihre Haut, atmete ihren Geruch. Er fühlte, wie sich Begehren in ihm regte.

Arbeitete er nicht gerade eben an dem nächsten Tumor? Hoffmann stand vor dem großen Haus und den alten Tannen. Nachts war wieder kein Schnee gefallen. Er mochte das Haus nicht. Er mochte die Menschen nicht, die darin versucht hatten, so etwas wie ein Leben zu führen. Und gescheitert waren. Ein Mann mit drei Kopfschüssen und abgesetzten Händen.

Ein Blitz durchzuckte Hoffmann. Der Bruder des Opfers musste noch informiert werden. Er hatte es dem Mann zugesagt. Hoffmann langte in die Innentasche seiner Jacke und zog das Telefon heraus. Ohne den Blick von den Fenstern der Villa zu wenden, drückte er das Telefon an sein Ohr. Es klingelte.

»Burgstaller.«

»Guten Morgen, Herr Burgstaller. Wolfgang Hoffmann.«

»Guten Morgen.«

Hoffmanns Miene war wie aus Eisen gegossen.

»Herr Burgstaller, sind Sie unterwegs oder passt mein Anruf aus einem anderen Grund gerade nicht?«

»Ich bin eben in mein Büro gekommen und sitze vor dem hochfahrenden Computer.«

»Ich verstehe. Ein Gespräch ist also jetzt kein Problem?«

»Haben Sie etwas herausgefunden?«

»Ja.«

»Schießen Sie los.«

»Herr Burgstaller, hat sich jemand von der Polizei bei Ihnen gemeldet?«

»Bis jetzt noch nicht.«

»Wir haben uns das so ausgemacht, also sage ich Ihnen die Wahrheit.«

»Bernhard ist tot.«

»Leider ja. Der mit dem Fall betraute Kriminalbeamte heißt Walter Kaltenegger. Am besten melden Sie sich gleich bei ihm. Ich simse Ihnen die Handynummer.«

»Wie ist …«

Hoffmann wartete, ob der Mann den Satz vollendete. Nein.

»Inspektor Kaltenegger wird Sie mit den Details vertraut machen. Aus rechtlichen Gründen darf ich nicht tiefer gehen, es handelt sich hier um polizeiliche Ermittlungen in einem Tötungsdelikt.«

»Ach du Scheiße.«

»Herr Burgstaller, wenn Sie psychologische Hilfe brauchen, sagen Sie bitte Herrn Kaltenegger Bescheid, der Ihnen jederzeit ein Kriseninterventionsteam schicken kann.«

»Okay, simsen Sie mir die Nummer.«

»Selbstverständlich. Und Herr Burgstaller!«

»Ja?«

»Mein Beileid.«

Stille in der Leitung.

»Danke.«

»Auf Wiederhören.«

»Wiederhören.«

Hoffmann beendete das Gespräch, hielt das Telefon für eine Weile in der Hand und schaute zu den Wipfeln der Tannen empor. Dann suchte er die nächste Nummer aus dem Verzeichnis. Er wartete nur kurz, bis der Anruf entgegengenommen wurde.

»Hallo, Wolfgang.«

»Guten Morgen, Walter. Kurze Info für dich.«

»Ich höre.«

»Habe eben mit Richard Burgstaller telefoniert und den Mann vom Tod seines Bruders informiert.«

»Du hast also wie besprochen die Kröte geschluckt.«

»Ich habe ihm Informationen zugesagt. Danke, Walter, dass du mir das überlassen hast.«

»Kein Thema.«

»Ich simse dem Mann jetzt deine Handynummer. Ich habe ihn aufgefordert, dich gleich anzurufen.«

»Nicht nötig. Ich habe seine Nummer vor mir und das Telefon in der Hand. Eigentlich habe ich mit dem Anruf nur gewartet, bis du mir grünes Licht gibst.«

»Ich verstehe. Tschüss.«

»Wir hören uns.«

Er steckte das Telefon ein. Jetzt das Haus. Hoffmann griff zur Klinke des Gartentors. Das Tor war nicht versperrt.

58. SZENE

Der Mantel hing an einem Haken, direkt darüber auf der Gepäckablage lag der Koffer. Er ging nicht näher. Wozu auch?

Sie saß im zweiten Waggon hinter der Lokomotive an einem Fensterplatz. Das wusste er ja. Seit 20 Minuten stapfte er im Zug auf und ab und schaute sich um. Bis jetzt war noch kein Schaffner zu sehen gewesen. Das änderte sich gerade schlagartig. Jetzt kam es darauf an. Er hatte einen Plan gefasst. Ob dieser aufging, wusste er nicht. Er musste es darauf ankommen lassen. Der Schaffner ging von vorne nach hinten den Zug durch und kontrollierte die Tickets der zugestiegenen Fahrgäste.

Lukas trollte sich. Er verschwand im dritten Waggon und wartete vor der Toilette. Diese war besetzt, also fiel nicht auf, dass er davor stand. Unauffällig lugte er durch die Fenster in den zweiten Waggon. Er wartete auf den richtigen Zeitpunkt. Der Schaffner kam näher, kontrollierte die Fahrkarten zweier älterer Frauen, die in Salzburg zugestiegen waren. Der Mann unterhielt sich mit den Frauen.

Jetzt also los.

Lukas wandte sich von der Toilette ab, durchmaß den Waggon und kam zu der Gruppe Jugendlicher, die er zuvor ausgemacht hatte. Vier Sitze links des Gangs, vier rechts auf gleicher Höhe. Die Sitze waren einander zugewandt, in der Mitte jeder Vierergruppe befand sich je ein Tisch. Sechs Jugendliche saßen dort, vier Jungen, zwei Mädchen. Wo sie eingestiegen waren, wusste er nicht, in Salzburg hatten sie in jedem Fall schon hier gesessen. Sie waren ein bisschen älter als er, vielleicht waren es Studenten. Die beiden Mädchen und ein Junge unterhielten sich, einer hing am Kabel seines Smartphones und hörte Musik, einer war mit seinem Laptop beschäftigt, einer tippte auf seinem Smartphone herum und schien im Internet zu surfen. Die zwei freien Plätze waren durch das Handgepäck belegt.

»Verzeihung, kann ich mich da hinsetzen?«

Der im Internet surfende Junge blickte hoch und musterte Lukas scheel. Der andere schaute von seinem Laptop hoch. Die beiden schauten sich im Waggon um. Viele Plätze waren nicht frei. Der Kerl zog seine Lippen ein bisschen breit, hob den Rucksack vom Sitz und warf ihn auf den anderen noch freien Sitzplatz.

»Okay.«

»Super. Danke.«

Bevor sich Lukas setzte, schaute er zum in den Waggon eintretenden Schaffner. Lukas ließ sich auf den Sitz plumpsen, zog seine Thermoweste aus und ließ sie unter dem Sitz verschwinden. Er packte seinen Rucksack ans Fenster, lehnte sich daran und nahm sein Smartphone zur Hand. Er wischte und tippte sich durch die Menüs.

Weiter vorne unterhielt sich der Schaffner noch mit jemandem über das Angebot im Speisewagen und kontrollierte ein paar Fahrkarten. Er kam näher. Lukas vertiefte sich in sein Smartphone. Aus den Augenwinkeln sah er den Umriss des Schaffners. Lukas war in der Gruppe völlig unauffällig, so als ob er wie die anderen schon seit Stunden im Zug säße. Der Schaffner marschierte an der Gruppe vorbei und öffnete die Tür zum nächsten Waggon.

Ohne sich etwas anmerken zu lassen, atmete er durch. Geschafft. Fürs Erste zumindest. Lukas hob nicht den Blick von der Anzeige seines Telefons.

»Cool.«

Jetzt blickte er doch hoch. Der Kerl gegenüber sah über den Rand seines Laptops Lukas unverblümt an.

»Was?«

»Fährst du schwarz?«

Das war das Risiko.

»Verpfeifst du mich?«

Der Bursche grinste breit, der andere neben Lukas schaute überrascht von seinem Smartphone hoch. Die vier auf den Plätzen gegenüber waren beschäftigt und bemerkten nichts.

»Warum sollte ich? Guter Trick. Clever. Machst du so etwas öfter?«

»Nein. Notfall.«

»Also gut improvisiert.«

»Schwein gehabt.«

»Wie weit fährst du?«

»So weit ich komme.«

»Lässige Ansage.«

»Wie weit fahrt ihr?«

»Bis nach Innsbruck. Danach wird es für dich vielleicht noch mal eng.«

»Kann sein.«

»Steig spätestens in Feldkirch aus. Letzte Haltestelle vor der Grenze. Vielleicht lässt sich der Schweizer Schaffner nicht so leicht foppen.«

»Danke für den Tipp.«

Damit wandten sich die beiden wieder ihren Geräten zu. Auch Lukas. Was tat er hier nur? Immer weiter fort von Wien. Er überlegte fieberhaft und drehte sein Smartphone in den Händen. Zum Glück hatte er die Nummer gespeichert.

Zug nach Zürich. Salzburg hinter mir. Bin an Corinnes Mutter dran. Fast kein Geld, kein Ticket, kein Pass, kein Plan. Total seltsame Situation. Hast du eine Idee?

Lukas las den Text dreimal durch. Sollte er ihn abschicken? Er war unschlüssig. Kurz schaute er zum Fenster hinaus. Die Landschaft zog an ihm vorbei. Was für ein verrückter Vormittag.

Er betätigte den Sendenbutton. Raus damit.

59. SZENE

Er läutete. Keine Reaktion. Hoffmann drückte die Klinke nach unten, die Tür war nicht versperrt. Er trat ein.
»Guten Tag! Ist jemand zu Hause?«
Stille.
»Hallo! Ist da wer?«
Er durchmaß die Vorhalle und betrat das Wohnzimmer. Hoffmann öffnete seine Jacke und zog die Mütze vom Kopf.
»Frau Berg, sind Sie da?«
»Wer sind Sie? Was wollen Sie?«
Sein Blick fiel auf die Rückseite eines hohen Ohrensessels. Er näherte sich und ging in gemessenem Abstand um das Möbelstück herum. Die alte Frau saß regungslos und starrte auf das Fenster.
»Mein Name ist Hoffmann. Wir kennen uns, Frau Berg.«
Nach einer Weile richtete die Frau ihren Blick auf den Besucher in ihrem Haus.
»Ich kenne Sie nicht.«
»Montagabend, Frau Berg, wir haben uns am Montagabend kennengelernt.«
Die Frau musterte ihn mit unbewegter Miene.
»Sie sind es. Was wollen Sie schon wieder von mir?«
»Ich will nach dem Rechten sehen.«
»Hier gibt es nichts zu sehen.«
Die Frau trug ihr Nachthemd, darüber einen Morgenmantel und an den Füßen weiße Strümpfe.
»Wie geht es Ihnen?«
»Wollen Sie mich wieder aus meinem Haus fortschaffen? Damit Sie hier in Ruhe alles ausrauben können?«
»Ich bin kein Räuber, ich bin Polizist.«

»Lügen, nichts als Lügen. Ein Leben lang höre ich nichts als Lügen.«

Hoffmann rückte einen Stuhl in die Nähe des Ohrensessels und setzte sich.

»Wer hat Ihnen erlaubt, es sich hier bequem zu machen?«

»Ich bin einfach so frei.«

»Wollen Sie mich vergewaltigen? Ich wehre mich!«

»Vor mir brauchen Sie keine Angst zu haben, Frau Berg. Ich will nur mit Ihnen reden.«

»Lächerlich. Reden! Wozu sollte ich mit Ihnen reden? Und worüber?«

Hoffmann beugte sich vor und stützte sich mit den Ellbogen auf den Knien ab. Er faltete die Hände.

»Vielleicht darüber, dass Sie heute früh das Krankenhaus verlassen haben.«

»Im Krankenhaus sterben Leute. Mehr gibt es dazu nicht zu sagen.«

»Sie sind nicht gestorben. Im Gegenteil. Wie man mir versichert hat, sind Sie putzmunter und gesund.«

»Ich will in meinem Haus sterben.«

»Sie werden nicht so schnell sterben.«

»Ich bin todkrank.«

»Können Sie aufstehen, Frau Berg?«

»Aufstehen? Sie Trottel, sehen Sie nicht, dass ich gelähmt bin.«

»Wie sind Sie denn vom Krankenhaus hierher gekommen?«

»Das geht Sie gar nichts an. Und jetzt verschwinden Sie aus meinem Haus, bevor ich die Polizei rufe.«

Hoffmann ließ sich Zeit. Er hielt seinen Blick auf den kostbaren Perserteppich gerichtet.

»Raus hier. Verschwinden Sie endlich.«

»Frau Berg, wissen Sie, wo sich Ihr Sohn aufhält?«

»Das geht Sie gar nichts an. Was mischen Sie sich überhaupt in Privatangelegenheiten ein, Sie Affe.«

»Bleiben Sie bitte höflich.«

»Die Affen gehören allesamt ausgerottet. Mistviecher. Die Affen in Schönbrunn gehören schnellstens liquidiert.«

»Wissen Sie, wo Ihre Schwiegertochter ist?«

»Verursachen nichts als Dreck und Kosten.«

»Wo sind denn Ihre Enkel?«

»Der Zoo gehört geschliffen und das ganze Areal betoniert.«

Hoffmann ließ seinen Blick auf Hildegard Berg ruhen. Die Frau starrte wieder zum Fenster hinaus. Es schien, als ob sie völlig vergessen hatte, dass sie nicht alleine im Zimmer war. Hoffmann erhob sich und trat an das Tischchen mit dem Festnetztelefon heran. Der nagelneue Apparat bildete einen schroffen Kontrast zum antiken Interieur. Ein Karteibuch lag neben dem Telefon. Hoffmann schlug das Buch auf. Darin befanden sich fein säuberlich notierte und alphabetisch geordnete Namen samt der zugehörigen Telefonnummern. Er blätterte durch das Buch. Ein Name ließ ihn stutzig werden. Er rief über seine Schulter.

»Frau Berg, hier steht der Name Ildiko Sirak. Ist das Ihre Haushälterin?«

Keine Antwort. Hoffmann tippte die Nummer in sein Telefon, doch bevor er anrief, verließ er das Wohnzimmer. Erst dann drückte er die Verbindungstaste.

»Sirak.«

»Guten Tag, Frau Sirak. Mein Name ist Hoffmann. Ich habe eine Frage.«

»Ja bitte.«

»Waren Sie die Haushälterin von Hildegard Berg?«

»Ja.«

»Frau Sirak, ich befinde mich derzeit im Haus von Frau Berg. Die Angehörigen der Frau sind seit Längerem nicht im Haus, Frau Berg ist völlig auf sich alleine gestellt. Ist es für Sie möglich, hier nach dem Rechten zu sehen? Beziehungsweise können Sie mir vielleicht sagen, an wen ich mich sonst wenden könnte? Als Haushälterin kriegt man ja vieles mit.«

»Wer sind Sie überhaupt?«

Die Frau sprach mit ungarischem Akzent.

»Ich bin Polizist, Frau Sirak.«

»Polizist?«

»Ja. Können Sie mir bei diesen Fragen weiterhelfen?«

Die Frau murmelte etwas in ihrer Muttersprache und holte dann tief Luft.

»Frau Berg hat mich hinausgeworfen. Sie will nicht, dass ich meine Arbeit erledige.«

Hoffmann verzog verärgert seine Miene.

»Ich verstehe.«

»Aber wenn es ein Notfall ist, kann ich schon kommen.«

Seine Miene hellte sich schlagartig auf.

»Wäre das möglich?«

»Ja. Herr Berg hat mich nicht gekündigt, er bezahlt mich noch. Nur Frau Berg will mich nicht sehen. Herr Berg hat gesagt, dass seine Mutter alle Haushälterinnen schlecht behandelt, er aber ist mit meiner Arbeit sehr zufrieden. Deswegen bezahlt er mich noch. Er hat mich nur gebeten, ein paar Tage nicht zu kommen, um zu putzen und Frau Berg zu pflegen. Aus den paar Tagen sind ein paar Wochen geworden.«

»Wann könnten Sie hierher kommen?«

»Nicht sofort. Ich bin einkaufen und muss für meine Kinder kochen. Am Nachmittag.«

»Das wäre ganz großartig, Frau Sirak.«

»Ich habe auf einen Anruf von Herrn Berg gewartet. Ich will meine Arbeit tun. Werde ja bezahlt. Ich will niemandem etwas schuldig bleiben.«

»Das verstehe ich sehr gut. Haben Sie vielleicht einen Schlüssel zum Haus?«

»Ja.«

»Wie lange sind Sie schon im Haus Berg angestellt?«

»Seit fast zwei Jahren.«

»Was wissen Sie über Frau Bergs Gesundheitszustand?«

»Frau Berg ist nicht so krank, wie sie sagt.«
»Sie kann also auch gehen.«
»Ja. Aber seit ich in das Haus gekommen bin, liegt sie im Bett und sagt, dass sie bald sterben wird. Sie ist 78 Jahre alt, da kann man nicht mehr schnell laufen und viel arbeiten, aber sie kann gehen, sich selbst waschen, sie kann bestimmt kochen und vieles mehr. Sie will nicht. Versteckt sich in ihrem Bett.«
»Und wie war die Stimmung so im Haus?«
»Meistens schlechte Stimmung. Die junge Frau Berg versucht immer, die Kinder vor der alten Frau zu schützen. Mir tut diese Frau leid. Einmal gab es großen Streit, weil die junge Frau gesagt hat, dass die alte Frau in ein Altersheim kommen soll. Das war ein Riesenkrach. Auch mit Herrn Berg.«
»Was hat Herr Berg gesagt?«
»Dass seine Mutter nicht in ein Altersheim kommt.«
»Wann war das?«
»Muss ich nachdenken. Vor anderthalb Jahren ungefähr. Die beiden Frauen haben sich nie gut verstanden, nach diesem Streit war es noch schlechter. Herr Berg wollte nicht, dass ich von diesem Streit etwas sehe, aber ich bin doch in diesem Haus gewesen und habe gearbeitet. Für mich ist das nicht leicht, in Österreich zu leben. Ich habe zwei Kinder, mein Mann ist fortgegangen. Ich muss eine Arbeit haben. Nach Ungarn möchte ich nicht zurück.«
»Wie lange waren Sie nicht mehr hier?«
»Sechs Wochen. Ich fürchte, Herr Berg wird mich entlassen. Er bezahlt gut.«
»Wann können Sie hier sein?«
»Zwei Uhr. Ist das in Ordnung?«
»Frau Sirak, das ist ganz prima so. Vielen herzlichen Dank.«
Hoffmann verabschiedete sich von der Frau und kehrte in das Wohnzimmer zurück. Er trat wieder vor den Ohrensessel. Die alte Frau fuhr Hoffmann böse an.
»Glauben Sie ja nicht, dass ich nicht gehört habe, wie Sie hinter meinem Rücken getuschelt haben!«

»Dann wissen Sie also, dass ich mit Ihrer Haushälterin gesprochen habe?«

»Sie wollen mich töten, das war mir von Anfang an klar.«

»Beruhigen Sie sich, Frau Berg. Am Nachmittag wird Frau Ildiko kommen und für Sie sorgen.«

»Alle wollen mich töten. Mörderbande!«

»Niemand will Sie töten. Ildiko wird Ihnen eine Suppe kochen, staubsaugen, frische Bettwäsche auflegen und für alles Weitere sorgen. Sie sind dann in guten Händen.«

»Vor allem Alice. Seit Jahren will sie mich liquidieren. Diese Bestie. Aber ich zahle ihr alles heim. Da kann sie Gift darauf nehmen. Dieses Flittchen. Ich kenne ihren Plan. Diese Hure.«

Hoffmann runzelte die Stirn.

»Was denn für einen Plan?«

»Sie will mich töten, um dann das Haus für sich zu haben. Das ist mein Haus! Meines! Alice hat Jürgen ermordet. Meinen Sohn! Ich habe diesem Blödian immer wieder gesagt, dass er dieses Frauenzimmer nicht heiraten soll. Alice ist kalt und berechnend. Eine Mörderin!«

Hoffmann war angewidert. Die ganze Zeit schon, jetzt aber mehr denn je. Er trat ein paar Schritte zurück.

»Frau Berg, ich werde jetzt wieder gehen. Um zwei Uhr nachmittags kommt Ihre Haushälterin. Auf Wiedersehen.«

»Scheren Sie sich endlich zum Teufel. Wer sind Sie überhaupt? Sind Sie einer von Alices Liebhabern? Ihr kriegt mein Haus nicht! Dafür werde ich sorgen. Lieber brenne ich hier alles nieder. Raus jetzt!«

Fast fluchtartig verließ er das Haus. Er warf die Tür hinter sich zu und schnappte tief nach Luft. Mit eiligen Schritten durchmaß er den Garten und marschierte zu seinem Auto. Er fuhr los. Eine Zecke hatte sich festgesetzt. Alice eine Mörderin? Ein Tropfen Säure der alten Hexe, der sich tief in seine Haut ätzte. War das die Antwort auf die Frage nach Jürgen Bergs Verschwinden? Hoffmann kämpfte gegen die aufsteigende Übelkeit. Und was war mit den Kindern? Er drängte den Gedanken fort. Sich länger als fünf Minuten mit dieser Frau zu unterhalten, musste einem auf das Gemüt schlagen. Nein, er würde sich von ihr keine bösen Gedanken in den Kopf setzen lassen.

Hoffmann bremste sein Auto vor einer roten Ampel. Sein Handy schlug kurz an. Eine SMS. Er zog das Handy heraus und warf einen schnellen Blick auf die Anzeige.

Eine Nachricht von Lukas. Hoffmann las den knappen Text. Er las ihn ein zweites Mal. Sein Puls rumorte. Verdammte Scheiße! Geriet die Sache jetzt vollends außer Kontrolle? Er dachte scharf nach.

Die Ampel schaltete auf Grün. Hoffmann stieg tief ins Gas.

60. SZENE

Er konnte seine Augen nicht abwenden. Die Schönheit der Landschaft war überwältigend. Nach der Schneefront, die Westösterreich überquert hatte, brach nun die Wolkendecke an manchen Stellen auf und ließ Suchscheinwerfer hellen Sonnenlichtes über die weißen Buckel der Berge ziehen. Der Zug rollte an tief verschneiten Ortschaften vorbei. Das ganze Land war von einer winterkalten Starre überzogen. Zumindest aus dem Zugfenster wirkte das nur in Ahnungen erkennbare Leben der Landschaft starr, fugenlos im Schnee versunken.

Wie wuchs man in einer solchen Umgebung auf? Für Lukas war das eine andere Welt. Er kannte nur die Großstadt. Alleine für diesen Ausblick zahlte sich das Risiko der Schwarzfahrt aus.

Sein Handy schlug an. Lukas schrak aus seiner Versenkung. Mit einer schnellen Bewegung langte er nach dem Telefon. Er schaute auf die Anzeige und sprang hoch.

»Sorry, darf ich mal vorbei?«

Lukas schaute sich im Waggon um. Da, die Toilette war gerade frei. Er schloss sich ein und nahm den Anruf entgegen.

»Hallo.«

»Lukas! Zum Glück hebst du ab.«

»Hab mich im Klo eingesperrt. Will nicht, dass 50 Leute mithören.«

»Du bist also im Zug.«

»Ja.«

»Wo bist du gerade?«

»Auf der Strecke zwischen Salzburg und Innsbruck.«

»Und du bist Alice Berg auf der Spur?«

»Ja. Sie sitzt einen Waggon weiter.«

»Weiß sie, dass du sie im Blick hast?«

»Nein. Also bis jetzt nicht.«

»Erkläre mir mal, wie es dazu kam.«

»Voll schräg bitte! Gestern kriege ich eine SMS von Corinne, dass sie in Salzburg ist und ich sie abholen soll.«

»Von Corinne?«

»Von ihrem Handy. Wir haben nicht telefoniert, sondern nur gesimst. Wie immer halt. Sie wollte nie, dass ich sie anrufe. Also hab ich mir Geld geborgt und bin losgefahren.«

»Das war gestern im Lauf des Tages?«

»Ja. Knapp vor sieben war ich in Salzburg. Treffpunkt Hauptbahnhof beim Taxistand, das hat Corinne mir geschrieben. Zuerst hat sie gesimst, dass sie sich verspätet, sie ist aber nicht gekommen und hat keine SMS mehr geschickt. Ich habe bis Mitternacht gewartet und dann am Bahnhof gepennt. Im Warteraum. Heute früh war ich fix und fertig.«

»Hast du Corinne angerufen?«

»Nein. Nur SMS.«

»Okay. Was weiter?«

»Bin frühmorgens voll frustriert um die Blocks gezogen und habe dabei Corinnes Mutter auf der Straße entdeckt. Sie ist zum Bahnhof gegangen. Hatte einen Koffer dabei. Ich hinterher. Sie ist in den Zug nach Zürich gestiegen. Ich hinterher.«

»Und warum bist du an ihr dran geblieben?«

»Was, wenn sie mit Corinnes Handy gesimst hat? Wenn sie mich nach Salzburg gelockt hat?«

Hoffmann schnaufte.

»Könnte natürlich sein.«

»Hab absolut keinen Durchblick, warum sie das getan hat.«

»Das wird wohl nur sie erklären können.«

»Du, Wolfgang, ich fahre schwarz und hab keinen Pass. Wenn Frau Berg nach Zürich fährt, kann ich nicht dranbleiben.«

Hoffmann überlegte und entschied sich schnell.

»Du machst Folgendes: Du steigst bei der nächsten Haltestelle aus und fährst zurück nach Wien. Lass die Frau fahren. Du hast deinen Teil geleistet, alles Weitere erledige ich.«

»Verdammt, wo ist Corinne?«

»Kann ich dir nicht sagen.«

»Und was wirst du tun?«

»Ich nehme den nächsten Zug nach Zürich. Wahrscheinlich ist sie auf dem Weg zu ihren Eltern nach Schaffhausen.«

»Echt jetzt? Du fährst da hin?«

»Warum nicht? Ich will jetzt Klarheit. Hast du genug Geld für ein Ticket nach Wien?«

»Mal sehen, ob sich das ausgeht. Im Notfall schnorre ich mir ein paar Euro zusammen.«

»Du kriegst das schon hin.«

»Logo. Mach ich einen auf blöd und notleidenden Jugendlichen.«

»Genau. Verfolge Alice Berg auf keinen Fall weiter. Ich will nicht, dass du dich in irgendeine Gefahr begibst.«

Lukas kniff seine Augen zusammen.

»Gefahr? Glaubst du, dass die Tante gefährlich ist?«

»Auch das kann ich dir nicht sagen. Ich will nur, dass du aus der Schusslinie verschwindest.«

»Hat sie Corinne getötet?«

Hoffmann biss sich auf die Lippen. Eine Notlüge? Manchmal kam er nicht umhin.

»Lukas, sag so etwas nicht! Es gibt sicher für alles eine plausible Erklärung. Vielleicht sind Corinne und Oscar in der Schweiz bei ihren Großeltern, und Alice fährt zu ihnen.«

»Dann fahre ich auch dort hin!«

»Nein! Steig aus dem Zug. Ist die nächste Haltestelle Innsbruck?«

»Ja.«

»Innsbruck ist eine größere Stadt, dort kannst du bestimmt ein paar Euro auftreiben.«

»Na gut.«

»Alles klar soweit?«

»Ja.«

»Bursche, halte die Ohren steif.«

»Klar doch.«

»Du bist klasse, du machst das großartig. Wenn du eine Frage hast, wenn irgendetwas ist, ruf mich einfach an. Ich bin jederzeit erreichbar.«

»Okay.«

»Und wenn die Sache ausgestanden ist, gehen wir zwei mal Tennis spielen.«

Lukas schmunzelte.

»Aber ich hau dich weg.«

»Darauf lass ich es ankommen. Tschüss, Lukas.«

»Tschüss.«

Lukas steckte sein Telefon ein und kehrte zum Sitzplatz zurück. Er schaute auf den Fahrplan und las die Ankunftszeit in Innsbruck ab. Noch ein Weilchen, trotzdem packte er seinen Rucksack.

»Na, steigst du doch schon aus?«

Lukas schaute den Kerl ihm gegenüber an, der seinen Laptop zusammenklappte und in die Tasche schob.

»Ist mir zu heiß.«

»Kann ich verstehen.«

»Kannst du mir vielleicht ein paar Euros geben? Für ein Ticket.«

Der junge Mann runzelte die Stirn.

»Echt ein Notfall. Und ich kann dir das Geld nicht zurückgeben.«

»In was für einer Scheiße steckst du?«

»Blöde Situation. Kompliziert.«

»Stress mit deinen Eltern?«

»Nein. Irre Liebesgeschichte.«

Der Junge griff zu seiner Geldbörse.

»Reichen fünf Euro?«

»Jeder Cent ist willkommen.«

Der zweite Junge neben Lukas griff ebenfalls zu seiner Geldbörse.

»Zweimal fünf macht zehn.«

»Ihr seid der nackte Wahnsinn, Burschen! Schwer in Ordnung.«

61. SZENE

»Ja, ich verstehe. Alles klar, Wolfgang. Halte mich auf dem Laufenden.«

Walter Kaltenegger legte sein Handy ab und machte eine

Notiz auf seinem Block. Er kratzte sich mit dem Kugelschreiber am Kopf und versuchte, sich einen Überblick über die vielen bislang vorliegenden Informationsbruchstücke zu verschaffen. Und es waren Bruchstücke, ein rundes Bild ergab der Fall noch nicht. Nur eines war klar: die Todesursache von Bernhard Burgstaller. Da gab es nichts zu rütteln. Drei Kugeln in den Kopf überlebte niemand. Immerhin tat Kaltenegger das, was er am besten konnte, er saß an seinem Schreibtisch und trug von allen Seiten Informationen zusammen, sortierte sie, bewertete sie und formte nach und nach einen konsistenten Ablauf der Ereignisse.

Sigrid Körner kam durch die offen stehende Tür. Auch ihr war die Anspannung anzusehen, sie bewegte sich schnell und präzise. Kaltenegger nahm zum wiederholten Mal mit Wohlwollen zur Kenntnis, dass seine junge Kollegin unter Belastung prima funktionierte. Körner warf nicht so schnell die Nerven weg, im Gegenteil, unter Stress lief sie zu Höchstform auf. Natürlich wusste Kaltenegger auch, dass sie bei ihrem Temperament und bei ihrer Schnelligkeit verdammt aufpassen musste. Körner wäre nicht die erste hoch motivierte und verheißungsvolle Jungkriminalistin, die nach ein paar Monaten den Motor überdrehte. Er hatte in seiner langen Berufslaufbahn manche gesehen, die ihren Karren gegen die Wand gefahren hatten. So etwas nannte man heutzutage Burn-out, das hatte es aber auch schon vor Erfindung des Begriffs gegeben.

»Der Wagen von Burgstaller ist gefunden worden«, sagte Körner und reichte Kaltenegger ein Papier über den Schreibtisch.

»Boschstraße. Das ist in der Nähe vom Bahnhof Heiligenstadt.«

»Verkehrsknoten. Der Täter könnte die U-Bahn, die Schnellbahn, die Straßenbahn, den Bus oder ein Taxi genommen haben. Oder er ist in ein anderes Auto umgestiegen. Oder wohnt gleich um die Ecke.«

»Alle Wege sind offen.«

»Eine Streife hat den Wagen entdeckt.«
»Ist die Spurensicherung schon unterwegs?«
»Karl Sattler mit seinem Team.«
»Sehr gut.«
Kaltenegger machte einen Vermerk in seinen Aufzeichnungen.
»Habe eben mit Wolfgang telefoniert«, sagte Kaltenegger.
»Aha. Neuigkeiten?«
»Ein Informant hat ihm gesteckt, dass Alice Berg mit dem Zug in Richtung Zürich unterwegs ist.«
Sigrid Körner überdachte die Information.
»Sie will außer Landes.«
»Nur wird ihr das im Fall des Falles nicht viel helfen. Habe ein paar Bekannte in Zürich. Ein Anruf genügt, und die Schweizer Kollegen starten ihre Maschine.«
»Und, rufst du an?«
»Wir haben nichts gegen die Dame in der Hand, also darf sie ihrer Wege gehen. Übrigens, weißt du, was der Staatsanwalt gesagt hat, als ich um eine Hausdurchsuchung bei Jürgen Berg angefragt habe?«
»Sag schon.«
»Ob wir nicht vielleicht ein wenig stichhaltigere Argumente haben, als die sehr vage Vermutung eines krebskranken Zivilisten.«
Körner pfiff durch die Zähne.
»Das hat er gesagt?«
»Fast wortwörtlich.«
»Übel.«
»Man muss einräumen, der Mann ist derzeit schwer im Stress und deswegen so kurz angebunden. Aber in der Sache hat er recht. Der Verdacht gegen Jürgen Berg ist eine Vermutung. Und wie du weißt, Sigrid, ergibt höchstens eine von 100 Vermutungen wirklich eine Spur, der Rest ist Zeitverschwendung auf Staatskosten.«

»Vielleicht finden wir in Burgstallers Wohnung oder Auto eindeutige Spuren. Und wenn die ballistische Untersuchung des Revolvers einen Treffer bringt, dann ist Feuer am Dach.«

»Natürlich, mit einer konkreten Spur oder einem klaren Beweis schaut die Sache wieder ganz anders aus.«

Körner stemmte ihre Fäuste in die Hüften.

»Mir ist noch nicht ganz klar, was Wolfgang in dem Fall für eine Rolle spielt.«

»Na, er hat uns ein paar Infos verschafft.«

»Das schon, aber warum haut er sich da so rein?«

»Das habe ich mich auch schon gefragt.«

»Kommt mir seltsam vor.«

Kaltenegger lehnte sich zurück und stellte seine Handkanten aufrecht auf dem Schreibtisch ab.

»Der Mann ist ein Kieberer von den Socken bis zum Stehkragen. Wenn er wieder bohrt, heißt das nur, dass er seine Krankheit überwunden hat. Oder zumindest bald überwunden haben wird. Du wirst sehen, Sigrid, eher früher als später wird der Wolfgang hier in diesem Etablissement wieder ein und aus gehen. Und ehrlich gesagt, ich kann mir für die nächsten paar Dienstjahre bis zur Pensionierung gar nichts Besseres vorstellen.«

»Dann schauen wir mal, wie wertvoll seine Infos in diesem Fall wirklich sind.«

»Das wird sich weisen.«

Eine Gestalt erschien vor der offen stehenden Tür. Die beiden drehten ihre Köpfe. Ein Mann mittleren Alters in einem dunkelgrauen Wollmantel über einem seriösen Anzug trat in den Türrahmen.

»Guten Tag«, grüßte Körner.

»Guten Tag. Ich suche Inspektor Kaltenegger. Bin ich hier richtig?«

Kaltenegger erhob sich und ging dem Mann mit ausgestrecktem Arm entgegen. Dieser griff nach der dargebotenen Hand und schüttelte sie.

»Walter Kaltenegger. Sind Sie Richard Burgstaller?«

»Ja.«

»Herr Burgstaller, treten Sie bitte näher. Setzen Sie sich.«

Körner rückte den Stuhl vor Kalteneggers Schreibtisch zurecht. Der Mann nahm Platz.

»Du Walter, ich lass dich das machen«, raunte Körner. »Ich fahre los und schau mir das Auto an.«

»Gute Idee.«

»Bis später.«

»Wir sehen uns.«

Kaltenegger begleitete Körner zur Tür und schloss diese. Dann wandte er sich seinem Gast zu.

»Danke, Herr Burgstaller, dass Sie sich gleich Zeit genommen haben.«

»Ist doch klar.«

»Darf ich Ihnen eine Tasse Kaffee anbieten?«

»Kaffee wäre gut.«

Kalteneggers Blick fiel auf die geschlossene Aktenmappe mit den Fotos der Leiche auf dem Tisch. Er schnappte die Mappe und schob sie in eine Schublade. Dann trat er an die Kaffeemaschine.

»Brauner, Mokka oder Melange?«

»Mokka bitte. Wenn es geht, doppelt.«

»Das geht.«

62. SZENE

Es war wie heimkommen. Eine Rückkehr in die Heimat nach bittern Jahren des Exils. Die Berge, tiefer Winter, der Himmel über Tirol klarte zusehends auf, die Sonne tauchte die Gipfel in gleißendes Licht. Nun gut, Schaffhausen lag nicht direkt am Alpen-Hauptkamm, und wenn ihre Eltern mit ihr zum Skilaufen gefahren waren, waren sie mit dem Auto lange unterwegs gewesen. Sie hatte Autofahren nie gemocht, sie hatte gemocht, irgendwohin zu kommen, aber nicht die Fahrt im Auto. Reisen mit der Bahn hingegen hatte ihr Spaß gemacht. Daran hatte sich bis heute nichts geändert.

Jetzt Tirol im Winter. Gab es eine schönere Gegend auf der Welt? Gepflegte Häuser, Schneepflüge, die die Straßen frei räumten, Ordnung und Sauberkeit und darüber die Berge, die ewigen Berge. Der Zug rollte auf Innsbruck zu. Die Nordkette spannte einen mächtigen Schutzschild um die Stadt. Schwere Wetter, Stürme und Sturzfluten, der Hass der Menschen, ihre Bosheit und Dummheit brandeten gegen diesen Schild, prallten daran ab, der Schild schützte die Menschen und die Häuser im Tal gegen alle Schlechtigkeit der Welt. Schon als Kind hatte sie gerne Innsbruck besucht, hatte mit ihren Eltern die Museen und Sehenswürdigkeiten angesehen, hatte Spaziergänge am Inn unternommen, hatte in großartigen Restaurants köstliche Speisen gegessen. Vor allem der Winter bot an sonnenhellen Tagen in Innsbruck eine urbane Schönheit, wie sie nirgendwo sonst zu finden war. Anders als Wien. Wien war fern, Wien war grau, groß, laut, in Wien war jeder Wintertag hässlich und öde. Endlich war sie fort aus diesem Moloch.

Wohin wollte sie noch mal reisen? Alice überlegte scharf. Sie kam nicht darauf, also kramte sie nach der Fahrkarte. Zürich. Die Fahrkarte war für eine Bahnfahrt von Salzburg nach Zürich ausgestellt. Sie war verwirrt. Wieso um Himmels willen Salzburg? Warum stand da nicht Wien? Hatte sie in Salzburg einen Zwischenhalt während ihrer Reise in die Kindheit gemacht? Alice erschrak. In ihre Kindheit? Fuhr sie mit der Bahn die Zeit zurück? Das wäre schön. Eine großartige Vorstellung. Man trat an einen Schalter, kaufte eine Fahrkarte und fuhr die

Zeit entlang in die Vergangenheit oder Zukunft. Eine fantastische Zeitreise mit der Bahn.

Der Zug drosselte sein Tempo. Die Häuser der Stadt links und rechts der Gleise luden zum Verweilen ein.

Spontan erhob sich Alice und langte nach ihrem Mantel. Der Mann ihr gegenüber erhob sich und lächelte sie an. Wie alt war er? Mitte 40 vielleicht. Gut aussehend. Hatte er nicht seit über einer Stunde versucht, mit Blicken und Lächeln ihre Aufmerksamkeit zu erregen? Irgendetwas hatte Alice bemerkt, aber gleichzeitig wieder nicht bemerkt. Der Mann sagte irgendetwas. Es klang freundlich. Sie bejahte seine Frage. Welche Frage? Der Mann half ihr in den Mantel und hob ihren Koffer von der Gepäckablage. Sehr charmant. Würde er auch aussteigen? Ja. Auch er stieg aus. In Innsbruck stiegen viele Fahrgäste aus. Wollte er mit ihr ins Gespräch kommen? Sie mit galanten Worten umgarnen? Sie für eine Liebesnacht in einem Hotelzimmer gewinnen? Er erinnerte sie an Jürgen. Warum? Alice dachte nach. Ja, das Rasierwasser. Zum Glück hatte der Mann es sehr sparsam aufgetragen, sie roch die Note erst, als er ihr in den Mantel half. Alice spürte eine bleierne Übelkeit im Magen. Jürgen hatte früher dieses Rasierwasser verwendet, wenn er sich für den Ehevollzug herausgeputzt hatte. Alice rang nun mit dem Erbrechen. Sie stellte sich vor, wie sie den Mann vom Bahnsteig stieß und er vom losfahrenden Zug überrollt wurde. Sehr heilsam. Ihre Übelkeit verflog. Sie reihte sich in die Schlange vor der Tür. Der Mann war vollständig aus ihrem Gesichtskreis verschwunden. Welcher Mann überhaupt? Egal.

Jetzt Innsbruck bei Sonnenschein und Schnee.

Sie trat auf den Bahnsteig und atmete tief durch.

63. SZENE

Hoffmann packte seine Tasche und verließ die Wohnung. Der Schlüssel drehte sich im Schloss, kurz rüttelte er an der Tür. Er trat auf das Trottoir und schaute sich um. Da rollte schon das Taxi heran. Hoffmann stieg ein und sagte dem Fahrer das Ziel. Hauptbahnhof. Der Wagen fuhr los.

Geld trug er genug bei sich, er hatte in den Tresor gegriffen und ein paar grüne Scheine eingesteckt. Der Reisepass, eine Garnitur Wechselwäsche, die Zahnbürste, sein Rasierzeug und die Beretta befanden sich in der Reisetasche. Er war kein Zugvogel, den es in regelmäßigen Intervallen in die Ferne trieb, selten verließ er den Bannkreis seiner Heimatstadt. Seine Exfrau hatte ihn immer wieder zu Reisen überredet, damals in der Zeit ihrer Ehe. Nach der Scheidung war er kaum unterwegs gewesen. Er war berufsbedingt ohnedies viel auf Achse. Und zwischen Hütteldorf, Ottakring und Nussdorf konnte man der halben Welt begegnen. In seiner Jugend war das anders gewesen, da war Wien die vielleicht größte Provinzstadt Mitteleuropas gewesen, aber seit der Ostöffnung und dem Beitritt Österreichs zur EU war Wien zu einem Schmelztiegel, zu einer polyglotten Metropole geworden.

»Woher kommen Sie?«

Der Taxifahrer schaute kurz in den Rückspiegel zu seinem Fahrgast.

»Nigeria.«

»Und wie geht es Ihnen mit der deutschen Sprache?«

Der Mann wiegte den Kopf.

»Jetzt geht. Am Anfang sehr schwer.«

Der dunkelhäutige Fahrer lenkte das Auto routiniert und

sicher durch den lebhaften Verkehr. Hoffmann schaute zum Fenster hinaus, die Stadt zog an ihm vorbei. Kein Schnee.

64. SZENE

Lukas schaute sich in der Halle um. Irgendwie sahen die Bahnhöfe der größeren Städte überall gleich aus. Fahrkartenautomaten, Schließfächer, Imbissläden, viele Menschen. Er trat auf den Vorplatz, der wie in Salzburg Südtiroler Platz hieß. Offenbar gab es in jeder österreichischen Stadt einen Südtiroler Platz. Lukas nahm sich vor, bei Gelegenheit Werner zu fragen, ob das mit der Teilung Tirols nach dem Ersten Weltkrieg zu tun hatte. Werner wusste das bestimmt. Was wusste Werner nicht? Das wandelnde Lexikon historischen Wissens. Oder würde er Infos dazu im Internet finden? Sollte er kurz auf Wikipedia nachschlagen? Lukas tastete nach seinem Smartphone. Er ließ es bleiben. Das hatte Zeit, wichtiger war, noch ein paar Euros aufzutreiben. Erstens, um etwas in den Magen zu kriegen, und zweitens, um eine Fahrkarte nach Wien zu kaufen.

Fasziniert schaute Lukas über die Dächer zu der mächtigen Bergkette. So etwas gab es in Wien nicht. Ob man dort Skifahren konnte? Bestimmt. Warum sonst war jeder zweite Tiroler Abfahrtsweltmeister oder Olympiasieger im Slalom? Lukas schmunzelte. Seltsam, dass die Innsbrucker nicht mit Skischuhen durch ihre Stadt liefen. Sollte er wirklich gleich wieder in den Zug steigen? Jetzt war er schon mal hier. Vielleicht gab es hier auch ein Autonomes Zentrum, wo er ein Weilchen unterkommen konnte. Und wenn Corinne wirklich in der Schweiz bei ihren Großeltern war, dann war er schon auf dem halben Weg zu ihr.

Lukas kniff die Augen zusammen. Er wischte alle Gedanken fort und versteckte sich hinter einer Säule bei der Straßenbahnhaltestelle. Verdammte Scheiße aber auch.

Der rote Mantel.

Doch nicht Zürich. Alice Berg war also ausgestiegen. Was hatte die Frau nur vor?

Lukas dachte an Hoffmanns Worte. Er hatte zu Hoffmann schnell Vertrauen gefasst. Das war kein beamteter Prinzipienreiter, kein stockkonservativer Kieberer, kein Agent des totalen Überwachungsstaates, aber sollte er sich von einem Mann, den er erst ein paar Tage kannte, vorschreiben lassen, was er zu tun und lassen hatte? Er konnte ganz gut auf sich selbst aufpassen, das hatte er im letzten Jahr Tag für Tag bewiesen.

Würde sie ein Taxi nehmen? Das wäre schlecht. Dann wäre sie fort. Ein Taxi konnte er sich nicht leisten. Außerdem, was hätte er dem Taxifahrer sagen sollen? Verfolgen Sie diesen Wagen? Wie in einem amerikanischen Drecksfilm? Der Taxifahrer würde ihn auslachen, weiter in der Nase bohren und erst dann auf das Gas steigen, wenn ein Fahrgast eine ordentliche Zielangabe sagte.

Nein, kein Taxi. Alice Berg ging an den wartenden Taxis vorbei. Sie marschierte zielgerichtet auf den Hotelneubau in Bahnhofsnähe zu. Irgendein Architekt hatte da einen Glas- und Betonquader in die Stadt geworfen. Lukas näherte sich dem Hotel. Sah nicht nach seiner Preisklasse aus. Dennoch trat er in die Halle. Corinnes Mutter stand an der Rezeption. Sofort verduftete er wieder und suchte ein Plätzchen, wo er sich unterstellen und gleichzeitig das Hotel im Blick halten konnte.

Was hatte sie bloß vor?

Also doch Detektivarbeit.

65. SZENE

Ohne ihren Blick vom Bildschirm abzuwenden, griff Körner nach dem Apfel. Langsam führte sie ihn zum Mund und biss ab. Sie kaute mechanisch. Erst nach einer Weile bemerkte sie, wie gut die Frucht schmeckte. Mäßig sauer, sehr saftig, fruchtig, belebend. Sie biss jetzt herzhaft zu. Niemals würde sie den Winter ohne Äpfel überstehen. Ihr absolutes Lieblingsobst. Sie hatte zu Beginn ihrer Arbeit in diesem Büro aus ihrem Bestand eine Schüssel mitgebracht und sorgte gewissenhaft für deren Bestückung mit Obst. Im Herbst manchmal Birnen, immer wieder Bananen, im Sommer Pfirsiche und Marillen, das ganze Jahr über Äpfel. Kaltenegger hatte anfangs noch gewitzelt, dass man das ganze Vitaminzeugs nur als Obstsalat mit einem guten Schuss Cognac und sehr viel Schlagobers runter kriegen konnte, aber immer öfter griff auch er nach einem Apfel. Vor allem wenn Körner konzentriert am Computer arbeitete, aß sie Obst. Diesmal war es nicht ihr Computer. Die Techniker hatten den privaten Laptop Bernhard Burgstallers äußerlich unter die Lupe genommen und sämtliche Fingerabdrücke gesichert. Sie machte sich nun über den Inhalt der Maschine her.

Kaltenegger saß zurückgelehnt auf seinem Schreibtischstuhl und telefonierte. Körner hatte sich erstaunlich schnell an die laute Stimme ihres Kollegen bei seinen pausenlosen Gesprächen gewöhnt. Die Hälfte seiner Arbeitszeit telefonierte der Mann. Zumindest kam es Körner manchmal so vor. Sie konnte die Stimme gut wegklicken und schaffte es dann doch immer wieder, bei wichtigen Gesprächsfetzen hellhörig zu werden.

Kaltenegger legte den Hörer auf und machte sich eine Notiz.
»Und spuckt der Blechtrottel irgendetwas aus?«
»Plastik.«

»Immerhin.«

»Schon.«

»Und wieso Plastik?«

»Plastiktrottel. Ganz wenig Blech in so einem Teil.«

»Sind wir heute wieder besonders scharfsinnig, Frau Kollegin?«

Körner blickte hoch. Respektlos wollte sie nicht sein.

»Sorry, Walter.«

Kaltenegger winkte ab.

»Also, schon vorangekommen?«

»Den E-Mail-Verkehr hab ich grob gesichtet. Der Mann scheint ein sehr aktives Privatleben geführt zu haben. Richtig viel Korrespondenz mit verschiedenen Frauen. Die Kontakte zu Männern halten sich in Grenzen und sind stabil. Er hat offenbar eine Handvoll Freunde gehabt, die er dem Tonfall nach schon seit Jahren kannte. Viel Post auch von und an seinen Bruder.«

»Das deckt sich mit den Aussagen des Mannes. Gibt es Auffälligkeiten bei den Frauenkontakten?«

»Also auf den ersten schnellen Blick würde ich sagen, dass er die meisten Frauen über zwei verschiedene Webportale kennengelernt hat. Eine ist eine seriöse Partneragentur für niveauvolle Singles, die das nicht länger bleiben wollen, und die andere ist ein bisschen anrüchig. Praktisch ein Swingerclub im Internet. Gelangweilte Ehefrauen und Ehemänner auf dem Weg zum Seitensprung, Leute, die mal ein kurzes Abenteuer erleben wollen, solche Dinge. Und scheinbar hat er den Dreh heraus gehabt, Profile zu erstellen, auf die viele Frauen angesprungen sind. Da ist eine Menge Post hereingekommen.«

»Zu meiner Zeit haben sich die Leute beim Tanzen oder in der Arbeit kennengelernt.«

»Für irgendetwas muss das Internet ja nützlich sein.«

»Verdachtsmomente?«

»Eine E-Mail ist mir gleich aufgefallen. Im Betreff steht: *Du*

Schwein bist so gut wie erledigt. Ein gehörnter Ehemann hat offenbar herausgekriegt, dass seine Frau übers Internet Seitensprünge vereinbart hat, wenn er auf Dienstreise war. Der Mann droht Burgstaller unverblümt Gewalt an. Die Wortwahl würde ich jetzt mal als riskant einschätzen. So etwas kann vor Gericht als gefährliche Drohung aufgefasst werden.«

Kaltenegger wiegte den Kopf.

»Wann war das?«

»Vor zehn Monaten.«

»Schnee von gestern.«

»Ja. Der Mann hat dreimal innerhalb von einer Woche unflätige Beschimpfungen und Drohungen gemailt, dann war es aus. Burgstaller hat kein einziges Mal geantwortet. Und die betreffende Frau hat danach auch nicht mehr gemailt. Damit war die Sache ausgestanden, oder Burgstaller hat jede weitere Korrespondenz gelöscht.«

»Was ja im Bereich des Möglichen liegt und uns dann wirklich beunruhigen müsste.«

»Meinst du?«

»Wenn Burgstaller die Post der Frau später gelöscht hat, wäre es möglich, dass da etwas Ernstes entstanden ist, was in Kombination mit einem zur verbalen Gewalt neigenden Ehemann und einer Leiche am Kahlenberg nicht unter den Tisch gekehrt werden darf. Muss abgeklärt werden.«

»Okay. Ich vergleiche das mit den Daten, die wir vom Provider hoffentlich irgendwann kriegen werden.«

»Ja, mach dir eine Notiz.«

Körner schrieb die Notiz nicht wie Kaltenegger auf Papier, sondern in den PC.

»Und hast du Post von Alice Berg gefunden?«

»Bin noch nicht ganz durch, aber bis jetzt rein gar nichts. Von Jürgen Berg sind nur ein paar weitergeleitete E-Mails vorhanden. Burgstaller hat seine private und geschäftliche Korrespondenz offenbar strikt getrennt. Jürgen Berg hat immer nur an die

Firmenadresse gemailt. Könnte sein, dass der Mann die private E-Mail-Adresse von Burgstaller gar nicht gekannt hat. Und in den wenigen E-Mails hier geht es nur um dienstliche Angelegenheiten. Geschäftsreisen, Kostenvoranschläge, das war es.«

Kaltenegger überdachte das Gehörte.

»Mach bitte weiter mit dem Postfach, Sigrid. Auch die Internetchronik prüfen. Und dann schau dich nach Fotos um. Vielleicht hat er von seinen Bekanntschaften Bilder gemacht.«

Körner zog die Augenbrauen hoch.

»Na, ein paar seiner Bekanntschaften haben von sich selbst Bilder gemacht oder von irgendjemand machen lassen und dann an Burgstaller geschickt.«

»Freizügiges Material?«

»Gar nicht so wenig. Und manches sogar ziemlich freizügig. Höflich ausgedrückt.«

Kaltenegger schnaufte verächtlich.

»Das Internet hat die Leute total versaut.«

Körner grinste breit.

»Genau, das Internet und die Antibabypille.«

Kalteneggers Blick verfinsterte sich.

»Fängst du jetzt auch schon an, schnippisch zu werden? Die Frau Kollegin Stranek hat ganz offensichtlich einen schlechten Einfluss auf dich.«

»Geh Walter, war ja nur ein Schmäh.«

»Ich steh im Allgemeinen auf Schmähführen, das weißt du, Sigrid, weniger allerdings, wenn im Kühlfach eine Leiche mit drei Kopfschüssen liegt.«

»Okay.«

»Ein guter Rat frei Haus, liebe Sigrid.«

»Ich höre.«

Kaltenegger schaute Körner ein Weilchen mit düsterer Miene an, seine Stimme knarrte dunkel.

»Wenn du dir einen Helden im Internet anlachst, schick ihm keine Nacktfotos. Das Internet ist ein Spionagewerkzeug.«

Für eine Sekunde lag Stille im Raum. Dann lachten die beiden herzhaft. Und beide fühlten, wie sich die im Zimmer lastende Spannung zumindest für einen Augenblick lockerte.

Sie hörten schnelle Schritte auf dem Gang und schauten zur offen stehenden Tür. Gerald Windisch trat ins Büro.

»Hallo, Leute.«

»Servus, Gerald.«

»Wie schauen wir aus?«

»Schritt für Schritt voran.«

Der Leiter der Fachgruppe ließ sich auf den Stuhl vor Kalteneggers Schreibtisch plumpsen.

»Lagebericht bitte.«

66. SZENE

Hoffmann faltete die großformatige Zeitung zusammen und legte sie auf den freien Nebenplatz. Der Abend schob sich über die schneebedeckten Berge Tirols. Noch zehn Minuten bis zur Ankunft. Er hatte die Zeitung vor der Abfahrt in Wien gekauft und während der viereinhalbstündigen Fahrt fast bis zum letzten Buchstaben ausgelesen. Der hübschen und freundlichen Mitarbeiterin des Bordservices hatte er einen Pappbecher Kaffee und eine Wurstsemmel abgekauft. Und großzügig Trinkgeld gegeben.

Der Zug bremste und rollte in den Bahnhof Innsbruck. Hoffmann hob seine Tasche von der Gepäckablage. Er schaute die ältere Dame an, die seit Wien ihm schräg gegenüber gesessen hatte. Sie suchte schon seinen Blick.

»Soll ich wieder zupacken, gnädige Frau?«

»Das wäre sehr freundlich von Ihnen.«

In Wien hatte er ihr den Koffer auf die Ablage gehoben. Ein Weilchen hatten sie belangloses Zeug miteinander geplaudert, ehe er sich der Zeitung und sie sich einem Buch gewidmet hatte.

Der Rollkoffer war massig. Hoffmann packte kräftig zu und zog ihn von der Ablage. Ein böser Stich in der linken Schulter. Panik. Mit letzter Kraft setzte er den Koffer ab. Verdammtes Scheißding. Hoffmann horchte genau in sich hinein. Lange Jahre hatte er über genau diese Fähigkeit nicht verfügt, hatte die Regungen seines Körpers nicht verstanden oder ignoriert, im Krankenbett hatte er die Lektion erlernt. Erlernen müssen. Der Schmerz saß nicht tief, sondern an der Oberfläche. Nicht die Lunge. Die Ärzte hatten seine Haut so minimal wie möglich geöffnet, den Schnitt perfekt vernäht, und die Wunde war auch gut verheilt. Manchmal schmerzten alte Narben.

»Haben Sie sich überhoben?«, fragte die alte Dame besorgt.

»Geht schon. Man wird mit der Zeit nicht jünger.«

»Das tut mir jetzt leid.«

Die Frau schaute betroffen zu Hoffmann hoch. Sie wirkte sehr gepflegt, intelligente Augen, in jungen Jahren war sie wohl sehr hübsch gewesen. Groß gewachsen war sie nicht. Alleine hätte sie ihren Koffer nicht auf die Ablage hieven können. Hoffmann lächelte freundlich.

»Nicht nötig. Ist ja alles noch dran.«

Damit schnappte er seine Tasche und reihte sich in die Schlange vor der Tür. Er verließ den Waggon, schaute sich um und ging den Bahnsteig entlang. In der Linken trug er die Tasche, mit der Rechten griff er nach seiner Schulter und drückte sie. Der Schmerz versickerte in den Tiefen seines Körpers. Schon vergessen.

Aus dem Nichts tauchte von der Seite eine Person auf. Hoffmann wandte den Kopf. Lukas hatte die Kapuze seines Sweatshirts über den Kopf gezogen, die Hände hielt er in den

Taschen seiner Thermoweste. Genauso hatte Hoffmann ihn das erste Mal gesehen. Ein Straßenjunge. Nur trug er heute einen Rucksack.

»Na, Lukas, alles klar?«

»Langsam wird mir kalt.«

»Tasse Tee?«

»Wäre gut.«

»Hast du Hunger?«

»Ja.«

»Ich auch.«

»Der Supermarkt hat geöffnet.«

»Nein, keine Wurstsemmel heute. Wir setzen uns in ein Gasthaus und bestellen von der Karte. Sei mein Gast.«

Lukas blickte Hoffmann lächelnd von der Seite an.

»Danke.«

Sie verließen das Bahnhofsgebäude.

»Wo ist das Hotel?«

»Diese Richtung.«

Hoffmann suchte nach einem Gasthaus oder Restaurant. Er zeigte über den Platz auf eine Pizzeria.

»Was hältst du von Pizza oder Pasta?«

»Saugute Idee.«

Sie überquerten den Platz und verschwanden im Lokal. Ein paar Tische waren besetzt, ein paar waren frei. Sie nahmen einen Tisch am Fenster. Lukas rieb sich die Hände. Mit dem Aufklaren des Wetters war tagsüber das Sonnenlicht über die Gipfel gekommen, jetzt nach Sonnenuntergang kam die Kälte der Alpentäler. Der Kellner brachte Speisekarten und notierte die Getränkewünsche. Wenig später saßen sie vor zwei wagenradgroßen und herrlich duftenden Tellern.

»Hast du die ganze Zeit über vor dem Hotel Wache gehalten?«

»Nein. Über eine Stunde bin ich herumgestanden, aber es war klar, dass sie über Nacht bleibt, also habe ich mich in der Stadt umgesehen. Und nachgedacht.«

Hoffmann schnitt ein großes Stück von der Pizza und schob es sich in den Mund.

»Und, bist du auf etwas drauf gekommen?«

Lukas aß schnell und konnte trotzdem dabei sprechen.

»Glaube nicht, dass Corinne und Oscar bei ihren Schweizer Großeltern sind.«

»Und warum nicht?«

»Weil Corinne mir garantiert eine SMS geschrieben hätte.«

»Was macht dich sicher?«

»Die Art, wie Corinne von ihren Schweizer Großeltern gesprochen hat.«

»Nämlich?«

»Die sind schon streng und penibel. Gründlich Händewaschen, ordentlich das Haar kämmen, die Klamotten müssen einwandfrei sein und so Sachen. Und schön sprechen und viel lernen und immer ein Vorzeigekind sein, das verlangen die Schweizer Großeltern von Corinne und Oscar. Aber nicht mit Terror, die Leute leben einfach so, das ist ganz normal bei denen. Corinne hat erzählt, wie sie mit ihrem Großvater im Garten gespielt hat. Lustiger Mann, der sich jedes Mal total freut, wenn seine Enkelkinder zu Besuch kommen. Und die Oma ist voll nett. Früher hat sie Corinne Geschichten vorgelesen und mit ihr Kuchen gebacken. Corinne und Oscar freuen sich auf die Besuche in der Schweiz, am liebsten würden sie dort leben. Kann mir absolut nicht vorstellen, dass Corinnes Schweizer Großeltern ihr nicht erlauben, eine SMS zu schreiben. Eine einzige SMS genügt! *Hallo Lukas, bin in der Schweiz, melde mich.* Zack und raus damit. Wo ist das Problem? Und ich wüsste Bescheid. Das würde Corinnes Schweizer Oma garantiert erlauben. Im Herbst war Corinne ein paar Tage in der Schweiz und hat täglich ein paar Mal gesimst. Warum jetzt nicht? Unlogisch.«

Hoffmann wiegte den Kopf.

»Dein Gedanke klingt einleuchtend.«

»Eben. Corinne ist noch in Wien. Sie und ihr kleiner Bruder sind irgendwo eingesperrt. Und so eine kranke Scheiße klingt ganz nach ihrem Vater, nicht nach Oma und Opa aus der Schweiz.«

Hoffmann dachte nach. Lukas war kein Bursche, den man mit durchschaubaren Geschichten abspeisen konnte. Er hatte ein Recht auf die Wahrheit, zumindest soweit sie Hoffmann kannte.

»Ein Kollege vom Kommissariat hat mit Corinnes Großmutter telefoniert.«

»Und?«

»Corinne und Oscar sind nicht in der Schweiz.«

»Hab ich mir ja gedacht, verschissen noch mal!«

Hoffmann legte das Besteck ab und wischte mit der Serviette seine Lippen. Auch Lukas beendete sein Mahl. Lukas zog sein Handy aus der Tasche und las die Uhrzeit ab.

»In 20 Minuten fährt ein Zug nach Wien. Den nehme ich.«

Hoffmann nickte zustimmend und griff nach seiner Geldbörse.

»Gut so. Ich gebe dir Geld für das Ticket.«

»Das Ticket habe ich schon.«

»Ist es sich ausgegangen?«

»Habe ein paar Euros auftreiben können.«

Hoffmann zog einen 50er aus dem Portemonnaie.

»Da, für unterwegs.«

Lukas regte sich nicht.

»Kannst du mir 300 leihen?«

»300? Nun, warum nicht?«

»Du kriegst das Geld zurück.«

Hoffmann steckte den 50er wieder ein und schob Lukas drei Hunderter über den Tisch. Er nahm seine Hand nicht von den Scheinen.

»Wieso 300?«

»Lange Geschichte.«

»Sag mir die Kurzform.«

»Bin der WG noch 300 Euro schuldig. Hab sie mitgehen lassen, als ich abgehauen bin.«

Hoffmann zog die Augenbrauen hoch.

»Alte Schulden begleichen also.«

»Genau.«

»Du willst einen sauberen Schlussstrich ziehen.«

»Ich klaue nicht. Ich zahle meine Schulden zurück.«

Hoffmann nahm jetzt die Hand von den Scheinen.

»Lass dir Zeit mit der Rückzahlung. Kein Stress.«

Lukas zuckte mit den Schultern.

»Kann eh noch dauern.«

Die Scheine verschwanden in der Hosentasche des Jugendlichen.

»Ich mach jetzt eine Fliege. Alice Berg überlasse ich dir. Adieu, Abgang und Tschüss mit Ü.«

»Ich übernehme. Deswegen bin ich ja in den Zug gestiegen.«

»Die Tante geht mir auf die Nerven. Und ich meide Leute, die mir auf die Nerven gehen.«

»Kluge Einstellung.«

»Danke für die Pizza. Und bitte ruf mich sofort an, wenn du etwas über Corinnes Verbleib herausgefunden hast.«

»So viel ist schon mal sicher.«

Lukas erhob sich und schnappte seinen Rucksack.

»Und die 300 kriegst du zurück. Versprochen.«

»Meine Nummer hast du.«

»Tschüss, Wolfgang.«

»Tschüss.«

Auch als Lukas schon durch die Tür verschwunden war, sah Hoffmann ihm noch hinterher. Dann suchte er Blickkontakt zum Kellner und winkte dem Mann.

»Einen Espresso bitte. Und machen Sie gleich die Rechnung.«

67. SZENE

Das Fernsehen lieferte sprechende Porträtbilder gelifteter amerikanischer Schauspielerinnen. Drei Frauen unterhielten sich in völlig nichtssagenden Sätzen über absolut irrelevante Themen und holten alles an Mimik heraus, was trotz Botox und Hautstraffung noch möglich war. Ein Gruselkabinett.

Alice schaute seit etwa 20 Minuten der Abendserie zu. Sie nutzte die Abblende einer Szene und langte nach der Fernsteuerung. Nach ein paar Mal Drücken landete sie mitten in einem dicht verschneiten Nadelwald. Ein Elch stapfte durch hohen Schnee quer über das Bild. Das Geweih des Bullen war gewaltig. Ein prächtiges Tier. Ein Mann erzählte mit angenehm unaufgeregter Stimme irgendetwas Wissenswertes über das Verhalten von Elchen in den langen, dunklen und kalten skandinavischen Wintern. Alice legte die Fernsteuerung zur Seite. Wenn einem sonst nichts einfiel, eine Naturdokumentation konnte man sich immer ansehen.

Es klopfte an der Tür.

Die Zimmernachbarn, die sich über den lauten Fernseher aufregen wollten? Kaum. Der Apparat flüsterte beinahe. Der Zimmerservice?

»Einen Moment bitte!«

Sehr groß war das Zimmer nicht. Alice langte nach der auf dem Bett liegenden Hose und zog sie über. Kurz blickte sie in den Spiegel, strich ihr Haar glatt und trat dann an die Tür.

68. SZENE

Sie zog an der Bremse, stieg ab und hob das Fahrrad auf den Gehsteig. Sigrid Körner stemmte sich gegen das Haustor und schob ihr Rad durch den Flur in den Innenhof. Sie kettete ihr Fahrzeug an. Sollte sie nach oben in ihre Wohnung gehen? Kurz entschlossen durchquerte sie den Flur in die entgegengesetzte Richtung und trat wieder auf die Gasse. Die Fahrt vom Kommissariat hierher war zu wenig Bewegung gewesen. Um diese Zeit war der Augarten schon versperrt, aber es wäre nicht das erste Mal, dass sie nach Einbruch der Dunkelheit eine Runde um den Barockpark herum machte. In flottem Tempo war das für einen Abendspaziergang genau das Richtige. Danach eine heiße Dusche, eine Tasse Kakao, ein bisschen in Illustrierten blättern und dann Licht aus. Ein guter Plan für den Ausklang eines langen und anstrengenden Arbeitstages. Körner marschierte los. Sie fühlte sich erschöpft.

Körner kam zum Gaußplatz, überquerte diesen, folgte der Wasnergasse an der Augartenmauer entlang. Sie ging schnell. Langsam bemerkte sie, wie die Bilder, Worte, Informationen, Gedankengänge des Tages mit dem Hintergrundrauschen verschmolzen, wie die Akteure des Tages in den Kulissen verschwanden, wie ihr Kopf frei wurde. Ein bisschen zumindest.

Ganz unwillkürlich blickte sie bei einem bestimmten Haus zu den Fenstern auf der anderen Straßenseite hoch. Die Fenster waren dunkel, Wolfgang war also nicht zu Hause. Sie beschleunigte ihren Schritt. Wie immer war die Allee dunkel. Kein Schnee in Wien. Nachtfrost.

69. SZENE

Hoffmann hörte eine Stimme. Er wartete. Die Tür schwang auf. Er blickte in zwei tiefe blaue Augen. Überraschung, ein Anflug von Panik, eine Prise Verwirrung und ein aufregender Glanz heller Freude. Sie schnappte nach Luft. Mit einem satten Trinkgeld und einer wortreichen Erklärung hatte er vom Portier die Zimmernummer in Erfahrung gebracht.

»Guten Abend, Alice.«

»Wolfgang! Ich ...«

»Entschuldige, dass ich so unerwartet und unangemeldet bei dir klopfe.«

»Wie kommst du hierher?«

Hoffmann sammelte unwillkürlich Eindrücke. Sie war alleine im Zimmer. Der Fernseher lief. Sie war barfuß. Sie roch nicht nach Alkohol. Ihr Blick war nicht verschleiert, sie hatte also keine Drogen genommen. Zumindest nichts auf den ersten Blick Auffälliges. Sie hatte wohl vor Längerem geduscht, ihr Haar zeigte Reste von Feuchtigkeit. Sie hatte keine Schminke aufgelegt.

»Das ist eine lange Geschichte. Darf ich dich auf eine Tasse Tee in der Hotelbar einladen? Dann können wir über diese lange Geschichte sprechen.«

Sie schaute sich im Flur um.

»Entschuldige, ich bin verwirrt.«

»Eine Tasse Tee löst die Verwirrung bestimmt.«

Sie dachte angestrengt nach. Kurz suchte sie Blickkontakt mit Hoffmann. Spontan fasste sie seine rechte Hand und legte sich diese auf ihre linke Wange. Jetzt war Hoffmann überrascht. Sie trat einen Schritt zurück.

»Warte bitte. Ich mache mich salonfähig.«

Auch er trat einen Schritt zurück.

»Natürlich.«

Sie schloss die Tür. Hoffmann schaute im Flur auf und ab. Würde sie seiner Einladung Folge leisten? Würde sie ihn warten lassen? Würde sie sich in ihrem Zimmer einsperren? Würde sie aus dem Fenster springen? Würde sie die Polizei rufen? Würde sie mit einer Schrotflinte durch die geschlossene Tür feuern und ihn an die Wand gegenüber nageln? Würde sie sich die Kleidung vom Körper reißen und ihn nackt in ihr Bett zerren? Worauf hatte er sich da eingelassen? Keine Zweifel, jetzt steckte er mitten drinnen, jetzt gab es kein Zurück mehr.

Die Tür schwang auf. Alice zeigte ein schüchternes Lächeln. Sie war in ihre Stiefel gestiegen, hatte ihr Haar frisiert und eine Strickweste übergezogen.

»Also gehen wir.«

»Darf ich dir wieder meinen Arm anbieten?«

Sie blinzelte wie ein Schulmädchen, dem zum ersten Mal im Leben ein galanter Mann gegenübertrat. Sie hakte sich ein.

»Gerne.«

Sie gingen den Flur hinab zum Fahrstuhl. Er betätigte den Rufknopf. Ihr Blick streifte ihn von der Seite.

»Du trägst keine Winterkleidung.«

»Ich habe Jacke und Mütze in meinem Zimmer abgelegt.«

»Dein Zimmer?«

»Ich habe auch ein Zimmer genommen. Einen Stock tiefer.«

Die Tür glitt auf, er ließ sie eintreten. In der Kabine standen sie schweigend nebeneinander. Hoffmann schaute kurz zur Rezeption hinüber. Der Portier entdeckte sie, es schien, als ob er Hoffmann kurz zunickte, ehe er sich wieder seiner Arbeit am Bildschirm widmete. Das war gewiss eine Situation, die ihm schon das eine oder andere Mal untergekommen war. Ein Herr und eine Dame mieteten sich jeder für sich in einem Zimmer ein und trafen sich zum Abendessen. Hotels waren Orte menschlicher Begegnung.

Hoffmann suchte einen Platz.

»Wie wäre es mit dem Tisch am Fenster?«
»Sehr gut.«
Er rückte ihren Stuhl zurecht, ließ sie sich setzen und nahm dann selbst Platz. Sie schwiegen, schauten aneinander vorbei. Die Bardame nahm ihre Bestellungen entgegen. Zwei Tassen Kräutertee.
»Ich kann nicht verstehen, wie du mich hier gefunden hast.«
Ihr Blick verriet Verunsicherung. Hoffmann nickte.
»Lukas hat in Salzburg gesehen, wie du in den Zug gestiegen bist. Er hat mich angerufen.«
Alice zuckte zurück. Jetzt lag Angst in ihren Augen.
»Lukas?«
»Ja. Der Freund deiner Tochter. Er hat mich angerufen und um Rat gefragt, also bin ich kurzerhand losgefahren.«
»Ich bin völlig verwirrt.«
Wie ihre Miene verriet, hatte sie damit nicht übertrieben.
»Du hast ihn doch gestern Abend nach Salzburg gerufen. Er hat am Bahnhof übernachtet, dich vormittags entdeckt, ist dir bis Innsbruck gefolgt.«
»Du kennst Lukas?«
»Erst seit Montagabend. Aber seither sind wir telefonisch in ständigem Kontakt.«
»Ich irre durch eine Nebelbank.«
»Der Nebel wird sich bald lichten. Geduld.«
Die Bardame brachte zwei kleine Tabletts. Alice bewegte mit dem Löffel den Teebeutel im heißen Wasser. Sie wagte nicht, den rätselhaften Mann ihr gegenüber anzusehen. Hoffmann hingegen ließ seinen Blick von der rätselhaften Frau ihm gegenüber nicht ab.
»Hast du mit Corinnes Handy gesimst?«
Sie schwieg.
»Ich möchte verstehen, warum du es getan hast.«
Sie goss nur einen Schuss Tee vom Kännchen in die Tasse und schwenkte dann dieses.

»Ich kann es nicht erklären. Ich schäme mich.«
»Nichts Menschliches ist mir fremd.«
Sie schaute erstaunt hoch.
»Ich wollte wissen, wer der Verehrer meiner Tochter ist.«
»Ich verstehe.«
»Sie haben sich seit Monaten SMS geschrieben.«
»Du hast also Corinnes Handy bei dir.«
»Es ist oben im Koffer.«
»Warum hast du es bei dir?«
»Ich weiß es nicht. Als ich nach Hause gekommen bin, habe ich es gefunden und an mich genommen.«
»Als du nach Hause gekommen bist?«
»Ja. Von meinem Krankenhausaufenthalt im November.«
Hoffmann überlegte. Das Zeitschema würde passen.
Alice blickte um sich.
»Dieser Junge, Lukas, wo ist er jetzt?«
»Er sitzt im Spätzug nach Wien. Gegen Mitternacht wird er dort sein.«
»Wie hat er mich verfolgen können?«
»Er kennt dich vom Sehen. Der Abend am Donaukanal, du kannst dich bestimmt erinnern.«
»Dunkel.«
»Der junge Mann an der Uferböschung. Das war Lukas. Er war dir damals schon auf der Spur.«
»Warum verfolgt er mich?«
»Er macht sich große Sorgen um Corinne. Und sucht nach ihr.«
Alice zuckte zusammen. Der Satz stach wie ein Degen. Sie legte die Hand über ihre Lippen.
»Die beiden lieben sich. Ich habe ihre SMS gelesen.«
Jetzt goss sich Hoffmann eine Tasse Tee ein.
»Und genau deshalb musst du mir alles sagen, was du weißt.«
»Ich bin ratlos, völlig verloren.«
Hoffmann nippte an der Tasse.

»Wie war das, als du von der Klinik nach Hause gekommen bist?«

»Ich habe ein Taxi genommen. Das Haus war still und leer. Weder Jürgen noch die Kinder waren zu Hause. Ich habe Jürgen angerufen. Auf seinem Handy und im Büro. Ich konnte ihn nicht erreichen. Das Handy war ausgeschaltet, und im Büro hat sich nur die Sekretärin gemeldet. Corinnes Handy lag in ihrem Zimmer. Oscar besitzt noch kein eigenes Telefon. Nur Hildegard war wie immer in ihrem Zimmer. Sie wusste nicht, wo Jürgen und die Kinder sind. Hildegard weiß praktisch nie, was im Haus geschieht, sie verlässt seit Jahren ihr Zimmer nicht. Die Tage verstrichen. Ich war beunruhigt. Habe große Angst gehabt.«

»Warum hast du keine Anzeige erstattet?«

»Täglich habe ich mir diese Frage tausend Mal gestellt.«

»Was wolltest du mit dem Revolver am Donaukanal?«

»Dieses hässliche Ding wegwerfen. Ich habe immer gehasst, wenn Jürgen die Waffe bei sich getragen hat.«

»Wo könnten Jürgen und die Kinder sein?«

»Ich habe keine Ahnung. Ich habe telefoniert. Ich habe nichts in Erfahrung bringen können. Nichts.«

»Was weißt du über Bernhard Burgstaller?«

Alice zitterte mit einem Mal, sie musste die Tasse schnell abstellen, um nichts zu verschütten.

»Wie kommst du auf diesen Namen?«

»Du hast mich gebeten, nach deinem Mann und deinen Kindern Ausschau zu halten. Das habe ich getan. Also, kennst du Bernhard Burgstaller?«

Schweigen.

»Du hast eine Affäre mit ihm gehabt.«

»Das weißt du?«

»Ja.«

»Es ist mir so unendlich peinlich. Mein Leben ist eine einzige Folge von Beschämungen und Irritationen.«

»Wie hat dein Mann darauf reagiert?«

»Er hat mich geohrfeigt, beschimpft und gedemütigt.«
»War das vor dem Aufenthalt in der Klinik?«
»Ja. Deswegen musste ich ja dorthin. Ich war sehr niedergeschlagen. Ich habe Hilfe benötigt.«
»Hast du Bernhard Burgstaller zuletzt noch getroffen?«
»Nein! Gar nicht mehr! Das war aus und vorbei. Diese Sache hat mir nicht gutgetan. Vor über einem Jahr haben Bernhard und ich uns getroffen. Drei oder vier Mal. Ich habe es beendet, für mich war das alles vorbei und vergessen, doch dann hat Jürgen irgendwie davon erfahren. Ich weiß nicht, wie. Jürgen und Bernhard haben miteinander gestritten.«
»Warst du bei dem Streit dabei?«
»Nein. Jürgen hat mir danach davon erzählt. Er hat Bernhard gekündigt.«
»Wann war das?«
»Ein paar Wochen ist es her. Bernhard hat danach versucht, mich anzurufen. Ich habe nicht abgehoben, ich wollte ihn nicht mehr sehen.«
»Was glaubst du, warum er dich angerufen hat?«
»Ich weiß es nicht. Er hat immer wieder versucht, mit mir Kontakt aufzunehmen.«
»Hat er dich bedrängt?«
»Nicht bedrängt, dazu war Bernhard zu höflich.«
»Hat Jürgen von diesen Versuchen gewusst?«
»Als er mich zur Rede gestellt hat, habe ich ihm von diesen Anrufen erzählt.«
Hoffmann ließ den Kopf in den Nacken fallen. Der Fall Burgstaller lag wie ein Puzzlespiel vor ihm. Weit mehr als die Hälfte des Puzzles war zusammengefügt, es fehlten nur noch ein paar Teile, doch diese konnte er nicht einfügen, diese waren vom Tisch gefallen. Er kniete auf dem Boden und tastete mit den Händen auf dem Teppich nach den Teilen. Würde er fündig werden? Waren die Teile auf unklare Weise verschwunden? Sie schweigen eine Weile.

»Alice!«

Unter schier unendlichen Mühen wandte sie ihm ihren Blick zu.

»Ja?«

»Ich habe mit meinen Kollegen von der Polizei über das Verschwinden deines Mannes und deiner Kinder gesprochen.«

Sie nickte nur.

»Die Wiener Polizei führt Ermittlungen durch.«

Alice klammerte sich an ihre Tasse.

»Du musst wieder nach Wien. Du musst der Polizei alles erzählen.«

»Ist das wirklich nötig?«

»Ja.«

»Müssen wir sofort aufbrechen?«

»Nein, das hat Zeit bis morgen. Am besten wird sein, wenn wir gemeinsam in den Zug steigen und in Wien direkt auf das Kommissariat gehen.«

»Lässt sich das nicht vermeiden?«

»Nein. Warum bist du überhaupt weggefahren?«

»Ich musste aus der Stadt raus. Ich musste das Haus verlassen. Ich habe unter hässlichen Albträumen gelitten. Deswegen bin ich ja auch zu dir gekommen, deswegen ziehe ich von Hotel zu Hotel.«

»Verschweigst du mir etwas?«

»Ich weiß nicht, was ich verschweigen sollte.«

»Lügst du mich an?«

»Ich kann nicht lügen. Ich konnte es noch nie. Immer wenn ich zu lügen versucht habe, ist alles schief gelaufen.«

Log sie jetzt? Hoffmann leerte in langsamen Zügen seine Tasse. Er blickte zum Fenster hinaus in die Dunkelheit des Abends. Manchmal in seinem Leben hatte er sofort gewusst, wann er angelogen worden war, manchmal wiederum gar nicht. Trotz der Jahre als Kriminalist, in denen er unzählige Male von den Menschen belogen worden war, hatte er kein wirklich stimmiges Verständnis für die irritierende Fähigkeit des Menschen zur Lüge entwickeln können. Nach wie vor tappte er im Dunklen, nach wie vor musste er sich mühsam Stück für Stück durch die Geschichten der Menschen wühlen, um deren Lügen zu entlarven oder um nach langen Mühen deren Aussagen als reine Wahrheit zu erkennen. Er hoffte, dass die Frau ihm gegenüber nicht log, dass sie kein dunkles Spiel mit ihm trieb, dass er ihr helfen konnte, dass er sie, das kleine verlorene Mädchen im Körper einer Frau, vor allen Gefahren der Welt beschützen konnte. Konnte er überhaupt irgendjemanden vor Gefahren bewahren? War er nicht selbst eine Gefahr? Gab es noch etwas zu sagen?

»Ich bin müde.«

Er wandte seinen Blick wieder Alice zu.

»Ich begleite dich.«

Sie erhoben sich. Hoffmann ließ den Tee auf seine Rechnung schreiben. Wieder der Fahrstuhl, wieder der Gang. Sie öffnete die Zimmertür, doch sie trat nicht ein.

»Es tut mir sehr gut, mit dir zu sprechen.«

»Das freut mich.«

»Wirklich. Ich fühle, wie die Spannung der letzten Tage oder Wochen oder Monate von mir abfällt. Ich weiß nicht, wie du das schaffst. Du musst ein großer Magier sein.«

»Ich glaube nicht, dass da irgendetwas Magisches an mir ist.«

»Du kannst zuhören. Und die richtigen Fragen stellen.«

Stellte er die richtigen Fragen? Hoffmann war sich nicht sicher.

»Mir wird erst jetzt bewusst, wie einsam ich bin. Wie sehr mir meine Kinder fehlen. Wie sehr ich die Anwesenheit eines …«

»Eines was?«

Sie schaute ihn mit großen Augen an und fasste nach seiner Hand.

»Lass mich bitte nicht alleine.«

Hoffmann legte seine Arme um ihre Hüften, sie schmiegte sich an ihn. Eng umschlungen verschwanden sie im Zimmer, die Tür fiel zu. Sie standen im Raum, küssten sich langsam. Sie sanken auf das Bett. Ohne die Lippen voneinander zu lassen, schälten sie einander aus der Kleidung. Näher, sie kamen einander näher und näher. Es war so leicht, die einfachste Sache der Welt, auch die schönste. Ihr gemeinsamer Atem.

DONNERSTAG

70. SZENE

Jemand zog an der Tür.
»Besetzt!«
»Okay.«
Lukas beendete sein Geschäft. Er zog die Spülung und machte einen Kontrollblick in der Toilette. Alles klar, er konnte Iris Platz machen. Lukas öffnete die Tür. Iris stand noch völlig schlaftrunken vor der Tür. Sie hatte ihren übergroßen Pullover über ihren Pyjama gezogen. Hatte sie selbst gestrickt. Iris war mit den Nadeln fix. Für Lukas hatte sie im Herbst Socken gestrickt. In einem unbeheizten Haus waren warme Socken der Garant für guten Schlaf. Warme Socken, ein warmer Pullover, eine warme Decke.
»Hey, Lukas, du bist ja schon da. Hab gar nicht bemerkt, dass du wieder zurück bist.«
»Bin erst nach Mitternacht gekommen. Da haben die meisten schon geschlafen.«
»Nach Mitternacht! Und da bist du jetzt schon aus den Federn? Es ist doch gerade erst sechs vorbei.«
»Halb sieben. Hab wenig geschlafen.«
»Wie lief es in Salzburg?«
»Nicht so gut.«
»Hast du Corinne getroffen?«
»Nein.«
Iris musterte Lukas beunruhigt.
»Gibt es gröbere Probleme?«
»Weiß ich immer noch nicht. Du Iris, ich breche gleich wieder auf. Wir sehen uns später.«
»Wo willst du hin?«
»Floridsdorf.«

»In deine alte WG?«

»Muss da noch etwas regeln. Tschüss.«

»Salut, Lukas.«

Iris schaute Lukas hinterher. Keine guten Schwingungen. So ein Mist aber auch. Sie zog die Tür hinter sich zu.

71. SZENE

Er blinzelte. Die Vorhänge standen offen, aber viel Licht drang von draußen nicht in das Zimmer. Das Morgenlicht hatte sich noch nicht gegen die hohen Berge Tirols behaupten können, dennoch war es hell genug, um in ein strahlendes Lächeln zu erwachen. Meine Güte, wie schön sie war!

»Guten Morgen.«

Er brummte und rieb sich den Schlaf aus den Augen.

»Bist du schon länger wach?«

»Ein Weilchen.«

Er strich ihr eine Haarsträhne aus der Stirn. Sie rückte näher. Er spürte ihre nackte Haut auf der seinen, ihre Wärme, ihre duftende Nähe. Er legte seine Hand auf ihre Flanke und strich die Kurvenlinie ihres Körpers entlang.

»Wo warst du in all den Jahren?«, fragte Alice.

»Und wo warst du?«

»Ich war verloren in einer falschen Welt. Du hast mich gerettet.«

Hatte er das wirklich? Er wollte daran glauben.

»Wie spät ist es?«

»Halb sieben.«

»Hast du Hunger?«

»Und wie.«

»Frühstück?«

»Ja. Hier und jetzt.«

Alice rollte über ihn. Sie küssten sich. Sie spreizte die Beine und bewegte ihre Hüfte über die seine. Ihr Haar kitzelte sein Gesicht. Er griff nach ihrem Gesäß. Im Nu war er bereit. Was für ein Erwachen! Hoffmann war besoffen davon.

72. SZENE

Walter Kaltenegger hängte seine Jacke auf den Kleiderhaken und öffnete die Knöpfe seiner Weste. Während der Fahrt von Stammersdorf bis nach Ottakring heizte er normalerweise seinen Wagen nicht. Er trug ja Jacke und Mütze, und so schnell fröstelte ihn nicht. Schon in jungen Jahren hatte er bemerkt, dass er kalte Temperaturen leichter verkraften konnte als andere, und damals hatte er noch 25 Kilo weniger gehabt. Und jetzt, mit einem wärmenden Speckpolster und einer Winterjacke, trotzte er leicht den milden Wintern in Wien. Nur ein paar Tage im Jahr fielen die Temperaturen wirklich in den Keller, wenn ein Nordwind aus Skandinavien oder ein Ostwind aus Russland strengen Frost brachte. Bei ein paar Graden unter Null zahlte sich das Heizen im Auto gar nicht aus. Das Büro war ohnedies beheizt. Er stellte seine Tasche auf den Schreibtisch und entnahm den Kunststoffbehälter mit den Wurstbroten. Routinen machten das Leben stabil. Nicht ausschließlich, aber schon sehr wohl auch wegen dieser zwei Wurstbrote, liebte er nach 35 Jahren seine Frau nach wie vor. Er fand schon, dass zwei Wurstbrote pro Tag zwei gute Gründe für das Funktionieren einer Ehe waren.

Kaltenegger hörte schnelle Schritte im Flur. Er schaute hoch.

»Morgen, Walter.«

»Morgen.«

Wie immer begann seine junge Kollegin in voller Bewegung den Tag. Kein Wunder, wie meist war sie auch heute mit dem Fahrrad zur Arbeit gekommen. So etwas brachte gleich Schwung in die Morgenstunde. Und Schwung würden sie heute brauchen.

Körner packte ihren Rucksack aus.

»Habe diesmal Mandarinen mitgebracht.«

Sie schlichtete die Früchte auf den Teller.

»Ein bisschen Abwechslung tut gut. Bioware?«

Körner schaute kurz über ihre Schulter und verzog ihre Miene.

»Hab ich schon mal etwas anderes gekauft?«

»Wirf mir so eine Vitaminbombe rüber.«

Kaltenegger fing die Frucht, setzte sich und zerriss die Schale. Frischer Duft verbreitete sich im Raum.

»Also, halb zehn Besprechung mit Sattler. Wenn er nicht liefert, drehe ich den Burschen durch die Mangel, verflixt noch mal. Wir brauchen gesicherte Daten. Gegen elf kommt der Bericht aus der Ballistik. Dann wird sich weisen, ob ich dem Doktor Zeidler die Tür eintrete oder nur freundlich guten Tag sage.«

Körner startete ihren Computer.

»Na, das ist ja schon mal ein brauchbarer Plan für den Vormittag.«

73. SZENE

Wie alt war das Auto schon? Mindestens zwölf Jahre. Vielleicht 15. Sah man dem Fahrzeug auch an. Der kleine Mazda pendelte in eine enge Parklücke. Seit einer halben Stunde wartete Lukas genau darauf. In Wien war es nicht so kalt wie in Innsbruck, und der wolkenlose Himmel reichte auch nicht so weit in den Osten. Wien war, wie meist im Winter, grau in grau. Seine Stimmung passte dazu. Lukas verließ seinen Warteplatz in einer Hauseinfahrt und ging auf den Wagen zu.

Jens warf die Tür zu, da entdeckte er Lukas. Der blonde Mann stemmte beide Hände auf das Dach des Kleinwagens und schaute über das Auto hinweg zu Lukas. Dieser stand auf dem Gehsteig, die Hände in den Taschen seiner Thermoweste, und erwiderte den Blick.

»Hallo, Lukas.«

»Hi.«

»Da sehen wir einander monatelang nicht und jetzt gleich zweimal knapp hintereinander.«

»Hab auf dich gewartet.«

Jens deutete mit dem Kopf in Richtung Kofferraum.

»Hilfst du mir, den Einkauf raufzubringen?«

»Klaro.«

»Ilse ist heute nicht im Dienst. Wanda ist oben.«

»Weiß ich. War schon bei ihr. Sie hat mir gesagt, dass du zum Einkauf bist.«

Der kleine Mazda gehörte zum Inventar der WG, damit wurden die Wocheneinkäufe, unvermeidliche Krankenhausfahrten und sonstige dienstlichen Wege erledigt. Jens öffnete den Kofferraum. Vier Bananenkartons waren vollgefüllt mit Nudeln, Reis, Milchprodukten, Brot, Kartoffeln und diversen

Hygieneartikeln. Weder Jens noch Lukas machten Anstalten, nach den Kartons zu greifen, sie standen nebeneinander in der engen Parklücke und schauten auf die Waren.

»Lass mich raten. Du hast auf mich gewartet, weil du etwas für mich hast.«

Kommentarlos griff Lukas in die Hosentasche und zog drei zusammengefaltete Geldscheine heraus.

»Danke. Und sorry. Bin froh, dass das nicht mehr zwischen uns steht.«

Jens griff nach den Geldscheinen und ließ sie in seinem Portemonnaie verschwinden.

»Ich danke auch. Ich wusste, dass du es irgendwann zurückzahlen wirst. Hast du einen Job erledigt?«

»So etwas in der Art.«

»Hoffentlich nichts Illegales.«

»Nicht illegal.«

Jens musterte noch einmal seinen ehemaligen Lieblingsbewohner.

»Was ist mit dir?«

»Was soll sein? Ich habe jetzt keine Schulden mehr bei dir. Das ist gut.«

»Sehr glücklich wirkst du darüber nicht.«

Lukas rammte wieder seine Hände in die Westentaschen. Das war Jens. Als Sozialarbeiter war er deswegen so gut, weil er eine Antenne für die unausgesprochenen Signale der Menschen hatte.

»Was heißt schon glücklich?«

»Willst du darüber reden?«

»Worüber?«

»Na über das, was dir ganz offensichtlich zu schaffen macht.«

»Da ist nichts.«

Lukas packte in einer schnellen Bewegung einen Karton und hob ihn aus dem Kofferraum.

»Wanda hat garantiert Kaffee gekocht. Die Kinder sind in

der Schule. Außer Sara. Sie liegt mit einer Erkältung im Bett. Tasse gefällig? Kleines Schwätzchen?«

»Jetzt mal das Zeug rauf.«

Auch Jens hob einen Karton.

74. SZENE

Je weiter der Zug in den Osten rollte, desto trüber wurde das Wetter. Und irgendwann passierten sie eine Demarkationslinie, auf deren einer Seite das Land weiß getüncht war, auf deren anderer Seite die Felder braun und die Wälder grau waren. Auch dieser Zug war voll besetzt. Die Westbahnlinie verband die Metropole Wien mit den vier Landeshauptstädten St. Pölten, Linz, Salzburg und Innsbruck, rund zwei Drittel der Gesamtbevölkerung des Staates lebten in den entsprechenden Bundesländern. Außerdem knüpfte die Westbahn an das Netz Deutschlands an.

Hoffmann hatte zwei Fahrkarten für die erste Klasse gekauft. Er wusste nicht, warum. Aus einer Laune heraus.

Je näher sie Wien kamen, desto präsenter war ihm seine Beunruhigung. Nicht nur er selbst fühlte, wie sich die Euphorie der letzten Nacht und der wunderschönen Morgenstunde in der offener und dunkler werdenden Landschaft verlor. Oder von der Schnelligkeit des Zuges abgehängt wurde. Wie verzaubert hatten sie das Frühstück eingenommen. Hoffmann konnte sich partout nicht erinnern, jemals ein köstlicheres Frühstück gegessen zu haben. Sie hatten während des Essens nicht viel gesprochen, aber das war auch nicht nötig gewesen, jede Geste, jeder Blickkontakt, jeder Augenaufschlag war Harmonie gewesen. Doch schon am Bahnhof hatte sich gezeigt, dass diese Harmonie auf brüchigem Eis stand. Und mit jedem zurückgelegten Kilometer war das Eis dünner geworden. Für Hoffmann, mehr noch für Alice. Mittlerweile sah er es ihrer Miene nur zu klar an, dass sie furchtbar darunter litt, aus diesem kurzen Traum von Glück wieder zu erwachen. Was erwartete sie jenseits dieses Traumes? Was erwartete ihn?

Worauf hatte er sich da eingelassen? Eine verheiratete Frau mit dunklen Geheimnissen. Eine Frau, die einen Revolver in den Donaukanal hatte werfen wollen. Eine Tatwaffe? Ihr ehemaliger Geliebter hatte ein böses Ende gefunden. Hoffmann wurde bei dem Gedanken wieder übel. Hatte Alice ihren Geliebten getötet? Warum hatte er ihr nicht gesagt, dass er über das Schicksal Bernhard Burgstallers Bescheid wusste?

Tötungen durch Schusswaffen waren in Österreich selten, und wenn sie ausgeführt wurden, dann zumeist von Männern.

Ja, Herr Inspektor, ich kenne die Statistik.

Alice war von ihrer Wesensart gar nicht in der Lage, einen Mann in den Kopf zu schießen. Und schon gar nicht dreimal hintereinander.

Na, Herr Hoffmann, haben Sie sich durch die Schönheit einer Frau blenden lassen?

Und selbst wenn sie im Zustand völligen Kontrollverlustes dreimal den Hahn durchgezogen haben sollte, sie würde niemals mit einer Axt dem Opfer die Hände abschlagen und dann noch die Leiche im Wald verstecken.

Na gut, Herr Inspektor, was halten Sie von der Theorie der gemeinsamen Tat, also hier die Wahnsinnstat einer Frau, dort der kalte und herzlose Versuch des Ehemanns, die Tat zu verschleiern?

Hoffmann riss sich aus seinen irrlichternden Gedanken. Er schaute Alice an, die seit einer halben Stunde still zum Fenster hinaus blickte. Er erhob sich.

»Ich muss für kleine Jungs.«

Sie nickte. Alice war weit weg. Er wusste nicht, wo sie war. Hoffmann versperrte die Toilettentür hinter sich. Er zog sein Telefon aus der Hosentasche.

75. SZENE

»Ja, Herr Doktor Zeidler, das ist Gewissheit. Na klar. Ich maile Ihnen den Bericht. Ach, haben Sie direkt von der Ballistik erhalten. Umso besser. Sie sehen ja das Ergebnis. Gut. Alles klar. Brauchen Sie nicht, Major Windisch sitzt mir gegenüber. Gut. Wiederhören.«

Walter Kaltenegger legte den Hörer seines Tischtelefons auf und schaute Gerald Windisch an. Sein Vorgesetzter saß auf dem Stuhl vor Kalteneggers Schreibtisch. Sigrid Körner stand mit verschränkten Armen und hochgezogenen Schultern am Fenster.

»Du hast ja mitgehört.«

Windisch nickte.

»Zeidler stellt den Durchsuchungsbefehl gleich aus.«

Windisch kaute auf seiner Unterlippe.

»Wird ein Weilchen dauern, bis wir das Team beisammen haben. Unsere Leute sind in alle Himmelsrichtungen verstreut«, sagte Windisch.

»Mir brennt es unter den Fingernägeln.«

»Kann ich verstehen. Neuigkeiten von Wolfgang?«

Kaltenegger schüttelte den Kopf.

»Bis jetzt nicht, aber ich kann ihn gleich ...«

Kaltneeggers Handy schlug an. Er schaute auf die Anzeige.

»Wenn man vom Teufel spricht, dann ruft er auch an.«

Er drückte das Telefon an sein Ohr.

»Hallo, Wolfgang. Gerade haben der Gerald und ich über dich gesprochen, schon rufst du an. Er sitzt mir gegenüber. Pass auf, Wolfgang, ich habe da ein paar Infos für dich. Der Revolver, den du uns gegeben hast, ist die Tatwaffe. Mit diesem 38er wurde Bernhard Burgstaller getötet. Na klar. Nein, von Jürgen Berg fehlt bislang jede Spur, aber Doktor Zeidler unterschreibt genau jetzt den Hausdurchsuchungsbefehl. Wann es losgeht? Der Gerald deutete mir gerade in zwei Stunden. Wir müssen das Team formieren. Du kommst hin? Wie bitte? Du warst *wo*? Sag das noch einmal. Ich komme zum Hauptbahnhof. Bist du sicher? Das muss ich mit dem Gerald besprechen. Ich rufe dich zurück. Gib mir eine Minute.«

Kaltnegger trennte die Verbindung, behielt aber das Telefon in der Hand.

»Was willst du mit mir besprechen?«

»Wolfgang war in Innsbruck und hat dort Alice Berg getroffen, sie in den Zug gepackt und ist jetzt auf dem Weg nach Wien. Ankunft in einer Stunde.«

»Dann holen wir die Dame gleich mal am Bahnhof ab.«

»Hab ich dem Wolfgang auch gesagt. Er will aber mit ihr in die Villa nach Hütteldorf fahren. Wir sollen einen Streifenwagen bereitstellen, der diskret an ihm dranbleibt. Deine Meinung?«

Windisch kratzte sein Kinn.

»Na gut, er wird seine Gründe haben. Sigrid, gib bitte den Leuten am Hauptbahnhof Bescheid. Wolfgang kriegt grünes Licht.«

Kaltnegger betätigte die Ruftaste seines Telefons.

76. SZENE

»Wie fühlst du dich?«

Alices Miene schien mittlerweile wie aus Wachs gegossen. Der Zug rollte auf den Hauptbahnhof zu, ringsum erhoben sich die Fahrgäste, packten ihre Sachen und strömten zu den Ausgängen. Die beiden saßen nach wie vor auf ihren Plätzen.

»Ich weiß es nicht. Irgendwie irreal. Ich kenne dieses Gefühl seit meiner Jugend. Nein, seit meiner Kindheit. Ich stehe hinter einem Vorhang, kann mich nicht bewegen und sehe die Welt und das Leben der Menschen nur verschwommen und entfernt. Jetzt ist das Gefühl wieder da, nur noch viel stärker, als es jemals war. Es ist diesmal kein Vorhang, sondern ein Wasserfall. Gischt weht mir ins Gesicht. Mich fröstelt.«

Hoffmann nickte. Der Zug kam zum Stillstand, die Türen öffneten sich. Er erhob sich und griff nach ihrem roten Mantel.

»Danke.«

Er trug seine Reisetasche, sie zog ihren Trolley über den Bahnsteig. Vor ihnen verschwand die Mehrzahl der Fahrgäste in der Halle, über die Rolltreppe zur U-Bahn oder über die seitlichen Ausgänge des Bahnhofs. Am Ende des Bahnsteigs sah er zwei uniformierte Polizisten, die ein bisschen gelangweilt herum standen. Die beiden Männer fielen kaum auf, Polizisten auf großen Bahnhöfen waren ein vertrauter Anblick.

Unmerklich schauten die beiden Männer zu Hoffmann hinüber. Ein kurzer Blickkontakt, ohne Nicken oder Zwinkern, völlig sachlich und alltäglich. Er kannte die Männer, sie kannten ihn. Einer der beiden schaute wieder völlig unbeteiligt zu den abgestellten Zügen, der andere griff langmütig nach seinem Mobiltelefon.

Auf Windisch und sein Team war Verlass.

Hoffmann öffnete die Tür eines Taxis und ließ Alice einsteigen. Der Taxifahrer hob das Gepäck seiner Fahrgäste in den Kofferraum. Hoffmann ließ den Blick kreisen. Etwas abseits stand ein Streifenwagen.

Die Kette war geschlossen.

77. SZENE

»Und überlege dir das mit dem Kurs.«

»Klar.«

Jens stand neben Lukas im Vorzimmer der WG. Lukas kniete und band die Schnürsenkel.

»Tolle Schuhe.«

»Ja.«

»Passen zu dir.«

»Meinst du?«

»Immer auf den Beinen, immer unterwegs, mal hier, mal da. So bist du. Und so sind deine Schuhe. Waren wohl nicht ganz billig.«

»Hab sie von einem Kumpel gekriegt.«

»Und was hast du dafür tun müssen?«

Lukas erhob sich und schaute Jens in die Augen. Die beiden Männer waren gleich groß.

»Ich habe 15 Kilo Heroin im meinem Arsch von Afghanistan nach Frankfurt geschmuggelt.«

Jens boxte Lukas.

»Red nicht so einen Scheiß.«

»Und du vermute nicht immer gleich, dass ich etwas Kriminelles abziehe.«

Jens zuckte mit seinen Schultern.

»Ich mache mir eben meine Gedanken. Und ich kenne die Welt da draußen.«

»Kenne ich auch. Danke für den Kaffee.«

»Gerne. Und ruf da an!«

Lukas mochte Jens, und Jens mochte Lukas, sie zogen an einem Strang. Im Allgemeinen. Aber in der gegenwärtigen Situation konnte Jens Lukas einfach nicht helfen. Wie denn auch? Lukas hatte während des Schwätzchens nichts von Corinne, von den unbeantworteten SMS, von der Nacht am Salzburger Bahnhof und seiner Fahrt nach Innsbruck, sondern nur von seinem Leben bei den Autonomen erzählt. Danach hatte Jens gefragt. Und Jens hatte Lukas eine Broschüre mit Ausbildungsmöglichkeiten für Jugendliche außerhalb des Schulsystems gegeben und ihm einen Namen und eine Telefonnummer notiert. Lukas hatte versprochen, dort anzurufen und sich einen Termin geben zu lassen. Er hielt sich an seine Versprechen, nur manchmal eben nicht gleich. Alles zu seiner Zeit.

»Mach den EDV-Kurs. Du bist clever, du packst das locker. Stell dir vor, du kriegst die Chance auf einen echten Job. Ist das nicht eine gute Perspektive?«

»Hast eh recht.«

»Natürlich hab ich recht.«

Jetzt wurde Jens nervig. Na klar, Sozialarbeiter. Die waren so.

»Und besuche Kevin bald mal. Morgen wird er aus dem Krankenhaus entlassen.«

»Tschüss, Jens.«

»Wir sehen uns, Kumpel.«

Die beiden stießen mit den Fäusten aneinander.

Mit schnellen Schritten marschierte Lukas in Richtung U-Bahn. Jens hatte ihm sogar ein paar Fahrscheine mitgegeben. Mal nicht schwarzfahren. Lukas griff zu seinem Handy. Keine Nachricht von Wolfgang. Er spürte ein Jucken in den Fingern und einen Druck im Bauch. Scheißwetter. Alles grau. Lukas spuckte geräuschvoll in den Rinnstein.

Er hatte eine Idee, wohin er fahren würde. Bujattigasse in Hütteldorf. Und er hatte einen Plan. Rein in das Haus, egal ob die Tür offen stand oder nicht. Im Fall des Falles würde ein Brecheisen nötig sein. Dann mal selbst schauen. Auf Hoffmann warten, war Zeitverschwendung. Lukas hatte gleich spitzgekriegt, dass der Herr Inspektor außer Dienst da sein eigenes Spiel spielte. Erwachsene eben. Immer der Tunnelblick auf ihr aufgeblähtes Ego. Arschlöcher!

78. SZENE

Er stellte die Reisetasche ab und blickte um sich. Die Haustür war versperrt gewesen, und in der Halle sah Hoffmann ein paar Veränderungen, etwa waren die Vorhänge aller Fenster aufgezogen, und der Boden schien frisch gewischt zu sein. Untrügliche Zeichen, dass die Haushälterin wie besprochen nach dem Rechten gesehen hatte. Ob die alte Frau wieder in ihrem Bett lag? Bestimmt.

»Darf ich dir etwas anbieten? Eine Tasse Tee? Kaffee?«

Alice stellte ihren Trolley an die Wand neben der Garderobe und entledigte sich ihres Mantels. Sie schlüpfte aus den Stiefeln und stieg in Pantoffeln. Auch Hoffmann hängte seine Jacke auf einen Haken.

»Tee wäre sehr gut.«

»Dann Tee. Komm bitte weiter in die Küche.«

Hoffmann setzte sich an den Küchentisch, während Alice Schwarztee aufbrühte. Sie stöberte in den Küchenschränken.

»Leider sind keine Kekse im Haus.«

»Macht nichts.«

Sie drehte sich zu Hoffmann um.

»Warum noch einmal haben wir nicht gleich die Polizei aufgesucht? Du hast doch gesagt, dass wir auf direktem Weg vom Bahnhof ins Kommissariat fahren.«

»Die Pläne haben sich geändert.«

Alice nickte, als ob diese Worte irgendetwas erklären würden. Sie servierte Tee und setzte sich zu Hoffmann an den Tisch.

»Ich habe beständig das Gefühl, dass im nächsten Augenblick die Kinder von der Schule kommen würden, und ich habe noch gar nicht gekocht.«

»Wo könnten die Kinder sein?«

»Ich habe keine Ahnung.«

Alice schaute eine Weile in die dampfende Tasse.

»Erkläre mir bitte, was sich an den Plänen geändert hat. Ich habe es noch nicht verstanden.«

»Die Polizei wird hierher kommen.«

»Hierher?«

»Bald schon. In den nächsten Minuten.«

»Die Polizei will mich also in meinem Haus befragen.«

»Die Polizei wird das Haus durchsuchen.«

Alice blickte Hoffmann verständnislos an.

»Ich verstehe den Grund nicht. Jürgen und die Kinder sind nicht hier. Wie sollten sie sich tagelang vor Hildegard und mir verstecken?«

Ein Schatten flog über Alices Gesicht.

»Hildegard! Ich habe in all dem Trubel Hildegard vergessen! Sie wird hungrig sein!«

Alice sprang hoch und wollte die Küche verlassen. Hoffmann hielt sie auf.

»Warte, Alice. Deine Schwiegermutter ist bestimmt gut versorgt worden. Ich habe mit Ildiko telefoniert und sie gebeten, nach Hildegard zu sehen.«

»Tatsächlich? Das ist sehr aufmerksam von dir.«

»Alice, setz dich bitte wieder.«

Die beiden nahmen wieder Platz. Ein kurzer Seitenblick durch das Küchenfenster verriet ihm, dass in der Gasse vor dem Haus Autos vorfuhren.

»Bernhard Burgstaller ist tot.«

Ihr Teint war bleich, die Miene undurchdringlich, niemand hätte sagen können, ob diese Frau den eben ausgesprochenen Satz auch nur ansatzweise verstanden hatte.

»Das tut mir leid um ihn. Wie ist er gestorben?«

»Er wurde erschossen.«

Alice legte ihre Hände über ihren Mund.

»Und zwar mit der Waffe, die du in den Donaukanal werfen wolltest.«

»Mit Jürgens Waffe?«

»Ja.«

»Das ist unmöglich.«

»Warum soll das unmöglich sein?«

»Jürgen würde doch niemals jemanden erschießen.«

»Und du? Würdest du jemanden erschießen?«

Alice rückte pikiert von Hoffmann und dem Küchentisch fort.

»Was für eine absurde Frage!«

»Die Polizei ist da. Sie wird dir diese Frage ebenfalls stellen.«

Alice blickte durch das Küchenfenster. Ein korpulenter Mann mit dichtem Schnauzbart, eine sportlich gekleidete Frau und zwei uniformierte Polizisten durchquerten den Garten. Vor dem Gartenzaun sammelten sich weitere Polizisten. Alice war verstört.

»Was geschieht denn da?«

»Wie schon gesagt, eine Hausdurchsuchung.«

»Ich verstehe nicht, was das soll.«

Es läutete. Alice und Hoffmann eilten zur Tür. Alice öffnete.

»Guten Tag.«

»Guten Tag.«

Kaltenegger schaute über Alices Schulter hinweg und nickte Hoffmann zu.

»Mein Name ist Kaltenegger, Kriminalpolizei. Sind Sie Alice Berg?«

»Ja.«

»Ich habe einen Hausdurchsuchungsbefehl. Darf ich Sie bitten, meine Leute und mich ins Haus zu lassen.«

»Selbstverständlich, Herr Inspektor. Kommen Sie nur näher.«

Alice trat ein paar Schritte zurück und verfolgte mit Schrecken, wie sich sechs Männer und zwei Frauen in der Halle der Villa formierten. Die Leute sahen so entschlossen aus, beängstigend entschlossen. Alle bis auf den stämmigen Anführer der Truppe streiften Latexhandschuhe über. Alice konnte gar nicht mehr denken. Sie verstand nichts. Wurde ihr schwarz vor Augen? Nein. Alles blieb klar und scharf gezeichnet. Sie schaute durch ein Fernglas, alles war viel größer, aber alles war unscharf, die Konturen verflossen. Dann drehte sie am Stellrad, und das Bild wurde klar und präzise. Sie sah die unendlich tiefen Augen einer Frau. Sie war attraktiv. Sie trug ihr brünettes Haar zu einem dichten Zopf gebunden. Sie schien sehr sportlich zu sein, vor allem aber sah man einen harten Zug von Entschlossenheit in ihrer Miene. Sie war aggressiv. Eine Feindin? Warum nur hasste die Frau sie so, schoss es Alice durch den Kopf. Sie fand schon seit Jahren keine Antworten mehr auf ihre Fragen. Was tat Wolfgang nur? Warum redete er mit diesen Eindringlingen in ihrem Haus? Und worüber?

»Frau Berg?«

Alice schrak aus ihren Gedanken hoch. Sie schaute dem fetten Walross in die Augen.

»Ja bitte?«

»Wir werden jetzt mit der Durchsuchung beginnen.«

»Tun Sie sich keinen Zwang an.«

»Darf ich Sie bitten, während der Amtshandlung das Haus nicht zu verlassen?«

»Ich gehe nirgendwo hin.«

»Das ist gut. Haben Sie ein Schlüsselbrett?«

»Einen Schlüsselkasten. In der Vorratskammer gleich links der Küchentür. Der Kasten ist nicht versperrt.«

»Ist noch jemand im Haus?«

»Ja. Meine Schwiegermutter. Sie verlässt niemals ihr Zimmer. Sie ist altersschwach.«

»Vielleicht wäre es eine gute Idee, wenn Sie nach Ihrer Schwiegermutter sehen und ihr erklären, dass Polizei im Haus ist.«

»Das ist eine sehr gute Idee, Herr Inspektor.«

Alice eilte die Treppe hoch. Ihre Schritte waren auf dem Teppich nicht zu hören.

Die versammelten Polizisten schauten der Frau hinterher. Kaltenegger holte tief Luft.

»Also Leute, ausschwärmen. Und prüft gleich mal den Schlüsselkasten.«

Kaltenegger, Körner und Hoffmann standen beisammen.

»Irgendetwas ist da faul«, brummte Kaltenegger düster. »Langsam schlägt sich die Geschichte auf meinen Magen. Genauso wie das Interieur. Himmelherrgott, wie kann man in einem Museum wohnen?«

Hoffmann bemerkte, dass Körner seinem Blick erst auswich. Dann sah sie ihn doch direkt an. Hoffmann wurde aus diesem Blick nicht schlau. Was hatte er hier überhaupt verloren? Er war nicht im Dienst. Warum also erledigte er Polizeiarbeit? Und warum auf so unkonventionelle Art?

»Ich mach mich nützlich«, sagte Körner und folgte der Kollegin, die sich die Küche vornahm. Kaltenegger steckte sich einen Kaugummi in den Mund, hielt Hoffmann die Packung auffordernd hin, der aber winkte ab.

79. SZENE

Lukas zog den Reißverschluss seiner Weste auf. Er war schnell unterwegs. Mit eiligen Schritten war er von der U-Bahn-Station losmarschiert. Er näherte sich dem Haus. Lukas stockte. Er verschwand hinter einem Alleebaum und schaute genauer. Massig Polizei.
»Fuck. Was ist jetzt los?«
Er dachte angestrengt nach.

80. SZENE

Alice klopfte und wartete einen Augenblick. Hildegard antwortete in der Regel nicht auf Klopfen. Alice öffnete die Tür und trat ein. Der Gestank war erträglich. Tatsächlich, Ildiko hatte sauber gemacht, frische Bettwäsche aufgelegt und den Raum gründlich gelüftet. Der Geruch nach scharfen Putzmitteln überlagerte Hildegards Gestank.
»Was ist da für ein Trubel im Haus?«

Alice schluckte. Der Tonfall der alten Hexe schmerzte heute mehr als sonst. Und das schon nach nur einem Satz.

»Feierst du rauschende Feste auf meine Kosten?«

Alice trat an das Bett heran. Auf dem Nachtkästchen stand ein Tablett mit benutztem Geschirr. Eine Teekanne samt Tasse, zwei Teller und eine Schale, in der sich noch ein Rest Apfelkompott befand.

»Ildiko hat dir also etwas Essen serviert.«

»Und es war nicht vergiftet. Noch lebe ich.«

»Soll ich dir wieder eine Kanne Tee bringen?«

»Tu nicht so hilfsbereit, du falsche Schlange. Wo warst du in den letzten Tagen? Du wolltest mich wohl verhungern lassen.«

Ein unverkennbarer Geruch stieg in Alice' Nase. Sie zog kurzerhand die Decke hoch.

»Du hast schon wieder eingenässt! Warum nimmst du nicht den Nachttopf? Da steht er doch!«

»Was ist ist da unten los? Wer macht da so einen Lärm?«

»Es ist Polizei im Haus.«

Hildegard zeigte ein schadenfreudiges Grinsen. Sie hatte ihr Ersatzgebiss nicht eingesetzt.

»Holen Sie dich endlich?«

»Was soll das heißen?«

»Kommst du jetzt endlich ins Gefängnis, du Hure? Du Mörderin! Glaubst du, ich weiß nicht, was in diesem Haus geschieht?«

Alice war angeekelt. Sie hasste diese Frau. Warum nur hatte sie sich so lange unter dieses Joch spannen lassen? Was war mit ihrem Leben schief gelaufen?

»Hildegard, du bist widerlich. Ich verstehe nicht, wie ein Mensch so sein kann.«

»Du hast Jürgen vergiftet. Das weiß ich doch. Los, ruf die Polizisten herein, damit ich ihnen berichten kann, was in diesem Haus so geschieht. Du hast meinen Sohn, diesen Trottel, vergiftet. Und seine nichtsnutzigen Kinder. Diese Bälger, diese

Schreihälse. Du hast alle vergiftet! Mörderin! Du gehörst am nächsten Baum aufgehängt!«

Alice konnte nicht ein-, nicht ausatmen, sie war festgefroren in der arktischen Kälte der Erkenntnis.

81. SZENE

Hoffmann und Kaltenegger standen Schulter an Schulter im Salon. Sie sprachen nicht. Zwei Männer arbeiteten sich methodisch durch die Schränke. Wenn etwas Auffälliges dabei war, zeigten sie es dem leitenden Chefinspektor.

»Du, Walter. Wolfgang.«

Die beiden drehten ihre Köpfe zur Tür. Einer der Kollegen stand im Türstock. Seine Schultern waren hochgezogen, seine Lippen angespannt.

»Hast du was gefunden?«

»Kommt mit. Schaut selbst.«

Die zwei uniformierten Männer, die den Salon durchsuchten, hielten in ihrer Arbeit inne und schauten den drei anderen hinterher. Mit knallenden Schritten eilten sie die Treppe in den Keller hinab. Körner hörte in der Küche die Schritte und die Stimmen der männlichen Kollegen und folgte ihnen. An der Decke des Kellers hingen verschiedene Rohre. Überdimensionierte Neonröhren spendeten unangenehm hartes Licht. Der Boden war mit dunkelbraunen Fliesen gekachelt. Am Ende des Gangs stand ein weiterer Mann vor einer Tür und wartete, bis alle Polizisten versammelt waren.

»Was ist los, Robert?«

»Schau dir die Tür an.«

Kaltenegger trat heran. Die Türfugen waren mit weißer Masse völlig abgedichtet. Kaltenegger schaute genauer.

»Das Schloss ist versperrt?«

»Ja.«

»Ist das Silikon?«

»Nein. Holzleim.«

Sein Blick fiel auf das verstopfte und verklebte Schlüsselloch.

»Hermetisch abgedichtet«, brummte der uniformierte Mann.

Kaltenegger trat einen Schritt zurück, stemmte die Fäuste in die Hüften.

»So ein Dreck! Robert, mach die Tür auf. Sofort!«

Der Polizist eilte los. Kaltenegger schaute Körner an.

»Sigrid, wir brauchen Fotos.«

Körner nickte. Die Männer traten zurück, und Körner knipste mit ihrem Smartphone die versperrte Tür, den Gang, das verklebte Schlüsselloch, jedes Detail. Der Polizist kam mit einer Einmann-Ramme wieder. Wortlos wichen die anderen aus und ließen den Mann voran.

»Und los!«, rief Kaltenegger.

Der Mann holte mit der Ramme weit aus. Ein im engen Gang ohrenbetäubender Knall, das Schloss barst, die Tür flog auf.

Entsetzlicher Gestank.

Hoffmann kämpfte schlagartig mit dem Erbrechen. Alle kämpften.

82. SZENE

»Was ... was hast du nur ... getan?«

»Ich? Du hast es getan! Du böses Weib. Ruf jetzt endlich diese verblödeten Polizisten herein.«

Alice glaubt, ihr Kopf müsse explodieren. Ihre Hände zitterten.

»Hast ... du meine Kinder getötet?«

»Du hast sie getötet! Da, im Schrank hast du das Gift versteckt. Ich weiß doch Bescheid, mir kannst du nichts vormachen. Du kriegst schon noch deine Rechnung präsentiert.«

Alice taumelte zum Schrank. Sie wühlte darin. Tatsächlich fand sie eine halb volle Flasche mit einer durchsichtigen Flüssigkeit.

»Ich weiß auch, warum du deinen Ehemann ermordet hast! Mir kannst du nichts verheimlichen.«

Alice starrte Hildegard fassungslos an.

»Weil er deinen Liebhaber erschossen hat. Und wie er gezittert hat, dieser Versager, diese personifizierte Enttäuschung von Sohn, als er es mir gebeichtet hat. Anstatt stolz zu sein. Und aus Hass und Rache hast du Jürgen vergiftet. Weil du für diesen Dreckskerl nicht mehr die Beine breit machen kannst. Das hast du dir ja fein ausgedacht.«

Alice stellte die Flasche mit dem Gift wieder ab.

»Im Gefängnis werden sie dich vergewaltigen. Zusammenschlagen und vergewaltigen. Wieder und wieder. Recht so. Du Hure. Warum hast du meinen Sohn geheiratet? Er gehört doch mir. Dieser Trottel. Gut, dass du ihn vergiftet hast. Ihr alle gehört vergiftet! Du hast die Bagage mühsam in den Keller geschleift und die Tür versiegelt. Alle werden wissen, dass du es getan hast, du Schlampe. Ich bin ja gehbehindert, ich kann doch gar nicht aufstehen. Was glaubst du, warum ich seit Jahren im Bett liege? Du dumme Kuh! Vergewaltigen werden sie dich! Recht so.«

Stille. Schweigen. Vergessen und Endgültigkeit.

Jürgen, Corinne und Oscar waren tot. Verwesten im Keller. Warum hatte Hildegard nicht auch sie vergiftet? Warum? Ein Orkan an ungeklärten Fragen. Alice brauchte eine Antwort. Eine einzige Antwort. Welche Überraschung! Sie wusste, wie sie die Antwort finden konnte.

Da war sie schon!

Alice verstand nicht, wie sich ihr Körper bewegte, sie dachte, sie würde unfähig zu jeder Bewegung sein, aber ihr Körper regte sich schnell und zielgerichtet. Sie sprang auf das Bett, war über der alten Hexe und drückte mit den Knien und Händen den großen Polster auf deren Gesicht. Panische Gegenwehr. Bei Weitem nicht kräftig genug. Die Gegenwehr ließ nach. Wie lang war sie über Hildegard? Alice wusste es nicht. Sie hatte jedes Zeitgefühl verloren. Egal. Sie hatte alle Zeit der Welt.

Corinne und Oscar. Ihre Kinder, der Grund, weswegen sie noch lebte!

Jürgen. Irgendwann hatte sie ihn geliebt.

Tot.

Alice stieg vom Bett und zog den Polster von Hildegard.

Auch sie war tot.

Wie still auf einmal alles war. Diese wunderbare Stille.

Einmal noch, ein einziges Mal noch. Aber wie? Wie leicht ihr nun das Denken fiel, wie klar sich alles fügte. Das Gift im Schrank. Sie würde zu ihren Kindern gehen. Das Gift, das gute Gift. Alice griff nach der Flasche. Schraubte den Verschluss ab. Was war das für eine Substanz? Egal, sie war gewiss wirksam.

Alice bemerkte nicht, wie die Türe auflog, hörte den Schrei nicht, sie sah nicht, wie die junge Polizistin in Zivilkleidung auf sie zu sprang, sie bemerkte nur, dass ihr im letzten dummen Moment die Flasche aus der Hand geschlagen wurde, dass ein kräftiger Mann in Uniform sie packte und zu Boden warf.

Warum nur? Das war ungerecht! Ungerecht! Wie sollte sie jetzt zu ihren geliebten Kindern finden? Wie? Wie? Wie?

83. SZENE

Hoffmann trat ins Zimmer. Ihm war übel. Er lehnte sich neben der Tür an die Wand und schaute ein Weilchen zum Fenster hinaus. Seit er vor einem Jahr die Diagnose erhalten hatte, rauchte er nicht, aber jetzt hatte er Lust, sich eine Zigarette anzuheizen. Sein Blick streifte das regungslose Gesicht einer alten Frau. Aus den Augenwinkeln nahm er wahr, dass die Polizisten einer blonden Frau Mitte 30 Handschellen anlegten. Die Frau war nicht mehr hier, sie war nur eine körperliche Hülle. Sie brabbelte unverständliches Zeug. Sie wolle sterben, die böse alte Hexe habe ihre Kinder ermordet, ihren Mann, ja, sie müsse jetzt zu ihren Kindern, man solle ihr das Gift geben, bitte, man solle barmherzig sein, bitte. Das Leben der Menschen war bestenfalls ein absurder Treppenwitz der Evolution, so viel war schon mal klar.

Wie war er überhaupt in dieses Haus gekommen? Und was hatte er hier zu suchen?

Die Polizisten waren in ihre Arbeit vertieft. Hoffmann nickte Kaltenegger zu, winkte Körner und verschwand. Raus hier. Zivilisten hatten an einem Tatort nichts zu suchen.

Er marschierte die Gasse entlang.

Ein junger Mann trat hinter einem Baum hervor. Hoffmann fasste den Burschen am Arm und zog ihn mit sich. Hoffmann schwieg. Auch Lukas schwieg. Sie gingen ein Weilchen. Die U-Bahn-Station Hütteldorf kam in Sicht.

»Und?«, fragte Lukas.

Hoffmann zeigte auf den Würstelstand vor dem Eingang der Station.

»Hunger?«

»Nein.«

»Dann erst recht. Ich lade dich ein. Frankfurter? Debreziner? Käsekrainer?«

»Hab keinen Hunger.«

»Ich muss etwas essen.«

Hoffmann wandte sich an die Frau hinter dem Tresen.

»Ein Paar Debreziner mit scharfem Senf und Kren. Und zwei 16er Blech, bitte.«

Die Frau nickte, stellte zwei Dosen Ottakringer Bier auf den Tresen und angelte mit der Zange die Würste aus dem Kessel. Hoffmann schob eine Dose Lukas zu. Dieser schnappte danach und zog die Lasche ab. Hoffmann tat es ihm nach. Kaltes Bier an einem kalten Wintertag. Der bittere Geschmack hatte etwas Belebendes. Hoffmann aß schweigend, Lukas nahm einen tiefen Schluck. Hoffmann wischte sich den Mund und die Finger mit einer Serviette ab.

»Ist Corinne tot?«

Hoffmann schaute einer kleinen Gruppe Krähen zu, die sich wie eine Bande jugendlicher Raufbolde über den Platz bewegte.

»Ja.«

Er blickte seinen jungen Freund an. Lukas starrte in die Ferne. Er schien nicht einmal zu atmen.

»Hab ich schon befürchtet.«

»Eine Familientragödie.«

»Wie?«

»Gift.«

»Hat ihre Mutter es getan?«

Hoffmann nippte an der Dose.

»So wie es aussieht, war es die Großmutter. Alice hat dann die alte Frau getötet. Die Polizei wird die Geschehnisse aufrollen. Dann wissen wir Genaueres.«

»Und Oscar?«

»Bis auf Alice Berg sind alle tot.«

»Kommt sie ins Gefängnis?«

»Auf jeden Fall.«

Schweigen. Hoffmann beobachtete Lukas aus den Augenwinkeln. Würde er in die Knie gehen? Füllten sich seine Augen mit Tränen? Sah fast so aus. Dann veränderte sich seine Haltung, sein Gesicht wirkte wie versteinert. Die Krähen flogen auf ein geheimes Kommando hoch.

»Das ist alles so eine Scheiße!«

Lukas trank die Dose in einem Zug leer und warf sie weit von sich. Hoffmann konnte gar nicht so schnell reagieren, da war der junge Mann auf und davon gelaufen. Er schaute ihm hinterher.

Renn nur, schwitze den ganzen Dreck aus dir raus, hör nicht auf zu rennen.

Hoffmann leerte seine Dose. Er spürte die Wirkung des schnell getrunkenen Biers. Er griff nach seinem Portemonnaie und wandte sich der Frau hinter dem Tresen zu.

»Ich nehme noch ein Blech für unterwegs. Was bin ich schuldig?«

Hoffmann legte einen Geldschein hin. Die Dose nahm er, das Rückgeld rührte er nicht an. Er schaute empor in den grauen Himmel. Vielleicht würde heute noch Schnee fallen. War nicht bald Weihnachten? Interessierte ihn die Antwort auf die Frage auch nur irgendwie?

Hoffmann steckte die Bierdose ein und stapfte los.

ENDE

*Weitere Titel finden Sie auf den
folgenden Seiten und im Internet:*

WWW.GMEINER-SPANNUNG.DE

Alle Bücher von Günter Neuwirth:

Polizistin Christina Kayserling ermittelt:
Totentrank
ISBN 978-3-8392-2067-2

Inspektor Hoffmann ermittelt:
Die Frau im roten Mantel
ISBN 978-3-8392-2145-7

Zeidlers Gewissen
ISBN 978-3-8392-2278-2

In der Hitze Wiens
ISBN 978-3-8392-2407-6

Inspector Bruno Zabini ermittelt:
Dampfer ab Triest
ISBN 978-3-8392-2800-5

Caffè in Triest
ISBN 978-3-8392-0111-4

E-Book-Only:
Paulis Pub
ISBN 978-3-7349-9436-4

Fichtes Telefon
ISBN 978-3-7349-9438-8

Hoffmanns Erwachen
ISBN 978-3-7349-9444-9

GMEINER SPANNUNG

WWW.GMEINER-VERLAG.DE
Wir machen's spannend

DIE NEUEN Lieblingsplätze

ISBN 978-3-8392-0154-1
AM INN

ISBN 978-3-8392-2730-5
AUGSBURG UND BAYERISCH-SCHWABEN

ISBN 978-3-8392-0155-8
FÜNFSEENLAND

ISBN 978-3-8392-0158-9
HARZ

ISBN 978-3-8392-0160-2
NORDSEEKÜSTE NIEDERSACHSEN mit Hund

ISBN 978-3-8392-0159-6
LÜNEBURGER HEIDE

ISBN 978-3-8392-0161-9
NIEDERRHEIN

ISBN 978-3-8392-0163-3
OSTSEE MECKLENBURG-VORPOMMERN

ISBN 978-3-8392-0164-0
OSTSEE SCHLESWIG-HOLSTEIN

ISBN 978-3-8392-2626-1
SACHSEN

ISBN 978-3-8392-0156-5
BODENSEE Für Senioren

ISBN 978-3-8392-0157-2
NORDSEE SCHLESWIG-HOLSTEIN Für Senioren

ISBN 978-3-8392-0166-4
SÜDLICHE WEINSTRASSE UND PFÄLZERWALD

ISBN 978-3-8392-0166-4
SÜDTIROL

ISBN 978-3-8392-2838-8
USEDOM

ISBN 978-3-8392-0168-8
WIESBADEN RHEIN-TAUNUS RHEINGAU

GMEINER KULTUR

WWW.GMEINER-VERLAG.DE
Mensch, Kultur, Region